瑶獞人
苗因其不事强徭故别称曰猺亦名莫猺其在湖南者聚处安化
宁乡谷间环斜千余里与苗分类历代反庞无常
向化有平地高山二种平地猺雜居州邑耕畲与民无异高山猺
种多聚狉戎伐行探马鹿而食马及骑以花帛挂铜繁缨于
项后治酒邀客聚长鼓吹笙男女跳舞而歌曰跳歌其贼
输纳

清 谢遂 《职贡图》（局部）

人青苗

鎮寧州各屬皆有之習俗與紅苗略同而性情較淳以服色青苗男子勤力作時能趁媭普插木枕不著裙袴能繼纖在深山窖箐中間有與居民雜處者

顶板猺
朝江華等處皆有此種男椎髻長簪女盟髻向後橫頂木板一以紅繩結之領下設名之曰頂板猺其居處風俗俱與苗獠相

清 谢遂 《职贡图》（局部）

之一種因其用竹箭為弩長尺餘或七枝五枝三枝不等
曰男女喜著青藍靛衣緣以棕包其居處風俗與臨人同

谷間環紆千餘里與苗分類歷代反覆無常
有平地高山二種平地猓玀居州邑耕讀與民無異高山猓
玀挿棘拱籬伐樹易巖而食男女俱以花布裹頭鑿齒于胸
俟枘酒邊賓客長鼓吹蘆至男女跳舞而歌名曰跳歌賦税

並為一類元時同屬南丹安撫司明初改
相同索時祀粜餘雜薦肉酒飯男女連袂

清 谢遂 《职贡图》（局部）

其部落沿革並同於平代諸苗蓋以族類而
棍𠋫覆膝緊婦與寢生子俊乃同室五冬縛
平者賦俗服食俱獨漢人有讀書為諸生者

設有土司 明時 始隸郡縣 冬椊
偶能織峒錦

清 谢遂 《职贡图》（局部）

清 谢遂 《职贡图》（局部）

时光里的中国

老手艺

李 路 主编

余陈晨 孟祥静 编著

四川人民出版社

图书在版编目（CIP）数据

老手艺 / 余陈晨，孟祥静编著. -- 成都：四川人民出版社，2025.2. -- (时光里的中国 / 李路主编).
ISBN 978-7-220-13824-9

Ⅰ.I267

中国国家版本馆CIP数据核字第20247LK037号

老手艺
LAO SHOUYI

李　路　主编
余陈晨　孟祥静　编著

策划编辑	段瑞清
责任编辑	朱雯馨
版式设计	刘昌凤
封面设计	朱文浩
责任印制	周　奇
特约校对	北京悦文文化
出版发行	四川人民出版社（成都三色路238号）
网　　址	http://www.scpph.com
E-mail	scrmcbs@sina.com
发行部业务电话	（028）86361653　86361656
防盗版举报电话	（028）86361661
印　　刷	三河市华晨印务有限公司
成品尺寸	155mm×215mm
印　　张	20
字　　数	278千
版　　次	2025年2月第1版
印　　次	2025年2月第1次印刷
书　　号	ISBN 978-7-220-13824-9
定　　价	89.80元

著作权所有·违者必究
本书若出现印装质量问题，请与我社发行部联系调换。电话：（028）86361656

目录

壹
传统匠人的技艺

❀ **石作** 002
乡村杨石匠 / 张儒学 007

❀ **锻造** 012
乡间铁匠 / 邱玉超 017
潞城铜匠 / 杨晋林 020

❀ **木艺** 032
木匠全福 / 虞燕 037

❀ **夯土** 046
打夯 / 刘善民 051
土砖墙 / 张冬娇 054

❀ **印刷术** 056
刻蜡纸 / 邱保华 061

❀ **造纸术** 064
麻纸的光阴 / 杨晋林 069
竹风萧萧纸乡行 / 朱仲祥 076

贰 舌尖上的技艺

❀ **豆腐** 084
乡愁里的王豆腐 / 张儒学　089
豆腐乳 / 张冬娇　094
西坝豆腐西坝味 / 朱仲祥　098

❀ **酿酒** 102
去山中酿一盏清酒 / 姚永涛　106
微醉黄酒酿 / 姚永涛　109

❀ **制茶** 112
古法做茶 / 陈理华　117
吃茶 / 苏白　120
沿河茶记 / 刘燕成　122

❀ **粉条** 128
下年粉 / 吕桂景　132
绵竹米粉 / 彭忠富　135

❀ **腌菜** 138
香椿树·咸菜缸 / 刘善民　142
泡菜坛 / 彭忠富　145

柴米油盐里的艺术

 榨油 154
油坊记事 / 张静　158
油坊 / 赵锋　163
老油坊的香 / 李柯漂　167

 酿酱油 170
做酱油 / 陈理华　174

 制盐 176
闲"盐"碎语 / 李秋生　181
晒盐 / 虞燕　185

 制糖 190
记忆里的红糖味 / 张清明　195

肆

编织生活的技艺

🌸 **扇子** 200
父亲的篾笆扇 / 李柯漂　205
麦秸扇的编法 / 陈理华　208

🌸 **编织** 214
晒谷席的制作 / 陈理华　219
竹篮子制作技艺 / 陈理华　223
篾匠二哥 / 张清明　227

🌸 **制皂** 230
皂味 / 陈绍龙　234

🌸 **做鞋** 238
扎鞋底 / 郑自华　243
母亲的针黹 / 张清明　245

伍

藏在艺术里的手艺

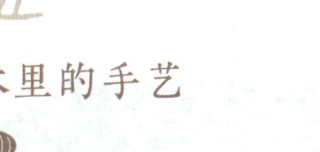

❀ **灯笼** 252
民间瑰宝——高照灯 / 陈理华　257
灯笼 / 李秋生　260

❀ **风筝** 266
纸鸢高飞惹人醉 / 任随平　272
风筝的遐想 / 沈出云　274

❀ **剪纸** 278
远去的窗花 / 任随平　283

❀ **年画** 286
夹江年画古风在 / 朱仲祥　291
年画记忆 / 张静　296
年画随想 / 任随平　299

目录

传统匠人的技艺

石作

shí　zuò

概说

石作是建筑学上的一门分支,内容包罗万象,主要包括采集石料、制作和安装石构件。我国使用石头作为生产工具的历史非常久远,这项技术自原始时代就已有雏形。其后,在历史沿革中,石作技术不断被传承创新。在古今中外遗留至今的各类古建筑中,都有着石作技术的身影,例如埃及金字塔、古希腊神庙、中国万里长城等,无不显示着古代工匠们的智慧和才能。

● 历史

石作技艺来源于原始生活中生产工具制造的需要，新石器时代的标志性特征就是原始人类开始使用磨制石器。当中国文明进入新石器时期后，由于生产生活的需要，人类逐渐掌握了开采和加工石料的技术。

最初，人们开采石料主要使用的工具是硬度更大的石头，但这种方法有着很大的弊端，工程量巨大、劳累辛苦不说，效率还比较低，发生安全问题的概率也很高。后来，人类从劳动生产中总结出相关经验，先用大火将岩石烧热，然后往上泼冷水使其骤冷，这样岩石就会自然崩裂，最后使用凿石工具沿着裂缝采石。这就是原始的"火烧法"，利用了热胀冷缩的原理，其后一直为人所沿用。

商周时期，石匠作为一份职业正式被载入史册，《礼记》记载："天子之六工，曰：土工、金工、石工、木工、兽工、草工，典制六材。"这说明石作是具有代表性的一项手艺活动，其重要程度已经可以当作一门职业来发展了。

春秋战国时期，我国进入铁器时代，铁犁牛耕代替刀耕火种。随着冶铁技术的进一步提高，铁器刃部在坚硬程度上逐渐高于青铜，在使用上也趋向普及。我们可以在大型建筑工程上看见铁器的身影，《史记》记载："险绝之处，傍凿山岩，而施板梁为阁。"可以看出此时已经有了大规模的凿石工程作为开辟栈道的先行工作。四川省广元市现存的秦伐蜀时的金牛道遗址上仍可看见用以架设行车板梁的小方洞，以及开凿在悬崖峭壁上的行车通道。战国时期，经过各国的变法图强，社会生产水平有了很大提高，采石活动也有了更加长足的发展。《史记·正义》载：

壹 传统匠人的技艺

"始皇陵在骊山……有土无石，取大石于渭南诸山。"这说明石材的使用已经不仅限于普通的生产工具的制造，还逐渐应用于大型建筑工程。秦汉两朝长城的修筑就采用了因地制宜、就地取材的方法，遇平地、洼地用土夯实，山间则用石块垒砌，有的地段还采用土石混合的办法。

汉代，冶铁技术进一步发展，出现了制钢工艺。大量钢刃具的普及，使得石作加工技能有了非常大的发展。汉代出土的大量石崖墓足以证明当时的工艺技术。西汉中期的满城汉墓，是直接在岩石之中开凿的大型洞室墓，也是目前所知较早的岩石墓，其后室的建造方法，都是先凿成穹隆顶的岩洞，然后在岩洞内用不同形状的石板建成石屋。巨石石墓恢宏大气，耗费大量人力、物力，属于高规格墓室。西汉中期之后石墓渐多，墓主大多为贵族官僚或地主富商。这说明西汉中期以后加工大型石构已具备条件。

魏晋南北朝时期，时局动荡不安，名士纷纷遁入山林避世。佛教因其"般若性空"的思想恰好迎合世人心态，深入士大夫阶层，一时蔚然成风。大量佛教建筑如石窟就在此背景下开凿。比如始创于北魏时期的云冈石窟，《魏书·释老志》记载："于京城西武周塞，凿山石壁，开窟五所，镌建佛像各一，高者七十尺，次六十尺，雕饰奇伟，冠于一世。"云冈石窟石作工程规模巨大，它的开凿说明了当时工匠们手艺高超，已经具备制作石作雕像的能力。沈炯《太极殿铭》载："百工并作，屡降乘舆。匠石磨砻，必经天旨。"说明当时石像大多体形庞大，但也经过精雕细琢，看上去栩栩如生，姿态生动，线条优美。磨砻技艺的成熟，间接导致南北朝以后石作风格从粗犷转向细腻精致。

唐朝中期，清虚子改良火药使其更多的功能被发掘。宋代以后，火药正式用于采石，但运用的原理仍然是热胀冷缩。将火药夹在山石缝隙中点燃，火药爆炸在短时间内产生极大的能量，快速破开石材，便于人们采集石料。火药的使用使我国的采石技术有了明显的提高，人们可以继续向深山开凿。

宋代《营造法式》中的"石作制度"所载平整石料的工序，有打剥、粗搏、细漉、褊棱、斫砟和磨礲六道。我们可以看到，从开采开始，此时的石作技艺与现代已经相差无几，说明我国石作工艺至宋代已经非常成熟，臻于完备了。在石材的选用上，种类也越来越多，石料逐渐向硬质发展。《东京梦华录》中就提到过青石的使用："其柱皆青石为之，石梁、石笋、楯栏，近桥两岸，皆石壁，雕镌海马、水兽、飞云之状，桥下密排石柱。"

明中叶之后，花岗岩的开采程度大大提高。宋应星《天工开物》中绘有采矿图，所用工具及技术，与采石的工艺无异。现在还留有许多明代的石作实物，例如南京的阳山尚存有明代为建孝陵神功圣德碑而开凿的三块碑材。三座碑长度都在二十米以上，最长的达到了四十余米。这些造型巨大的碑材于永乐三年（1405）前后开凿。其余各地也散布着不少明代修建的石牌坊、石亭子、石须弥座及栏板等。

清朝的石作加工比明朝更加精细，《清官式石桥做法》记载："券脸石，每块五面做细、占斧，下面打瓦陇，迎面扁光。……柱子石，六面做细，五面占斧，两肋扁光，二面做盒子心，两肋落栏板槽，榫眼，底面做阳榫，柱头则形状不一。"可以看出，此时对细料石加工有更加详细的要求。书上还有相当丰富的注解，例如出现了做糙、做细、占斧、扁光、打瓦陇、锯齿阴阳棒等名词。这些名称虽然不是全国统一，但大多数都大同小异。清朝还有一种独特的采石方法叫作"槽眼法"，现代俗称"掏槽眼"。完颜麟庆《河工器具图说》中提到过这种方法："凡开山既见石矣，须审山之形势，顺石之脉络，度量所需石料长短厚薄，划定尺寸。先凿沟槽，约宽三寸，深二寸，每尺安铁揳三根，击以晃锤。用水浸灌刻许，然后用锤、錾尽击开采。"

文化意义

　　我国古代的石作加工能力是逐渐增强的，其中主要表现在工具刃部的硬度变化。对石料的利用也基本上是由软质向硬质发展的，唐代以前，主要利用砂岩、石灰岩；唐代以后，对花岗岩的利用逐渐普及起来。我国居住方式从巢居、穴居走向地面建筑，离不开石作技艺的发展。石作技艺不仅是建筑史上不可或缺的一部分，在艺术史上同样留下了浓墨重彩的一笔，从秦汉时期的万里长城到魏晋时期的石窟石像等，都是中华民族丰富的艺术瑰宝。这些建筑兼具实用性和观赏性，体现了我国古代工匠的高超技艺。

　　在古代，石作是一门艰辛的工种，往往需要长年忍受风吹日晒，有时甚至还有生命危险，这就需要匠人们有人定胜天的坚定意志和一往无前的开辟精神。他们在深山里与巨石为伴，日复一日地忍受寂寞与劳苦，只为世世代代地坚守这份匠人精神。

乡村杨石匠

张儒学

在我们村里,杨石匠还算是有名的手艺人。

在生产队时,杨石匠就带着同样是石匠的几个人,每天不是在用石头镶晒坝,就是在山顶上打大山。他们那铁锤敲得"叮叮当当"的声音,似乎在村里就从来没停过;他们打大山时洪亮而粗犷的号子声,似乎从山上映透村里村外。他们与每天在地里挖地除草、在田里栽秧打谷的人相比,不但拿着高工分还有基本粮食补助,因为只有他们有这门手艺,是队里的"技术工",受人尊敬,更让人羡慕。

听老一点的人讲,杨石匠不是跟本地的师傅学的手艺,他20岁时跟着他的叔父去成渝线上修铁路,由于他人年轻也聪明,便被铁路上一个石匠师傅看中,选入了石工班,后来他就跟着师傅干石工活。几年后这段铁路完工了,他回到村里时多了这门石匠手艺,成了村里唯一"留过洋"的匠人了。由此,那时学石匠似乎成了热门,想跟杨石匠学的人多的是,但杨石匠却要根据自己的要求挑选徒弟。虽然他看在亲戚的分上,他老表的儿子不得不收,但有的是他主动收的,比如村里那个因父母去世得早而独自一个人生活,勤劳忠实的王二娃。

杨石匠算是生产队的能人,在集体时,大到修保管室、晒坝,小到每家修个猪圈、粪坑等都得请杨石匠。那时杨石匠一般都是白天干生产队的活,晚上再去村民家里干活。

土地承包到户后,村里人在家发展种养业的发展种养业,外出打工的出去打工,渐渐地手里就有钱了。杨石匠最先把他那几间土墙房推倒,请上徒弟们去山上打些石头,再将石头打成砖块这么大,砌成石砖房,确实比原先的土墙房美观大方多了。他这一创举得到村民们的积极响应,纷纷请杨石匠修这石砖房子。手中的活儿多了,杨石匠的生意越做越红火,他的徒弟也从三四个增加到了近二十人。

于是,每天很早就听见他们在山坡上打石头,那"叮当叮当"声和打大锤的"嗨——嗨——"声,就像一首乡村交响曲,把整个山村从睡梦中叫醒。随后,便听见他们打大锤时的号子声:"哎呀着,嘿着喂……"浑厚高亢,气势磅礴,响透了整个山坳。整个山村都在那粗犷而洪亮的石工号子中,在那十分优美而有节奏的叮当声里,开始了又一个忙碌而有序的一天。

特别是杨石匠打大山时的情景,更是地动山摇。他那粗犷而洪亮的石工号子声,惊动了山里山外,有的还放下手中的活儿,静下心来听他那动听而雄壮的石工号子,似乎感到一种莫大的欣慰。于是,杨石匠用粗犷而洪亮的声音喊道:"太阳当顶又当台,贤妹给我送饭来。我问贤妹啥子菜,腊肉丝丝炒蒜薹……"再长长绵绵地歌谣似的吆喝着:"啊——嘿——喂——哟——嗨!"然后,只见他站在高高的石崖上,扬起几十斤重的,远远看去几乎触及了蓝天的大锤,"嗨"的一声,把大锤撞向嵌进石缝中的铁楔子。如果冷漠的石崖还是板着面孔,他便又扬起大锤,更是铆足力气,气贯长虹般地吼一声:"五——雷——四——电——来了哟!"这时,冷漠的石壁像被吓住了,裂开成晶亮的瓣瓣。

几年间,村里的土墙房几乎都被改修成了石砖房,而且大部分都是杨石匠修的。那时杨石匠不管走到村里哪家,主人都十分热

石刻 徽州古村落（一）

情地招呼他，因为他们的房子就是他修的，他也因看到自己为村民亲手修的房子而高兴。有一天晚上下暴雨，村里贫困户李明的土墙房被大雨淋垮了，幸好没有伤着人。当杨石匠看到李明全家老小哭成一团时，他当场表态，他和徒弟们要为李明家重新修几间石砖房，一分工钱也不要。杨石匠说话算话，他答应了的事徒弟们也积极响应，在他们忙了半个多月后，三间漂亮的石砖房就修好了。李明高兴得差点下跪向他致谢，他却说："都是乡里乡亲的，帮这点忙算什么呢！"

好多年过去了，由于村民出去打工或经商的都挣了钱，那时修起的石砖房也渐渐地变旧了，村民们又将这些石砖房拆除，重新修起了一楼一底的小洋楼，以前红极一时的石匠手艺在村里也渐渐没落了，杨石匠手下的徒弟们不是出去打工就是改行从事别的职业了。杨石匠也渐渐老了，他承包了村里的一个鱼塘从事养鱼业。不管村里哪家拆石砖房，杨石匠总是跑去观看，还不停地指挥着那儿要这么拆，这儿要那样推……最后，当他看着自己辛辛苦苦修起的石砖房被拆掉时，眼睛里总是饱含着不知是高兴还是辛酸的泪水……

尤其是他看见当年的贫困户李明的两个儿子长大后，因为外出打工挣了不少钱，也请人拆掉他当年义务帮着修起的石砖房时，他很想发火骂人，也很想上前去阻止，但他就是没有走近，只能远远地站着观看，心里有一种说不出的滋味。不久，李明家一楼一底的楼房修好了，他的两个儿子专门请杨石匠去新修的楼房里坐坐，并做了一桌好菜请杨石匠喝酒，说："不管现在房子修成什么样，我们家永远记得你这位恩人！你为我们修的这石砖房，现在虽然拆了，却永远存于我们的心间……"

杨石匠喝得似醉非醉，听到这儿，似乎才多少感到有一点欣慰。

石刻 徽州古村落（二）

西汉 力士搏虎浮雕

锻造

duàn　zào

概说

锻造是一种通过对金属坯料反复捶打而施加压力，使其在可塑状态下成为具有一定形状和尺寸的工件的手艺，在古代通常是指打铁或制铜。从事打铁或锻造铁器的工匠被称为铁匠。我国是世界上最早掌握冶铁技术的国家之一，据历史记载，比欧洲早一千多年。自冶铁技术产生以来，铁匠这门职业也就产生了。锻造技艺是一门古老的技艺，铁匠则是这门技艺的传承者。

● 历史

中国使用铁器的历史十分悠久，在现代考古发掘的活动中，已经有铁器锻造的遗址被发现，如河北藁城曾出土一件铁刃铜钺，经鉴定证实为商代用陨铁锻成的产品。汉朝的锻造技术有了进一步的发展，出现了不少名刀宝剑，例如三国时期曹操所用的花纹钢刀。曹植曾作《宝刀赋》来赞美宝刀华丽的外表和锋利的特点："垂花纷之葳蕤，流翠采之滈瀇。"三国、两晋时期也有《文身刀铭》《文身剑铭》等著作记载了锻造花纹钢刀剑的制造。

唐朝经济发展繁荣，对外贸易频繁，生产进一步发展，更多的兵器、农具应用了锻造技术。宋朝的蟠钢剑，由于锻造技术的进步，比前代的更加坚韧。

明朝时《天工开物》对锻造的概念及作用做了很好的描述："宋子曰：金木受攻而物象曲成。世无利器，即般、倕安所施其巧哉？五兵之内，六乐之中，微钳锤之奏功也，生杀之机泯然矣！同出洪炉烈火，小大殊形：重千钧者，系巨舰于狂渊，轻一羽者，透绣纹于章服。使冶钟铸鼎之巧，束手而让神功焉。莫邪、干将，双龙飞跃，毋其说亦有征焉者乎？"这段话叙述了锻造的重要性，表明了将材料做成产品需要精良的工具，否则，即便是鲁班、倕也无法施展自己的才能。很多兵器、乐器都是经过千锤百炼才锻造而成的，例如重达千斤的铁锚，轻如鸿毛的绣针，莫邪、干将这两把名剑，无一不是锤锻的奇功。

明朝中后期，锻造的大件有"千钧锚"，小件有"针、锥"等。《物理小识》上亦有类似的记载："大器以细陈壁撒接口自合。"这些锤合剂和氧化铁会形成低熔点的液态硅酸盐而被挤出,因此不会使氧化铁留在接缝中,从而使锻件更加牢固。

"冷锻"是中国古代锻造技术上的一项重大成就。中国最早的冷锻件之一要属河北怀来县出土的春秋晚期至战国早期的红铜锤胎薄铜缶,它是由冷锻成型的上下两半球冷咬接而成为一个整体的盛酒器。宋朝时,冷锻已是较为普遍应用的技术了。不少著作都有这方面的记载,西夏用冷锻方法制造了钢甲,李焘《续资治通鉴长编》记载:"工作器用,中国之所长,非外蕃可及。今贼甲皆冷锻而成,坚滑光莹,非劲弩可入。……中国之技巧,乃不如一小羌乎?由彼专而精,我漫而略故也。今请下逐处,悉令工匠冷砧,打造纯钢甲,旋发赴缘处,先用八九斗力弓试射,以观透箭深浅而赏罚之。"冷锻法在宋朝时多在盔甲上使用,岳珂《愧郯录》记载:"……谓甲不经火,冷砧则劲可御矢,谓之冷锻(锻)。遂言于朝,乞下军器所制造。"沈括在《梦溪笔谈》中则对以冷锻技术制"瘊子甲"作了较为详尽的记述:"青堂羌善锻甲,铁色青黑,莹彻可鉴毛发,以麝皮为绲旅之,柔薄而韧。镇戎军有一铁甲,楉藏之,相传以为宝器。……但元非精钢,或以火锻为之,皆无补于用,徒为外饰而已。"这说明宋朝时冷锻技术已经非常精进了。

铁器锻造不仅应用在甲胄兵器上,中国古代以小农经济为主,拥有广袤的农村耕种土地,农业用具的应用范围比兵器更加广泛。宋元时锻造的犁刀坚硬锋利,给农业生产带来很大的好处,特别是在垦耕开荒,省工力而见效益。元代王祯的《农书》对犁刀有专门的记载:"其制如短镰,而背则加厚。尝见开垦芦苇、蒿莱等荒地,根株骈密,虽强牛利器,鲜不困败。故于耕犁之前,先用一牛引曳小犁,仍置刃裂地,辟及一垄,然后犁鑱随过,覆垡截然,省力过半。又有于本犁辕首里边,就置此刃,比之别用人畜，尤省便也。"除这些开垦农具外，还有锄、铲等也多用炒钢锻造而成，"锻铁为首，谓之铁枕，惟宜土工"。因此锻造是我国古代金属加工发展史上的一门重要技术，它对我国封建社会的生产力起了很大的推动作用。

文化意义

冶炼锻造技术在我国有悠久的历史，这一技术应用于制造生产工具，提高了生产效率，解放了部分劳动力，一方面促进了农业生产的发展，另一方面也促进了社会的分工，从而推动了整个社会的进步，成就了中华文明的灿烂与辉煌。

明 仇英 《清明上河图》（局部）

乡间铁匠

邱玉超

铁匠的职业是很古老的，从发现铁那一天就有了。在老家，早年间的铁匠是挑着风箱、炉、铁砧等走村串户揽活的，后来才有了固定场所——铁匠铺。在我的记忆中，村里铁匠铺的铁匠外号叫"瓜蛋子"。此人长得矮小，球球蛋蛋的，就得了这么个绰号。铁匠一双小眼睛一年四季总是红通通、泪汪汪的，据说是常年在火炉前打铁，被火烤的。他的妻子则长得五大三粗。两人共生育了四儿四女，日子过得相当窘迫。直到20世纪80年代初期，铁匠在村里开了自己的铁匠铺，日子才一天天透些亮。

2001年春，我到乡里挂职。锦赤公路从乡政府所在地边杖子村腰间穿过，路旁有一铁匠铺。闲来无事，我就喜欢到铺子里与铁匠夫妇聊聊天，顺便了解些民情民风。铺子由夫妻两人共同操持。男人48岁，女人51岁。处对象时，男人不大中意，原因不言自明：男人嫌女方年龄太长。男方父母却一百个愿意，说女大三抱金砖，其实是相中姑娘泼辣、勤快的劲儿。乡间长辈选儿媳的标准往往注重实用性，如同选一把割麦子的镰，关键看用着是否顺手，是否锋利。

农村妇女少娇气，恶劣的生存环境造就了她们不惜体力、不顾容颜、争强好胜的品质。女人的活计自然由女人做，男人的活计，女人亦不肯袖手旁观。

壹　传统匠人的技艺

❁ 剑池 中国刀剪剑博物馆

这女人的手掌纹极粗,如乡路车辙。

女人把一头灰驴用绞杠捆绑到铁架上,再用锤和铁钩撬掉驴蹄上的旧掌,动作麻利而张扬,就像启去丈夫鞋底的一块泥巴那样得心应手。然后回身从炉膛取出通红的烙铁,把驴蹄烙得青烟缭绕,火苗如花,香味四溢。女人右膝跪地,左腿呈直角垫在驴蹄下,粗手握如月弯刀,将驴蹄削平,以便钉新掌。

赶驴车的老汉问赶马车的汉子:"能穿多少时候?"

答:"没准儿,看啥道儿,多则俩月,少则个把儿月。"

老汉频频点头:"那是,跑土道和跑油路哪能一样。"

多么精彩的对话。一个"穿"字道出赶车人对生灵的百般呵护与亲爱。

女人司空见惯了这乡言村语,如耳旁风。她的心思都在给毛驴钉掌上。一丝丝,一线线,分明就是在给自家孩子纳鞋底。孩子有很长的路要走,怎能没有一双耐穿的新鞋呢?

夫妻铁匠让我想起现代作家师陀写于1938年11月7日的散文《铁匠》：父亲领着两个儿子，担着铁匠的全部家当，行走在乡间原野，村落路畔，"他们敲击着。他们毫不吝惜地为乡下的少女们打着美丽的梦，为农夫们打着幸福的梦，而同时则为自己打着饥荒"。师陀的散文总是像他的小说一样那么生动，那么感人，那么深刻。《铁匠》在写景、抒情与议论中发展着情节：铁匠的大儿子到外地做工去了；二儿子当了土匪，被枪毙了，妻子改嫁，扔下个孩子给老铁匠。他们的命运为什么如此悲惨？原因很简单，那是20世纪30年代发生在师陀故乡的故事，那时候的中国内忧外患，混乱不堪，民不聊生。那时候的"庄稼人一年比一年穷困，他们吝啬到把原来用一年的镰刀用到四年，于是正和所有的乡下铁匠一样，他不得不靠着修理破旧枪械为生"。为了避免饿死，二儿子抛弃了祖传的锤和钳，当了土匪，后来他被捉住，人家让他吃了颗再也不怕饥饿的"定心丸"。从此，村庄和原野再也见不到铁匠和他两个儿子的身影；从此，人们再也听不见他们的打铁声，就连无限宽广的平原都静寂了，空虚了。师陀在文章的结尾写道："我们于是开始深深地感到时光的流逝和生命的寂寞。"

师陀在《铁匠》中预言：以同样的声调响了二十年、五十年、一世纪、两世纪的锤声仍然年轻地、嘹亮地、嬉笑似的不变地响着。是啊，如今又快过去一个世纪了，铁匠的锤声仍在21世纪的乡村夫妻铁匠铺里响着，嘹亮地响着。于是，我们深深感到时光的不复与生命的顽强。

潞城铜匠

● 杨晋林

山之右,河之阳,是潞城自然而然的本源,山为太行,河为黄河,都属狂野、霸气的禀性。但细说起潞城,太行与黄河似乎又远了点,大了点,有了攀比之嫌,不如就说眼前,就说当下。当然,我们也不必说被称作浊漳河的潞水吧,不说潞水河畔振翼欲飞的原起寺吧,不说鸟瞰潞水的李庄既有文庙又有关帝庙吧,也不说西流村唢呐笙箫吹拉弹奏了几百年的乐户,还有潞河村合义班、微子镇新义班、李家庄福义班咿咿呀呀粉墨登台的戏子吧,我们只说潞城的铜器。

之所以说起潞城的铜器,是因了潞城铜器的闻名遐迩,无论崇道村,还是三井村,无论黄池村,还是东邑村,潞城乡村的名字被历代铜匠用扁担挑向远方,从而在三晋大地上广泛传播,甚至连帝都京畿也耳熟能详。也可以这么说,昨天的潞城就是被一些游走四方的铜匠叮叮当当敲打出来的,然后经过独具匠心的修饰,鎏了金,錾了花,雕凿了精细的纹饰,历经岁月打磨,成为历史的经典。

至今,那些如同珍珠般散落在全国各地的晋商会馆里,都不乏潞城商人的影子。最著名的要数明末清初潞城铜匠在京城广渠门兴隆街捐资修建的潞郡会馆,不仅让潞商这个名词从历史教科书中血肉丰满地走出来,而且令后人深刻体悟到潞城铜匠卓尔不群的技艺和筚路蓝缕的创业艰难。

在潞城，一把八仙壶，一只铜火锅，甚至一口宣德年间的铜熏炉，都曾像自家菜地里的茄子、豆角一样被潞城铜匠排列在作坊前，经过一番你来我往的讨价还价后，以双方都容易接受的价格拍板成交。今天看来，那些精美的铜器任意一件都价值不菲，但在昨天的潞城，这样的铜器装饰着寻常人家的寻常生活。男人桌上注满唐宫悦酒的铜酒壶，妇人怀里搂抱着的暖手炉，斜倚在梳妆台上的沾满脂粉气的凤纽铜镜，仿佛是潞城一些饱经沧桑的老者，正用情真意切的方言讲述潞城铜器非一般的神韵和遥不可及的渊源。

"铜崇道，铁贾村，珍珠玛瑙翟店村，糠打一座城五里厚，还有二十四里焉有桥……"

这是一句潞城民谚，民谚开头称道的即是崇道村的铜匠。崇道村的铜匠在潞城人眼里并不算手艺最精的，但别驾在潞城的李隆基或是八百年后的明武宗，还是在听到这样的民谚后打心底里为潞城的丰饶富足感到高兴，并有了一探究竟的想法。年轻时的李隆基因为近水楼台，很快就寻访到"三台镇其北，龙岗伏其南"的崇道村，并且对铜崇道的称谓有了恰如其分的解读；而那个习惯了风花雪月的明武宗朱厚照却没有李隆基这样幸运，由于路途迢迢，途经邯郸时又险些被刺客得手，经历一场虚惊后只好摆驾回宫了。未能亲眼见识一番"铜崇道，铁贾村，珍珠玛瑙翟店村"的真正蕴含，成为明武宗难以释怀的遗憾。当然，帝王的想法或许与普通人的想法不尽相同，但潞城铜匠的声望是确凿的。在飘逸的唐诗里，在婉约的宋词里，在环环相扣的明朝话本里，潞城是铜铸的潞城，潞水是翻着青铜浪花的潞水。

潞水河边有个潞河村，村民李三珍在村西北的丘岭台地上打井时不慎掘出一座古墓。据专家考证，墓主人应该是两千多年前的一位诸侯。诸侯墓并不孤单，还有一些墓群花环般簇拥在周遭，于是一些珍奇的铜鼎、铜豆、铜壶、铜鉴、铜鬲、铜甬钟之类的青铜器物从幽暗密闭的土坑竖穴墓中被清理出来,堂而皇之进驻了国家级的博物馆。原来在唐朝之前,在秦汉之前,铜匠就已经在古老而年轻的潞城(那时应该叫潞子国吧)土地上铸造青铜了。他们赤裸着臂膀,在炭火通红的竖炉边冶炼红铜,并在红铜的溶液里掺入锡和铅,经一番急火锤炼后,青灰色的青铜便出炉了,然后以"六分其金而锡居其一"铸造钟鼎,以"五分其金而锡居其一"铸造斧斤,又以"四分其金而锡居其一"铸造戈戟……在两千多年前的潞水河畔,这样的炼铜竖炉,这样的铸铜泥范,这样精美绝伦的透雕云纹铜器几乎随处可见。潞城的古人"冶石为器,千炉齐设",叮叮当当敲打着潞城的土地,敲打着华夏民族的青铜文明。

沿着跌宕起伏的潞水(或浊漳河)行走,似乎脚下每一块鹅卵石都有了铜簋、铜簠、铜盨、铜觥的模样,而岸上错落有致的村舍民居乃至山峦树木都有了铜甗、铜斝、铜彝、铜镈的形状,泠泠有声的河水以及树梢上婉转啁啾的鸟鸣都有了铜钟、铜鼓、铜戈、铜剑的旋律。我们感受着青铜时代最童真、最纯粹的山野气息,然后看到高冠博带的微子乘坐铜辕铜毂的小轩车一路顺河走来,嘴里吟唱着类似"黄鸟于飞,集于灌木,其鸣喈喈"那样优哉游哉的古歌,一边叹息纣王的无道,一边又感慨潞水河畔的风光旖旎;接着箕子也来了,箕子胯下的坐骑披挂着青铜铸就的马鞍、马辔、马镫,但行色匆匆的箕子神情却有些恍惚,有些落寞,远没微子那样洒脱,他看到昔日商朝的都城朝歌倾塌的宫墙就想哭,看到潞水河畔良莠不齐的禾黍也想哭,他的歌声里浸透着对家国陨落的浓浓忧伤:"麦秀渐渐兮,禾黍油油。彼狡童兮,不与我好兮!"

当微子的小轩车走远后,当箕子的马匹也渐行渐远,潞子国的婴儿国君也住进了封土堆。这些从潞城乡间的阡陌上经过的古人离我们越来越远,但他们不经意间留下的青铜器物却在这一片遍

❀ 门闩 徽州古村落（一）

❀ 门闩 徽州古村落（二）

壹 传统匠人的技艺

植参差荇菜的河谷之间，为我们树起一座座标榜潞城铜匠千古风范的无字丰碑。

就这样，我们间隔了千载光阴，凝望着悬挂在半山腰上的潞水河畔人家，他们一方面恪守着世代相袭的古制，忠义而不失睿智，一方面在单调的榔头与铜皮敲击的律动里延续着铜匠的手艺。可以想象，微子时期的潞城铜匠，或者婴儿时期的潞城铜匠，他们在简陋的作坊里冶炼质地上好的青铜，打制样式精美、经久耐用的青铜器皿，当作坊里的铜勺、铜铲、铜壶、铜脸盆堆积如山时，就需要挑着担子或推着独轮车去他乡出售。这些肩挑铜器物沿路叫卖的铜匠应该说是最早的潞商了，他们顺着潞水高低起伏的河道，向东穿越太行山进入邢国或卫国的领地，向南跨过湍急的黄河进入麦浪滚滚的成周洛邑，向北深入晋国，远涉荒凉的娄烦……他们不停地行走，不停地沿路推销那些已经成型并且配有兽面纹、环带纹、垂鳞纹、凤鸟纹、瓦纹等纷繁复杂的纹饰的青铜器皿。在推销产品的同时，又要摆摊招揽修补铜器的活儿，食器酒器、锣铙唢呐、摆设挂件、宴飨礼器，只要是铜做的，只要与铜能沾上边儿的，巧手的铜匠都可以变废为宝，化腐朽为神奇。在他们身边，不外乎有这几样工具——榔头、铁砧、錾子和风箱，他们借助独特的铸造技艺点缀着历史纵深的文化属性，关乎那时最鲜艳的风物，关乎那时最单纯的人情，关乎那时最普遍的习俗，也关乎那时最简约的行为规范，乃至那时人们日常最质朴的生活方式。

这只收藏于山西省博物馆的夔龙纹方盘，是潞河村七号墓出土的文物，它的形状酷似故宫博物院的龟鱼纹方盘，均为长方体形，口沿外翻，饰夔龙纹，浅腹，平底，四兽承托状，底部铸有四兽形足。这样的青铜瑰宝即使放在全国范围来讲也属凤毛麟角。它流畅的器形线条，敦实的器物结构，精美的纹饰塑造，一再让我们对潞城铜匠产生更加宽泛的联想。

千百年来，潞水并未停止昼夜不息的奔波与漂泊，它恒定地泛着青铜色的浪花，从殷商时期一直流淌至今，声息交叠，气韵相合，河水有枯有盈，色泽却亘古不变。应该说，整个潞城是被无数心灵手巧的铜匠绑在高绾裤脚的泥腿上的，挑在补丁摞补丁的肩膀上不停地跋涉与行走，以至于大河上下、大江南北的城市乡村都留下了有关潞城和潞水的记忆。这样的记忆镌刻在了那些方鼎的铭文上，那些瓠形提梁壶的铜壶底上，那些三足鼎立的青铜酒爵上……人们在节日祭祀、征伐壮行、宴请宾客的时候，就很容易想起浪花滞重的潞水河畔的古潞城，想起潞水河畔不停行走的铜匠们。

三井村听不到潞水拍打堤岸的喧哗，但三井村的铜匠同样是沿着潞水的河岸一步一步走出潞城，走出山西的。我们无法想象数百年前的三井村或是三井周边的任意一个村庄是怎样的古拙、清幽、淡泊、雅致，一座座砖砌的老墙挺起三脊六兽的瓦屋，外墙用白灰抹面，内墙也用白灰抹面，一些类似碧霞宫、白衣堂、师祖庙的宗教庙廊夹杂在错错落落的民宅之间，被厚实的人间烟火慢条斯理地熏烤着。每一年都有许多赛社的风俗在这些庭院深深深几许的村庄里隆重演绎，每一道程序都极其规范，极其严谨，也极其庄重。赛社结束后，村庄再度恢复宁静，该出门的还要出门，该留守家园的继续留守家园，不宽的街道顿时显得宽敞了许多。时断时续的行人多是些收购铜器的贩子或上了年纪的老人，年轻力壮的都在外地打拼，他们的职业有一个共同的名称——铜匠。

其实几百年后的三井村同样被一些空巢老人留守着，留守着一片祖传的家业，留守着三井古人不散的铜匠梦。只是现在的年轻人所从事的职业与祖宗的手艺毫不相干，他们像浮萍一样随波逐流，有跳跃着奔向大海的，也有依附在河汊里庸庸碌碌的，在这样的浮萍下面不再潜伏有青铜色的暗流和旋涡，于是我们愈加怀念百余年前甚或几百年前的三井村。那时的三井有许多忙忙碌碌、叮当聒噪的铜铺或铜锡铺,这一家铜铺的东山墙或许就是另一家铜铺的西山墙,门口无一例外高挑着标有不同字号的幌子,牛记铜铺、陈记铜铺,还有刘记、周记铜铺……更有把字号刻在牌匾上的,蓝底儿铜字或是黑底儿铜字,书写匾额的秀才也一定是铜匠的后裔了,落笔雄健奇崛,着墨处尽显青铜的圆融与大气。

三井自古并非潞城的商业中心,每一家铜铺前也未必天天是顾客盈门,他们大多把更大的生意做在了州府,做在了京城。

说起京城来,似乎离三井村远了,远到遥不可及。但每至年关,那些在紫禁城外做铜匠生意的男人会乘车坐轿、骑马骑驴,从繁华的都市匆匆忙忙往小桥流水的潞城乡下赶。三井、东邑、黄池、会山底,连同日显老态的崇道村,都是这些连掌纹的缝隙里都嵌满铜屑的游子的故园。故园像一块吸力非凡的磁铁,牢牢吸附着铜匠孤独的灵魂。

于是,我们趁潞水尚未封冻,顺水而下,去京城看一看,看一看百余年前建在老北京前门楼子的"合义号"铜锡店,看一看安定门外的"泰山号"铜铺店,或者往前再走一程,去乾隆年间看一看安定门外的"泰德号"牛氏铜铺。

安定门是老北京内城的北门,与德胜门处于同一条线上,早年的安定门除了走兵车,还要走粪车。我们无须探究它何以要走兵车,何以要走粪车,反正这样一道城门是经历过许多事儿的,大事,小事,高兴事,闹心事,很杂,也很琐碎。对于种种过往,安定门不一定都放在心上,但它一定还记得,乾隆爷在位时有一家高悬"登天铜府"金字牌匾的铜铺就在附近,铜铺的名字叫"泰德号",铜铺的掌柜叫范德库,而这一家字号的股东并不属范氏,而是潞城三井村的牛氏。"泰德号"似乎与其他的泰兴号、宝山号、永盛号、和丰号等这号那号的铜铺并没有什么差别,这样的由潞城铜匠开设的铜铺在京城少说也有一百多家。那些手里端着铜烟壶,头戴瓜皮小帽,身着长袍马褂,晃进来晃出去的铜铺掌柜,人人一口流利的潞城方言，在京腔京韵大行其道的皇城脚下，这样的方言显得格外特别。然而潞商心里想的不是入乡随俗，随波逐流，而是在浮躁的异乡坚守潞水传承的精神与风骨。尽管如此，就因了"登天铜府"那块匾，才凸显出"泰德号"铜铺的与众不同。

多年前，潞城微子镇的一个名叫郝汉成的老铜匠，从喧嚣的北平城回到故乡。"少小离家老大回，乡音无改鬓毛衰"，老态龙钟的郝汉成还没来得及洗却一身的风尘，就让人搬来一个凳子，颤颤巍巍爬上去在墙头钉下一枚钉子，然后把一幅裱在相框里的照片挂了上去。照片并不是老人的肖像照，而是"合义号"铜锡店从打磨厂迁移到前门大街路东的广告。老人的举动令家人大跌眼镜，更让家人难以接受的是，老人又不谈照片上的"合义号"和自己的特殊渊源，不谈自己在京城的奋斗史，而是把话题一下子推到了前朝。他所提到的故事主人公就是我们已经知道的三井村的铜匠范德库，他讲述的是当年"泰德号"掌柜范德库怎样召集所有在京的潞城铜匠，给紫禁城铸造三百口鎏金大铜缸的故事。这些摆放在故宫至今都光彩熠熠的被称作"门海"的鎏金大铜缸，上部刻着"大清乾隆年造"字样，底部刻着"潞城县三井村牛姓铜匠泰德号"字样，要知道，很少有字号被允许在皇宫器物上落款的……老人的故事像纺车上的棉线，越拉越长，其实也不是故事长，而是老人把故事讲了一遍又一遍，听故事的人耳朵里都长满了茧子，到后来，听故事的人都可以把故事原原本本复述一遍了。

三井村牛氏大模大样地走进了皇宫。由是，潞城人再不敢小觑三井村了，不由得对三井村的铜匠刮目相看了。然而，三井仍像先前的三井那样古拙、清幽、淡泊、雅致，没有因发生在京城的新闻所震撼。在三井村人看来，那些临近"泰德号"铜铺的官员必须"文官下轿，武官下马"的传闻简直就是扯淡，铜匠就是铜匠，手艺再地道、再玄乎的铜匠也赚不来一副顶戴花翎。反过来说，无论御赐的匾额或是官员的敬畏都算不了什么，唯有他们手中的技艺才是至高无上的。

陈钱垒是三井村的铜匠，牛买卖也是三井村的铜匠，两位老铜匠都没去过北京城，但他们的铜匠手艺一点都不逊色于前人。他们每天早晨起来的第一件事就是引燃冶炼铜料的竖炉里的炭块，当炭块的青烟散尽，火焰由红转白时，他们便用铁钳子夹着事先选好的铜料放在炭火上烧炼，铜料烧红后在铁砧上用特制的榔头捶打。在反反复复烧炼和捶打的过程中，器物慢慢成型，再经细细的打磨、细细的焊接、细细的凿孔、细细的錾刻和细细的退火工序，一把铜勺、一只带有足底的铜盆，或是浮雕了寿字图案的大底铜壶才算大功告成。为人随和的陈钱垒或者性格耿介的牛买卖这时候会伸直腰杆，捶捶僵硬的后背，举目望一望作坊外西斜的太阳，方知大半天的时间不知不觉流走了，就像温文尔雅的潞水一样，就像这个季节漫天流动的浮云一样。其实呢，人的一辈子也长不到哪儿去，昨天还在穿开裆裤的陈钱垒用一截弯个小钩的铁丝推动一只铜桶箍当铁环玩，从这家铜铺蹿出来又溜进那家铜铺，掀翻这家的铜瓢垛，踢翻那家的铜壶山，弄得鸡飞狗跳猫上墙的，一眨眼的工夫已是三井村所剩不多的老铜匠了。等到陈钱垒再也掂不动铁榔头，只能坐在门口的马扎上细数时日时，三井村最后一座炼铜的竖炉也倒掉了。

对于三井村而言，一切都像没有发生一样，它一如百余年前或数百年前的三井村，古拙、清幽、淡泊、雅致。这样的风格其实也适合整个潞城，适合整条潞水。犹记得当年"泰德号"的掌柜范德库衣锦还乡时，三井的老少爷们并未像迎接英雄那样夹道欢迎他，倒不是因为范德库的祖上是潞城窑上村人，而非三井村人，也不是因为三井村的铜匠对那一块御赐的匾额心怀妒忌，实在是因为"泰德号"所擅长的鎏金技艺在三井村人看来太稀松平常了。三井随便哪个铺子里都养着一两个身怀鎏金绝技的大师傅，鎏金算什么呢，比起更加复杂的錾花技巧，鎏金就是小儿科了。

门闩 徽州古村落（三）

崇道、三井、东邑，或是窑上，都曾是潞城铜匠的故里。在铜匠早已不在的今天，再度提起潞城铜匠来，这些铜匠故里的后人仍抑制不住内心的激动，他们不单为那些过去的故事心潮澎湃，更为脚下这块生长铜匠的土地感到自信和张扬。他们的态度时刻感染着我们，感染着每一个异乡人。在潞城，在潞水河畔不断成长的潞城，我们清晰地聆听到从前那些悦耳的榔头击打铜皮铜锭的声音。那样的声音如水银泻地般回荡在潞水溅落的每一寸土地上，回荡在潞水充满阳光的或水汽弥漫的空中。

青铜的味道越来越浓了。

提及贾村，我们自然要回到贾村赛社的话题上。早年的贾村除了铁匠比比皆是外，也盛产铜匠。铁匠、铜匠带给地方上的不仅仅是职业本身，最为显著的是乡村的富庶。在温饱不愁的年代，人们更愿意以民俗的方式装点一下枯燥乏味的生活，于是贾村赛社应时而生。

贾村赛社在潞城，乃至整个上党地区也是颇有名气的。那一整套繁文缛节的赛社流程是通过二月二的香火会和四月四的古庙赛会铺排开来的，迎神的队伍穿越八大街九小巷，七十二条小吃廊的场面异常壮观……在节日的贾村，我们与铜匠、铁匠自创的民俗不期而遇——扛皇杠、擎仪仗、打伞扇、敲门锣、抬神轿，而匠人们把自己扮作龙王、蝗皇身边的随从，在优雅的太平鼓的伴奏下，把一段神话表演得淋漓尽致。在赛神会上，每个贾村的铜匠都与"神灵"有着亲密接触的机会，铜匠忘记自己是铜匠了，铜匠把不可能变成了可能。那一天，所有的铜匠都做了一回神仙，即使是扮演了一回虾兵蟹将，也沾了一身龙王的仙气。

铜匠不在的日子，铜匠的后人仍在每一年农历的二月二和四月四参加周庄王宴请诸神的盛宴，一年又一年，年年乐此不疲。

在潞城的乡间，我们一次次靠近潞水，远望它的山环水绕，张弛有度，近观它的河水泱泱，青山倒影，一幅是浅绛山水，一幅是工笔写意，随便装裱一下，即有意境深邃的唯美。然而，立体感对于潞水来说还不是最重要的，最重要的是潞水的色彩，潞水青铜色的色彩。潺湲的潞水里留下一个又一个铜匠的剪影，铜匠挑着两头翘起的铜扁担，"吱呀吱呀"远去了，他身后的潞水却一派绿黄，那是青铜浸润的色调。

不可否认，当现代工业以其规模和速度冷酷地将类似铜匠这样的手工业者挤向悬崖的时候，人们对铜匠的思念是淡薄的，仿佛是邻家的一位老人故去了，除了一点点伤感外，就剩下新陈代谢的所以然了，但那些辉映在铜镜里的古旧的岁月，连同古旧岁月里曾与我们朝夕相处过的铜壶、铜盆、铜瓢、铜勺呢？它们的离去难道带给我们的只是生活方式的一点点改变？一定有令科学都难以言说的隐痛在里边。

作别潞水就像我们作别潞水河畔的铜匠一样难舍，这一路走来，潞城的铜匠用他们手中的錾子不停地在我们灵魂深处雕刻出一些壮丽旷达的纹饰和图案，并恣意涂抹了潞水的青铜色泽。范德库，一个满脸胡须的故人，从泛黄的沧桑里向我们走来，肩头的铜扁担上一头挑着"登天铜府"的金字大匾，一头挑着金光灿灿的鎏金大铜缸，一人一担，一匾一缸，寂寞在潞水河畔的青山隐隐里，宛如画中一笔点簇，有如山间一处茅庐、水中一叶孤舟。故人范德库经过潞水的一段河湾，把肩头的铜扁担放下，蹲在河边掬一捧水，他落在水中的影子孤傲、乖蹇、孑然独立。良久，他抹一把脸，飘然离去了。

木艺

mù yì

概说

木工工艺是一门传统的手艺技术，它以木头为原材料加工，应用于建筑行业、家具行业以及装饰行业等，使用的工具主要有斧头、刨子、凿子、锯子、墨斗和鲁班尺。即便在现代大工业生产中，木艺也没有随着时间的流逝而消亡。新中式风格的流行使它焕发生机，原木、环保等概念的兴起也使它有了很大的发展前景。

● 历史

木匠这个行业非常古老，最早被称为"木工"，之后又出现了"梓人""梓匠""匠人"等称呼。木工在古代也曾是官名，《礼记》记载："天子有六工，曰：土工、木工、金工、石工、兽工、草工。"木匠在古代的工作范围相当广泛，大到大型建筑承柱及飞檐斗拱，小到一个点心模子，都离不开木匠。

据明代午荣编纂的《鲁班经》记载，春秋时期的木匠使用铁锯、铁斧、铁钻、铁凿、铁铲、铁刨等工具来制作家具。南北朝之前，人们还未发明大锯，主要使用"斤"或"斧"来破木。一般伐木用长柄的大斧，重八斤，柄长三尺以上，需双手使用。《说文》："戉，大斧也。"《六韬·军用篇》则将它作为一种武器来介绍："大柯斧刃长八寸，重八斤，柄长五尺以上，一名天钺。"原始社会的破木工具石楔是仿照斧来制造的，到青铜时代及以后，它逐渐变得细长，并安有木柄，称作"斨"，以后又分化出一种破解小料的工具"錛"，形状类似凿。原来的斧状楔具仍在使用，称为"鈌"。这些工具都是为适应不同木材的裂解而产生的。《淮南子·齐俗训》："伐梗楠豫樟而剖梨之，或为棺椁，或为柱梁，披断拨槮，所用万方，然一木之朴也。"可见柱、梁、棺、椁等，所用之材皆一木所剖解而成。又"……圣人之斫削物也，剖之判之，离之散之。已淫已失，复揍以一。既出其根，复归其门。已雕已琢，还反于朴"，也反映出一些早期的制材情况。

《墨子》中提到："为斤斧锯凿。"表明它在功用上承担着一种独立的工作，也说明斤使用的普遍性和重要性。得到合适的木材过后就可以对其进行加工，首先需要平木，比较而言，双面刃斧不能用来平木，于是双手执长柄的斤或小斤来削平，非技艺高超之人不能完成，成语"运斤如风"就是说的这项手艺。平木分为两种，分类依据是加工工具的细腻程度。应用斤做加工的称为粗平木，斤加工后，木头表面有粗糙不平的木质纤维，这样的木材无法用来制作精致的家具，便需要进入细平木环节。《释名·释用器》说："鐁，鐁弥也。斤有高下之迹，以此鐁弥其上而平之也。"鐁是尖刃器，像剑尖，后来人专门利用侧刃来平木。

木材有特殊工艺制作需求的，还需进一步光平，古代则用修磨工具加以打磨，这个过程统称为"砻"。《国语》："赵文子为室，斫其椽而砻之。"记载的是春秋时的事情。因此"砻"是较"斫"更高一级的平木加工方式，磨砻之制更费工时。磨石有粗细之分，粗者称为砺，细者称为砥。这种说法一直延续到今天，细者称为油石，常常为黄色，古称"黄砥"。刘熙《释名·释用器》对斤、鐁做了解释："斤，谨也，板广不得削，又有节，则以此斤之，所

以详谨令平灭斧迹也。""鐁，鐁弥也。斤有高下之迹，以此鐁弥其上而平之也。"显然，斤和鐁代表平木加工的先后程序，也叫作粗细加工。《诗经·小雅》"周道如砥"形容道路之平整，可知经砥石等磨光后的表面是相当平整的，此即"磨砻之功"。这项技术并不限于木作，在手工操作的其他方面也有广泛的应用。

南北朝之后，木匠已经开始使用鉋了，即现代所说的"刨"，不过此时的鉋还只是具备两把刀柄的普通用具。元明之后，鉋这种工具才真正成熟。它的刀片明显变得细窄，使用时更加锋利；尾部增加刨床，增加了使用的稳定性，也可以有效地控制刨平的方向。明代《事物绀珠》中记载："推鉋，平木器。"这是文献中最早正式称"推鉋"者。万历本《鲁班经》插图中所用的平推鉋，从器型上看为穿柄式，杆千斤；器身鞋形，底部平，上部装刃处厚，前端薄；鉋刀似不露出器身。这说明当时在处理木材的大小上有了更加细致的划分，出现了大鉋、小鉋两种同式样不同功能的木

艺工具。

自远古时期，随着木结构建筑的出现，人类脱离了穴居生活，家具随之得到发展。传统家具榫卯结构与传统家具的发展演变过程密切相关。榫卯结构是中国古代匠人发明的一种独特且巧妙的连接方式。这种连接形式在木结构建筑体系和小木作家具中一家独大，拼接和组装形式也千变万化。

榫卯作为几千年来近乎唯一的木艺连接方式，历史源远流长，在距今六七千年的河姆渡遗址中就发现了世界上最早的榫卯连接的构件。原始人利用石刻和石凿在木头上钻孔，再用磨石将另一块木头打磨成合适的大小，恰好与原木材严丝合缝，以达到固定的作用，这就是早期的榫卯应用。

《说文》："凿，所以穿木也。"段玉裁注："穿木之器曰凿。"可见凿的功能是"穿物"。凿是刃器，与之配合使用的还有槌（椎、锤）。凿最直接的作用是促进了榫卯的发展。汉朝时凿就已经形制完备了，绝大多数凿的形状为圆形或者扁圆形，后世一直沿用。

但无论是宋代的《营造法式》还是清工部的《工程做法则例》，对榫卯的文字记载都不多，只是对一些常用榫卯等做了规定。明清时期，硬木材料被广泛应用在家具中，榫卯结构强度随着材料性能的提高而提高。人们开始使用暗榫，斜接、隐藏所有的榫卯接合以减少接合的痕迹，直至近代几乎全用暗榫。其优点是美观，不影响木纹的整体效果，缺点是容易产生虚榫，即眼深榫短，或眼大榫小，用胶来填塞，影响接合强度和耐久性。

榫卯刚开始用斧、凿就可以加工，锯发明后由于它截断准确，因此变成了制作榫卯的主要工具。宋朝之后，高式家具的流行让榫卯开始真正发挥它的作用，直到明清，这一技术才在家具史上大放异彩。

文化意义

木匠技艺在古代具有重要的实用价值和文化意义。不同时期的木艺制作反映了社会的发展和时代的变迁，体现了当时的文化特色、艺术风格和风俗特点等。因此，古代木匠不仅体现了一门手艺，更蕴含着深厚的文化内涵。

古代技艺多通过师徒传承或家族传承，这既保证了技艺的延续，也沿袭了一个行业的规范和道德价值。现代社会，随着各种技术的发展，传统木匠从业人员已较少。近年来，随着政府的重视，传统木匠技艺的保护也受到关注。作为传统文化的一部分，希望木匠技艺能够传承下去。

木匠全福

虞燕

圆滚滚的粗木头被捆绑于大树，一把大锯子架上，全福和他的徒弟左右各站一边，一个上一个下地拉锯子，来来回回。"嚓啦，嚓啦"声不绝，锯末纷纷扬扬，乍一看，以为树下飘起了雪。终于，将木头如鱼鲞般彻底剖开，全福用手指轻轻地敲，微仰着脸，两只小眼睛眯起，跟戏迷听到了好曲似的，围观众人便知，这是个上好的木材。主人家乐呵呵地奉上好烟，全福手上点一支，耳朵夹一支，不说话，绕着木材转圈，青烟氤氲间，他一脸沉思状。

这是全福开工前的老习惯，大概要把接下来的锯、砍、削、凿、刨等一系列工序在脑子里过一遍？

全福的木匠手艺是祖传的，他的曾祖父、祖父、父亲都是木匠，想当然地，他早就准备好要把技艺传授给儿子，可偏偏儿子不愿做木匠，嫌木匠辛苦又没见识，一辈子困在小岛上，他想当海员，将全国乃至全世界的港口都跑遍，有时还能上岸休闲，公费旅游似的，多潇洒自在。几番劝说无效，全福气得冒火，拎起一把斧头追得儿子满院子跑。儿子勉强妥协，初中毕业后跟着全福做了一年木工活，结果连个梯子都做不好，还时不时地搞废木材，不情不愿、没有用心是其一，只怕也不是吃这碗饭的料。全福死了心，这人啊跟树木一样，樟木可以做上等的衣箱书柜，柳木呢，也就能做做菜板拐杖之类，调反了，用错地方了，要么怀才不遇，要么不成器，罢了罢了，随他去吧。

全福长得如同他做的箱子，方方正正，个不高但壮实，两肩宽而平，两腿粗直，站在那儿四平八稳的。他的大鼻子很是显眼，鼻头肉圆，一喝酒就发红发亮，偶尔蓄两撇小胡子，微微翘起，我们小孩私下里叫他阿凡提木匠。眼睛却特小，像不小心在眉毛下割了细细两条，睁再大也就两个缝。弹墨线前，须目测，旁边的人若不特地留意，恐怕发现不了他两只眼睛正一睁一闭，一闭一睁，而后，用木工笔在木头上画个红色记号，墨斗循着记号垂下来，"啪"，一条墨线弹了上去，分毫不差，动作简直有点儿帅气。待吸完一支烟，低头，依着弹好的墨线开锯、凿孔等，他一用劲，脸部肌肉就紧张，咬牙歪嘴的，顺便牵扯大鼻子一扭一扭，甚是滑稽。

我们有事没事老往全福那儿跑，一进他家院门，木头的香气必先上来迎客，悠悠的，恬淡闲适。全福的工作场地在堂屋，摆放的长木凳、矮桌子便于加工木料时削和刨，木头工具箱造型像个长方形篮子，有个提手，可以拎来拎去。这些均出自他手。木匠的工具繁多，看得人眼花，斧头、锯子、刨子、锛、弯尺、墨斗、凿子、榔头……似乎每一种都分型号，大中小，长中短，如锯有长锯、短锯，斧头有大斧头、小斧头，而刨子，分粗刨、细刨、光刨、槽刨等。工具箱自然是不够放的，大型的工具便倚在屋角、墙边，我每次见到它们，总感觉有种生人勿近的威严，带着警告的意味。

全福不许我们进堂屋，工具不长眼，会伤人，我只好坐在木门槛上。工具也长眼，它们只认全福，年轻的徒弟有一回就被"咬"了。大概工具跟人一样，相处久了会对你生出感情，老木匠全福用它们锯长短、削厚薄、刨平直，经年累月，于是，它们甘愿臣服于他的手，温顺又卖力。

所有工具里，我最怵斧头，刀口呈弧形，薄而亮，寒光闪闪

明 仇英 《清明上河图》（局部）

清院本 《十二月令图轴》（五月）

🌸 木雕 徽州古村落

的，瞧着就心里发毛。全福砍削木头，有时两只手握住斧柄，有时只用右手，抡起、落下，一下又一下，像锄头锄地，也像舂头揉捣。夏季，就算把堂屋的两扇门都开了，依然燠热。全福穿一件白色汗衫背心，用干布擦擦手心的汗，斧头举过头顶，"梆——梆——"，手臂的肌肉一鼓一鼓，仿佛钻进了只青蛙，木头如干裂的泥土般迅速豁开，我感觉身下的门槛颤了几颤。这么一通下来，汗衫背心的后背前胸均已湿透，他接过徒弟直接从水缸舀起的水，一饮而尽。斧头也不是时时这么粗暴的，它还能干细活，比如削木楔、砍边，有句话叫"快锯不如钝斧"，这时的斧头在全福手里就像玩具一般，轻盈跳跃着，点哪儿是哪儿，快而准，木片木屑"唰唰"地掉，简直如削豆腐。事毕，全福起身，弹弹粘于皮肤的屑末，大鼻子里哼出个曲儿，好似他敦实的身体里有根弹簧突然松了，变得柔软、懈弛起来。

一块原木到一件成型的木器，须经过多道木匠工序，一道接一道，万不可乱了次序，总得先开料才能刨吧，而开榫凿眼肯定得是光滑的精料。刨木可能是唯一一个需要木匠全身运动的工序，我们小孩觉得最好玩。全福粗短的左腿弯成弓形，右腿在后，用力绷直，那个气势，好像要把地面蹬穿。他双臂伸直，双手握住推刨，顺着木材纹理使劲儿往前推，身体亦顺势前倾。随着"刺刺刺嗦嗦嗦"的声响，刨子欢快地吐出薄而卷的刨花，一朵连着一朵，又成串成串盛开在地上，即使被废弃，也要美丽绽放。推刨中途不得缓劲儿，一推到底后，猛地顿住，接着，连人带刨子紧急后撤，此间，全福会扭动一下脖子，再重新发起"进攻"。

刨木就是给木板做美容，经过无数次的推刨，疙瘩啊，疤痕啊，被抹平的抹平，被去除的去除，直至变得光滑细嫩。刨花一圈一圈簇拥着全福，全福双脚一动，它们便窃窃私语，不知在埋怨还是在夸奖。刨花粗粗细细，宛如女人头上的大波浪小波浪，越堆越多，终于，像海浪涌到了门槛边。我们开心了，一朵朵捞起，放到鼻子闻，套在手腕当装饰，当作蛋卷摆在破瓦片里……最后，我会通通装进塑料袋里带走，奶奶生炉子，说用刨花引燃效果好。全福笑我，那么点儿够什么好，得拿编织袋装。还真有人拿了编织袋，也有人拿铅桶，编织袋装刨花，铅桶装锯末，锯末发酵后掺土里，对种菜种花都有益。

全福声明不接急活，慢工出细活，浪费了木料或做的木器有瑕疵，口碑要坏掉。尤其做嫁妆，那是姑娘一生中的大事，也是证明娘家实力的风光事，马虎不得。全福带着工具入驻主人家，先看做家具的木头，抬起一根掂掂，摸过另一根弹弹，或用他比木头还粗的腿踢踢，再拿出卷尺量量，心中有"尺度"，执斧凿才能有神。这根可以做啥，那根用来干吗，挑出来的都分类放好，在全福眼里，它们已然是一个个具体的几何图案。

主人家早已辟出开阔的场地供全福施展，此后几天，那里不断传出"砰砰啪啪""嘀嘀嘟嘟"的声响。木头经过全福的手，变成各种长短宽窄的木材，堆于一角，再由木材拼成奇形怪状的半成品。

那些木头与木头咬合、连接而成的构件，平衡有序，有的能一眼瞧出是某木器的一部分，有的像个谜，怎么也猜不出。各个颠三倒四、横七竖八的木构件，接下来会被敲敲打打，条条框框、板板块块依照一种组合关系天衣无缝地融合，终成一体。

主人家对木匠师傅怀有敬意，好菜好酒好烟招待着。全福爱喝点儿酒，但不贪杯。喝酒跟做工一样，要掌握好分寸感，喝过量，手会不稳，手不稳，哪出得了好活。最后一日结完账，全福收拾好工具，看看摸摸亲手打造的家具，小眼睛眯起，轻轻颔首，大概是对自个儿的手艺表示满意。然后，一只粗腿向外一旋，大踏步走了。

其实，全福也接过急活儿。那年，岛上有个海员在海上遇难，急用棺材，全福和另一个木匠在那家夜以继日赶工，寻回的遗体才得以尽早装殓。两个老木匠没收一分工钱，也没吃饭，全福说这跟做寿棺不一样，不好意思收钱也没心情吃饭。在岛上，做寿棺寿坟是喜事，老人们把最终的安身之所安排妥了，心里就轻松了，必须好好宴请木匠、泥水匠，有的人家还要办上几桌呢。

到20世纪90年代中后期，木匠这一行似乎也进入了电器时代，全福购入了电刨子、电锯子，干活省力多了，适合逐渐年老的他。全福选了好木，给自己做了一口寿棺，逢人就说很合心意。完工那天，他让老婆备了好酒好菜，那回，他喝得有点儿多。

明 仇英 《清明上河图》（局部）

宋 张择端 《清明易简图》（局部）

夯土

hāng tǔ

概说

夯土既是一种技艺,表示打夯,也是一种建筑材料。作为技艺,它是指一项多人劳作活动,即举起重物多次砸向地面泥土,将泥土压实。作为建筑材料,它指经过加固处理的土,密度大,坚实牢固。从大量考古遗址中可以看出,这项技术在我国源远流长,各朝各代,重要建筑的高大台基都是夯土筑成的,宫殿台榭也都是以土台作为建筑基底而建造的。

老手艺

046

● 历史

人类最初的居住方式为穴居,《周易·系辞下》:"上古穴居而野处。"最初的"穴"当为天然洞穴,后来随着生产力的发展,人们开始挖洞为穴。顾炎武《日知录》卷二:"司空,孔传谓:'主国空土以居民。'未必然。颜师古曰:'空,穴也,古人穴居,主穿土为穴以居人也。'"

夯土技艺历史悠久,新石器时代就已出现。大约在公元前5000年的仰韶文化时期就曾出现过最早的土作技术。1951年在淮安青莲岗遗址中,考古发掘人员发现了经人工夯打过的"居住面"。龙山文化晚期,已经出现了使用版筑技术的城墙,"傅说举于版筑之间"说明当时这项技艺已经被赋予了名称并成为一项劳作活动。20世纪70年代,有考古队发掘了河南白营遗址,并在其中发现了目前所知最早的土坯,也是最早的使用夯土技术的土制成品。这种夯土工具叫作夯杵,在原始社会晚期就有使用。早期的夯杵形态简单,构造简易,外形平直粗壮,表面较为粗糙,夯土时耗力甚多,效率不高。

商周时期,无论是夯土还是版筑,采用的都是分层夯打的技术,即用不同的力道和角度夯打土面使其呈现不同的深度,当建筑工程较大时还需要分段夯打。商代的都城偃师就是采用这种分层夯筑的技术来建造,在考古发掘的遗迹中可以看到有夯打的纹路痕迹,并且有明显的夯窝。随着夯土技术的提高,建造的土墙厚度也在逐渐增加,从商朝的6cm~8cm到周代遗址发现的每层夯土8cm~12cm,且每隔几层就会有一排插杆洞眼,故墙的防寒保温及防潮功能也越来越强。随着夯土技术的成熟,夯筑也有了一定的标准。据《周礼·考工记》所载,有墙高与基宽相等，顶宽为基宽的2/3，门墙的尺度以"版"作为基数等。这时还出现了一种"蒸土筑城"的技艺，由于资料的缺乏，具体的技术已不得而知，但经专家考据，猜测可能是在夯土时浇上热水，从而使夯打后的土墙更坚固。《诗经·大雅·緜》中描写了热火朝天的打夯场面："其绳则直，缩版以载，作庙翼翼。捄之陾陾，度之薨薨，筑之登登，削屡冯冯。百堵皆兴，鼛鼓弗胜。"这首诗描述的场景是古公亶父率领众人夯土，修建城郭，"百堵"指的就是夯土的过程，等所有的建筑工程结束了，人们敲锣打鼓、振臂欢呼来庆祝。其中薨薨、陾陾、登登等象声叠词都是在描写夯土的场面，可见人数之多，场面之热火朝天，修筑大型工程的意义深远。

夯土的工具杵的形制构造到秦汉时已经有了很大的改进，此时的夯杵表面光滑平整。早期的夯杵以石为主要材料，战国时期已有铁杵出现。后来，夯杵的种类不断增多，杵头大小不一，形式多样，材料有铁、木、石等。

唐宋时期，地基夯土中有用碎砖瓦打地脚的方法。据《营造法式》记载："筑基之制，每方一尺，用土二担，隔层用碎砖瓦及石札等，亦二担。每次布土厚五寸，先打六杵（二人相对，每窝子内各打三杵），次打四杵（二人相对，每窝子内各打二杵），次打两杵（二人相对，每窝子内各打一杵）。以上并各打平土头，然后碎用杵辗蹑令平，再攒杵扇扑，重细辗蹑。每布土厚五寸，筑实厚三寸。每布碎砖瓦及石札等厚三寸，筑实厚一寸五分。"

盛唐以后，夯土制墙的技艺又有了新的提高，现代考古从唐时外墙中发现了包砖做法，这使夯土制墙的耐久性得到了进一步发展。《营造法式》还记载了筑城的规制标准："筑城之制，每高四十尺，则厚加高二十尺，其上斜收减高之半。若高增一尺，则其下厚亦加一尺，其上斜收亦减高之半。"筑墙的规制标准为："筑墙之制，每墙厚三尺，则高九尺，其上斜收，比厚减半。若高增三尺，则厚加一尺，减亦如之。凡露墙，每墙高一丈，则厚减高之半,其上收面之广,比高五分之一。若高增一尺,其厚加三寸,减亦如之。"说明打夯的工艺越来越成熟。

明代的夯土版筑在前代的基础上发展迅速,城池的建筑质量也达到历史高峰。城心内部的夯土,基本上以黄土为主,有的甚至采用纯黄土加工,但是大多数都会夹杂一些砖料、石块与灰沙,分层夯筑成灰土或三合土,外皮包以青砖。在墙体基础工程中使用灰土(石灰与黄土拌匀),这样制作的夯土黏性会更大。

清代基本上沿用了明代的做法,在夯土的工艺上没有太大的变化,但是在材料的选择上有了巨大的变革。夯土材料可分为两类:一类是生土,一类是熟土。熟土是经过发酵后的土,而三合土,即是熟土、砂和石灰按照一定比例混合的土。明代有石灰、陶灰和碎石配比而成的三合土。清代还有由石灰、炉渣和砂子组成的三合土,黏性大,不易

虫蛀,非常坚实。清代《宫式石桥做法》一书中对三合土的配备作了说明:"灰土即石灰与黄土之混合,或谓三合土";"灰土按四六掺合,石灰四成,黄土六成"。以现代人眼光看,三合土也就是以石灰与黄土或其他火山灰质材料作为胶凝材料,以细砂、碎石或炉渣作为填料的混凝土。

三合土的夯筑分为湿夯、干夯和特殊配方湿夯三种。湿夯三合土以砂为主,石灰和土为辅。干夯三合土以土为主,砂和石灰为辅。特殊配方的三合土则是以红糖、蛋清和糯米为原材料制作的,但是这种三合土的材料是甜的,容易招致蛇虫鼠蚁,因此它并不直接参与夯土制作,而是作为辅料参与。制作时先将糯米磨成粉,再注入冷水拌匀,最后高空注入大量热水,加入红糖,等温度冷却后再打入鸡蛋清,就可以得到一种特殊的黏合剂,将它倒入三合土之中,再次搅和均匀便可以直接使用了。

文化意义

夯土技艺历史悠久，在古代工程和建筑中发挥过重要作用。随着新型建筑材料和建筑技术的出现，夯土逐渐退出了历史舞台。夯土作为一种传统的建筑工艺，承载了厚重的历史气息和丰富的文化内涵，是传统文化的重要组成部分，具有独特的艺术价值、研究价值。

打夯

● 刘善民

十七岁那年我上高中。周末的傍晚,母亲跟我说:"一户乡亲盖房,今晚夯地基,你去帮帮忙。"我愉快地答应了。这是我第一次参与打夯。

我草草吃完饭,走出家门。刚到街上,那"嗨哟"的劳动号子已经开始了,铿锵有力,动人心魄。我情不自禁地攥起拳头,加快了脚步。

高高的土台俨然一个大舞台,几盏桅灯高挑在木杆上,把场子照得通明,现场人影交错,热火朝天。此起彼伏的号子告诉我,是两架夯在同时进行。一架夯正砸墙角,领号的是我家西邻的增哥;另一架打西山,听声音就知道,领号的是四队民兵排长,外号"公鸭嗓儿"。两架夯后面分别跟着三个老头,一个拎桅灯,另外两人操着铁锨负责平夯窝。外围坐着黑压压一群人,吸烟喝茶,准备换班。烟是钻石和红满天两个牌子,烟盒被撕掉,掺在一起放在条盘里。茶是北方人惯用的茉莉花茶,大碗,喝着可口。烟和茶放在用砖支起的木板上,人们围坐在一起,谈天说地。女人们抱柴烧水,尽管坡上坡下忙忙碌碌,还要不时应付男人的贫嘴和调侃。

我挤在人群里,一边欣赏打夯场面,一边等待换班的号令,一边思忖这石碌碡是怎么被绑住的。

眼前是十二人抬的夯。用绳子将四根

木杠（两根长，两根短）有序地绑在碌碡周围的凹槽里，将绳花浸湿，让它更牢固。老人们说，绑夯时盘花是关键，绳花盘好了，任你怎么抬都稳稳当当，不会溜砣。

"换班打吧，哟嗨嗨！"领号的一声夯词把我从思索中唤回。闲着的人迅速停止吸烟喝水，跑去换班；我也急忙跑到夯前，跃跃欲试。增哥用手扯一下我的衣角说："你站在这儿。"后来才知道，这是长木杠的头，站这儿打夯安全且不费劲。增哥看我年龄小，分明是照顾我，我心存感激。

随着领号人的一声"哟嗨——"，两架夯各自开打了。领号人风趣幽默的号子，迅速把大家的情绪统一到劳动中来。

领号人："拉起个夯来呀！"

众人："哟哟嗨！哟哟嗨！一个哟哟嗨，嗨嗨呀呼尔嗨！"

领号人："伙计们呀，加把劲呀！"

众人："加把劲呀！哟嗨嗨！"

领号人："角落里呀，要打到呀！"

众人："要打到呀！哟嗬嗨嗨！"

领号人："东边走呀！"

众人："东边走呀！哟嗨嗨！"

此时领号人就是一面旗帜，指挥着人们打夯的方向和力度。夯号既是命令，又是对话。在号子声中，众人的动作协调有序，步调一致。

我置身其中，被这劳动号子感动着，震撼着。"东打龙宫震大海，南打观音普陀山，西打太行万年固，北打冰雪世代骄……"真是豪情万丈，气壮山河！

有时两个领号人相互挑逗，唱词即兴发挥，现编现唱，逗得大家哈哈大笑，情绪高昂，在幽默风趣中享受着劳动的快乐。他们的词来得这样快，就像少数民族的对歌，很有水平。

飞扬的夯歌引发了我的些许思考。"安得广厦千万间"，只这三间土房就凝结了百姓的多少心血和汗水啊！尤其这滹沱河流域水患频频，安身之所，亘古求之。

夯后平土的老头们对眼前的场景司空见惯，一边垫夯窝，一边聊着天。平土这道工序看起来轻松，却让老头们担负着监工的使命。哪个角少了一夯，哪个窝砸得浅了，他们就会指出来，再在下一轮补齐。

主家一般不插嘴，只管照应帮忙的乡亲，受领大家的友情和奉献。夯歌进入尾声，管事的请求主家验活，主家绝对一口的满意，不会指指点点。滹沱河养育的人的脾气就像颔首的水蓬花，沉实而低调。

那时正值秋后，天气转凉，夜风袭来，木杆上的桅灯晃来晃去，但人们的热情不减，直到完工，大家才恋恋不舍地各自散去。

回到家，我的心久久不能平静下来。打夯号子的节奏、气氛感染着我，伴随周身的汗水渗到我的血液里。人们把希望和幸福夯实在地基里，给子孙留下回味和思念！

土砖墙

张冬娇

　　曾经的故乡，村里的房子都是清一色的两层砖瓦结构，除了基层用的是柴火烧制的青砖外，窗户以上就都是土砖。年深月久，风侵雨蚀，土砖墙已由黄变白，再由白变暗，墙上裂开许多缝，东一条，西一条，像老人满布皱纹的脸。

　　裂开的土砖墙缝干净、暖和、舒适，蝙蝠、麻雀、蜜蜂等喜欢把家寄居在此。每年春天，油菜花开了，田野里一片灿烂，南风携着油菜花香满村里窜来窜去，阳光明媚地照耀过来，照得土砖墙一脸春光。这时候，冬蛰的土蜂就从老砖墙里钻出来，来回于田野和村庄，不少蜜蜂围绕着土砖墙、窗棂或在坪里玩耍的孩子们，"嘤——""嗡——"地叫着，那声音梦幻似的，有一下没一下的，悠长得像奶奶手中的纺线，又像春天的摇篮曲，叫得人直犯困。调皮的孩子们就拿了小枝条去抠墙缝，把捉到的蜜蜂装在玻璃瓶子里，再放进一两朵油菜花，看蜜蜂在油菜花上爬来爬去。

　　有一年，奶奶家的后墙上靠房梁处来了一窝土蜂，整天忙忙碌碌。奶奶并不管它们，到了一定时间，趁着夜深人静，便用布包好裸露的手脚，蒙着头，爬上楼梯去割一次蜂蜜，分给孩子们吃。

　　土砖墙上的横梁，总有一两个去年的燕子窝。燕子每年都来得很准时，在檐前的树枝上叽叽啾啾几天后，就来到横梁上垒窝孵崽。比起燕子，麻雀就懒多了，直接把家安在高处的土砖墙缝里，一天到晚叽叽喳喳的，非常热闹。长长的夏日午后，大人们都安静地待在家里午休，孩子们就偷偷抬来长梯，小点的在下面撑稳，大点的蹲几下爬上去，对着鸟窝，用枝条扒出几个鸟蛋，圆溜溜、麻亮亮的，可爱极了。惹得两只麻雀飞来飞去叽喳大叫，好像说：不得了，不得了，偷蛋啦。

记得初中时读到鲁迅先生的文章《少年闰土》里捕鸟的片段：

"我们沙地上，下了雪，我扫出一块空地来，用短棒支起一个大竹匾，撒下秕谷，看鸟雀来吃时，我远远地将缚在棒上的绳子只一拉，那鸟雀就罩在竹匾下了。什么都有：稻鸡、角鸡、鹁鸪、蓝背……"

老师说写得很生动，便要我们模仿写一个有趣的生活场景。我也想到了捕鸟，就凭着想象写道：

"傍晚，鸟雀都入巢了，只有蝙蝠在檐前飞来飞去。我们就搬来楼梯，拿了渔网、枝条，悄悄爬上去，左手拿渔网轻轻罩住土砖墙缝，右手拿枝条往缝里鼓捣，鸟雀飞出来，就钻进渔网了。"

这个片段被语文老师作为范文在班上朗读，很让我得意了一阵。

但这毕竟是想象，蝙蝠、燕子和麻雀都是人们友好的邻居，会给村里带来福气的，大人们是不肯让我们动的。

那时候，几乎每家的土砖墙上都挂有晾衣服的竹竿。到了秋天，土砖墙下的内容就丰富了，檐下靠着墙垒起了一捆捆晒干的稻梗杂柴。墙上挂了萝卜、红辣椒和长长的丝瓜，等辣椒干了，就磨成辣椒灰，萝卜干了就做成冻萝卜，丝瓜皮剥落了，敲下种子后成了洗碗用的丝瓜卷。到了冬天，那墙上的内容就更丰富了，腊肉、腊鱼、腊鸡都来了，就像一幅乡村富足图。冬阳暖暖的日子，大人们靠着土砖墙，一边晒太阳，一边聊着天，做着针线活，孩子们则围在旁边嬉戏打闹。总有刚生完蛋的鸡从墙上的柴垛里飞出来，发出"咯哒，咯哒"之声，那悠长的余音萦绕了整个村庄。

印刷术

yìn　shuā　shù

概说

印刷术是我国古代四大发明之一。唐朝出现雕版印刷术，宋朝出现活字印刷术。印刷术的出现为知识的传播创造了条件，具有重要的价值。

● 历史

我国印刷术的雏形可以追溯到先秦时期的泥封。泥封是古代用印章压盖在泥团上的印迹，这种印章一般只有几个字。战国时的书信一般写在简牍上，为了保密，在简牍用绳子扎好后，结扎处用黏性泥封住，盖上印章。印文需要刻成反的，印出来的字才是正的，这时的印文有阴文和阳文之分。这种印章可以看作简单的雕版。

秦汉时期，石刻拓印技术已经相对成熟，这一技术对雕版印刷术的出现具有重要的启发作用。《后汉书·蔡邕传》："自书册于碑，使工镌刻，立于太学门外，于是后儒晚学，咸取正焉。及碑始立，其观视及摹写者，车乘日千余辆，填塞街陌。"这就是著名的"熹平石经"，当时的刻字技术已十分成熟。拓印就是将稍微湿润的坚韧薄纸盖在石碑上，用软槌轻轻拍打，纸就会陷进碑面文字的凹陷处，待纸干后，用包裹棉花的布，蘸上墨汁，在纸上轻轻拍打，就会留下黑底白字。这种方法比抄写要快，且文字不会出错。因此，魏晋南北朝时，就有人趁着无人看管时将熹平石经的经文拓印下来自用或者出售。

隋唐时期，文字雕刻、模印、拓印等技术的发展和成熟，为雕版印刷的产生提供了重要的技术条件。这一时期，科举制度的兴起和佛教的广泛传播刺激了阅读需求，对书籍的需求直接推动了雕版印刷术的发明。据《弘简录》记载，唐贞观十年（636），唐太宗下令梓行《女则》一书。《云仙散录》记载，玄奘于贞观十九年（645）后刻印普贤像，说明隋唐时期印刷术已正式出现。20世纪初在敦煌藏经洞中，陆续发现了一些唐朝中晚期的印刷品，如《金刚般若波罗蜜经》《上都东市大刁家印历日》《梵文陀罗尼经咒》等。

五代虽然短暂，但在中国印刷史上却有重要的地位。印刷术得到了政府的认可和重视，政府甚至出面组织用雕版印刷了整套儒家经典著作。国子监成为刻书的主体机构，具有划时代的意义，对宋代及以后印刷业的发展产生了重大影响。

宋朝是雕版印刷高度发展的时期，具体表现在刻印技艺、刻书规模、刻书地域分布等方面，都达到了中国古代雕版印刷的鼎盛。

为了改进雕版印刷的缺陷，毕昇发明了活字印刷术。沈括在《梦溪笔谈》中详细地记载了毕昇发明的活字版及其工艺概况："板印书籍，唐人尚未盛为之，自冯瀛王始印五经，已后典籍，皆为板本。庆历中，有布衣毕昇又为活板。其法，用胶泥刻字，薄如钱唇，每字为一印，火烧令坚。先设一铁板，其上以松脂、蜡和纸灰之类冒之。欲印则以一铁范置铁板上，乃密布字印，满铁范为一板，持就火炀之，药稍熔，则以一平板按其面，则字平如砥。若止印三二本，未为简易；若印数十百千本，则极为神速。常作二铁板，一板印刷，一板已自布字，此印者才毕，则第二板已具。更互用之，瞬息可就。每一字皆有数印，如'之''也'等字，每字有二十余印，以备一板内有重复者。不用则以纸贴之，每韵为一帖，木格贮之。有奇字素无备者，旋刻之，以草火烧，瞬息可成。不以木为之者，木理有疏密，沾水则高下不平，兼与药相粘，不可取，不若燔土，用讫再火，令药熔，以手拂之，其印自落，殊不沾污。昇死，其印为予群从所得，至今宝藏。"从沈括的记载可以看出活字印刷术的制作过程：先用胶泥做成具有一定规格的毛坯，在一端刻上反体单字，用火烧硬，制成单个的胶泥活字，一般常用字都会多做一些以备用。排字时，用一块带框的铁板做底托，上面敷一层用松脂、蜡和纸灰混合制成的药剂，然后把需要的胶泥活字排进框内。再用火烘烤药剂，使其将活字粘牢，药剂冷却凝固后即成版型。印刷的时候，只要在版型上刷上墨，覆上纸，加一定的压力就行。印完以后，用火把药剂烤化，稍微抖动，活字就可以从铁板上脱落下来，再按韵分类放回，可备下次使用。毕昇还通过试验总结了木活字的缺陷。活字具有可反复利用、排版灵活、容易保存、不占空间等优势，活字印刷术成为印刷史上一次伟大的工艺技术变革。

此外，宋朝还出现套色版印刷，这种印刷有两种方法，一种是将不同颜色涂在一块印刷版上；一种是将不同颜色分别涂在大小不同的几块版上，然后逐色套印。

元朝的印刷业在宋朝技术突破的情况下进一步发展。《书林清话》："元时书坊所刻之书，较之宋刻尤夥。"建安成为最发达的刻书业中心，其中的余氏书业，直到元末明初才开始衰落，其他很多地方都有书坊，专门从事刻印。元朝设有专门负责刻印经史的机构——兴文署。刻印之风大兴，京师国子监和各路儒学、书院也竞相刻书。顾炎武在《日知录》中说："宋、元刻书，皆在书院。山长主之，通儒订之，学者则互相易而传布之。故书院之刻，有三善焉：山长无事而勤于校雠，一也；不惜费而工精，二也；版不贮官而易印行，三也。"可知，宋元刻书大都在书院，书院的院长和大儒能对文字进行校订，而且不惜成本，刻版大多用赵孟頫字体，印制讲究，印出的书十分精良。

明朝印刷沿用宋元传统技术，但出现了不少木活字印刷品，如万历十四年（1586）印制的《唐诗类苑》《世庙识余录》等。清朝，木活字印刷得到空前发展，康熙年间已十分盛行。乾隆年间发行的《英武殿聚珍版丛书》是中国历史上规模最大的一次用木活字印刷的书。此外，还出现了陶活字。

明清时期印刷机构分工更加细致和明确。明朝司礼监下设三个经厂，分别负责儒学、佛学、道学经典书籍的印制。清朝不少学者、书肆、印坊都竞相出书，有人甚至将印售书籍当作一个获利的职业。

到了近代，传统印刷术受到西方工业文明的冲击，逐渐没落。有的地方引进西方誊写印刷，又称手工刻写蜡纸印刷，俗称油印刷。这种印刷的优势在于操作简单、设备简易、印刷的成本低廉等，所以蜡纸印刷的应用范围扩展到各行各业。誊写版名称虽叫"版"，其实只是一张蜡纸。把蜡纸铺放在钢板上，用钢针笔在蜡纸上刻写或刻画，由于钢板上布满了凸起的网纹，在钢针笔尖与钢板网纹的作用下，蜡纸上的蜡质层被划破，露出蜡纸自身的纤维孔隙，把刻好的蜡纸附着在张紧的网框上，就成了蜡版。印刷时把蜡版放在承印物上，用墨辊在蜡版上往返滚动施墨，在墨辊的挤压下，油墨透过蜡纸图文区域的纤维孔隙，传到承印物上，就可以完成印刷。

文化意义

中国是印刷技术的发源地，后来印刷术传播到世界各地，促进了各国文化的交流和传播。印刷术的推广使得大量书籍得以留存，减少了手抄本因时空限制而消亡的可能性，为人类文明的延续做出了重大的贡献，也促进了教育的普及和知识的推广，为更多人提供了改变人生境遇的机会。

刻蜡纸

● 邱保华

嗞嗞嗞，铁笔刻写钢板上的蜡纸的声音，充斥着我青少年时期的亢奋与疲惫。直到今天，只要听到类似的声音，便会触及我心灵最柔软的地方，震颤得久久不能平静。

最早听到这声音，是读小学四五年级的时候，我也就十一二岁的样子。暑假期间，学校选拔一些少先队员，当农村"双抢"宣传员，我是第七生产小队，也就是本人所居塆子的宣传员。每天要把本塆的好人好事写成报道稿，连同小队会计统计的生产进度表，一齐送到大队宣传部，由宣传部编印成小报，再发给各队宣传员，用土广播巡回宣读。小报是刻成蜡纸后，用老式油印机推出来的，我们学校的高校长便负责刻蜡纸。每每看见高校长穿着背心，伏在桌上全神贯注刻钢板的样子，我总产生一种敬仰的心情，那嗞嗞的刻字声，久久吸引着我，我多想亲手刻写一张蜡纸，出版一期自己编印的报纸啊。

最早尝试刻字，是偷偷的玩耍行为。刚上高中的时候，我常去在公社卫生院工作的表哥那里玩。表哥是制剂师，他制出的药剂灌注到小玻璃瓶内，用酒精炉将玻璃瓶烤熔封口，然后在瓶子上印上名称、剂量、批号等字样。这些字样先用蜡纸刻写好，把刻好的蜡纸覆盖在蓝色印泥上，将小玻璃瓶在蜡纸上轻轻滚动，字迹便清晰地印上了。表哥在场的时候，他刻写，我帮他往瓶子上印字。有一回表哥有事出去了，我便悄悄地拿出一张蜡纸，铺在钢板上，用钢针笔依照表哥的字迹，刻写一份，印到药剂瓶子上。也许表哥太相信我了，他回来后，居然没有看出破绽，末了还是我主动交代，他才批评了我，并讲到药剂名称的重要性。我脸红透了，一声不吭。表哥看我这样喜欢刻字，就另外拿出一套刻写工具，叫我刻着玩，还拿出一些废弃的药剂瓶，让我刻上由自己命名的药剂名，这些小瓶子被我保存了好多年，直到搬家时才丢弃。

我的刻写编印活动高潮，在20世纪80年代初期。那是一个文学复兴的年代，各地文学社团如雨后春笋，层出不穷。那时，我在一所农场学校当老师，因为业余喜爱文学，小有名气，被区文化站看中，把我纳入民间文学社团负责人之一。当时刚刚拆社并区，我们公社改叫回龙山区，我们文学社就叫龙山草文学社。文学社吸引了许多业余作者参加，稿件像雪花似的传来，但那时条件艰苦，既无经费又无人力，一个季度（有时半年）才出一期刊物。作者的稿子收来后，由站长刘汉斌和我编辑修改，刘站长的字画均好，主要由他用铁笔在蜡纸上排版、刻字、插图，然后，我们两人一起动手油印、折叠、装订，每出一期刊物，都累得腰酸腿软胳膊疼，几天都不能恢复。

油印机是区委办公室里淘汰下来的老式油印机，先是放在区文印室，考虑到每次要印到很晚，老去麻烦人家开门也不方便，就搬到我的单身宿舍。出刊的时候，刘站长把刻写好的蜡纸拿过来，他往油印机模子上的纱框贴蜡纸，我就在手动推子上蘸抹并调匀油墨，蜡纸贴皱或油墨不匀，都会造成有的字没印出来，有的却成了一块墨团。一切调整好以后，我俩一人负责油印，即左手扶着模框，右手拿着推子，使劲推墨辊，一人负责把印好的纸页一张一张取出来，小心翼翼地摆在一边，让刚印出的字晾干。如此反复，分工合作，待一人操作累了，便两人调换操作，当所需要的数量印制完毕，大多已是凌晨。每出一期刊物，都忙得我们手上、身上都是油墨。虽然艰苦，但充满着快乐与成就感。那种油墨气味，至今飘散在我的脑海。

有一次，我和刘站长正忙着油印，到半夜时分，突然有人敲宿舍门，打开一看，是派出所民警来了。来人一脸严肃，斥问我们在干什么。原来他们奉有公命，说近来有小青年聚众收听邓丽君的靡靡之音，要收缴相关磁带和录音机。我的宿舍也正好开着收音机，是收音机声音和夜半的灯光，使他们怀疑。当他们了解到我们是义务为业余作者付出辛劳时，民警非常感动，还说自己也爱好文学，也要加入文学社，给刊物投稿。这场由抓捕变为文友的情节，后来写进了好几个作者的文字中。

我们的油印小刊在全区流行开来。看到区领导都在捧读自己印制的小刊，看到业余作者脸上露出的笑容，便有了与大家一样的快乐心情，我们在艰辛中收获着成功的喜悦。

如今再也看不到那种手推油印机和油印的刊物了，我的房间书柜里不断地增添崭新的色彩缤纷的新书刊，那种淡淡的书香墨味，不时地陶醉着我，让我回想起那些与蜡纸、油墨亲近的日子。

造纸术

zào　　zhǐ　　shù

概说。

造纸术是我国的四大发明之一，在古代主要以树皮、麻头、敝布、渔网等为原料造纸。造纸术为文化的发展和传播提供了条件，对人类文明的传播有着深远的影响，是中国对世界文明的伟大贡献。

● 历史

关于纸的发明，通常认为是东汉蔡伦改进了造纸术。西汉时期，人们已掌握了简单的造纸方法。1933 年，新疆罗布淖尔古烽燧亭中出土了西汉古纸。

早期造纸的材料主要是大麻、苎麻，造出的纸较为粗糙，质量较低。东汉时，蔡伦改良了造纸术。据《后汉书·蔡伦传》记载，蔡伦用树肤、麻头、渔网、敝布作为造纸的原材料，其中用麻制作的纸就叫作麻纸。由于麻纸应用最广，所以最初说的造纸术就是指麻纸的制造。麻纸主要以大麻、苎麻为原材料，分为黄、白两种。白麻纸纸张坚韧，易保存，便于书画；黄麻纸是由白麻纸加黄檗汁制作而成的，常用于诏书宣召，故又名宣麻。此外，还有麻布纹纸、桑麻纸等。

现存的手工造纸技术就是民间流传下来的以麻绳为材料的"土法造纸"。许慎《说文解字》中提到："纸，絮一苫也。"段玉裁注曰："造纸昉于漂絮，其初丝絮为之，以箔荐而成之。今用竹质木皮为纸，亦有致密竹帘荐之是也。"造纸最初是从丝织品中提取原料，成本较高，程序繁杂，后来蔡伦将麻中的纤维通过过滤水的帘子，纤维在帘面上均匀分布直到沉积，提起纸浆就能得到纸膜。这种造纸方法与现代造纸方法极为相似，说明汉朝时期我国的造纸术已相当先进。蔡伦造出的纸光洁平滑，适合书写，这种纸被称为"蔡侯纸"。

魏晋南北朝时期，造纸技术有了新的发展和突破。纸的质量提高，产量增加，应用广泛，并开始向周边国家传播。这时造纸技术的进步表现在纸张表面涂布技术的出现，利用淀粉或矿物粉作为涂布施胶的材料，均匀涂刷在纸面上再以石砑光，这样既可增加纸表的白度、平滑度，又可减少透光度，使纸表紧密，吸墨性好。

隋唐时期，由于印刷术的发明和兴起，纸张需求量大增，为了满足这一需求，造纸技术也随之发展。造纸技术的进步表现在造纸材料的多样和纸张类型的丰富。造纸原材料主要有麻类、楮皮、桑皮、藤皮、瑞香皮、木芙蓉皮、竹等，用竹造纸虽是一大发明，但麻还是生产纸的主要原料。

随着社会的发展，人们对纸的品种类型需要不断增加。如书画艺术需要更大幅面的纸，民间艺术如灯笼、剪纸等，需要各种类型的纸。女诗人薛涛还以芙蓉皮为原料，加入芙蓉花的汁，造出粉红色的纸，这种纸就是名重一时的薛涛笺。

宋元时期是造纸技术的成熟阶段，造纸技术再次改进。造纸材料增加了稻草和麦秸，这是造纸材料的一次突破，此后，麻纸逐渐走向衰落。另一改进是发展了混合原料纸的制造，如竹、麻混料纸，竹、楮混料纸，麻、楮混料纸等。这时还有旧纸打碎重新生产的工艺，这种新生产出来的纸叫作"还魂纸"。宋应星在《天工开物》中记载了这项技术："其废纸洗去朱墨污秽，浸烂入槽再造，全省从前煮浸之力……名曰还魂纸。"

明清时期在造纸原料、技术、设备和加工等方面都集历代之大成。唐朝时为烘干茶叶所用的焙笼技术，这时应用到了造纸术上，即是利用墙壁来烘干纸。两面墙之间留一条空巷，墙的前后端各有一个进火门，墙壁用石灰粉刷，使用时将两面墙壁烧热，将湿纸贴上去，很快就能烘烤干。即使雨雪天气，也不影响造纸进度，这项技术的普及大大提高了造纸的效率。

由于各地取材不同，造纸原材料更加丰富多样，纸张的品质也有高有低，出现了众多名品纸张，还增加了施粉、染色、洒金和印花等工艺，高端纸越来越精美，例如宣德纸、松江谭笺等。虽然麻纸不够洁白平滑，不过其在低端纸市场仍旧占据一定的地位，直到清朝也并未被完全淘汰，日常生活仍有人在用，如初学书法者的仿写纸、纸窗户、打顶棚，或在办白事时做纸扎、裱棺材内衬，观堂寺庙等古建筑上用来裱木柱等，也有很大的用量。清末胡蕴玉在《纸说》记载："今日纸料厥为三种，精者用楮，其次用竹，其次用草，而敝布、渔网、乱麻、绵茧以及海苔之属无有用之者。"

近代以来，随着科学技术的发展，机械造纸逐渐取代了古法造纸。由于古法制纸存在制作时间长、投入精力大、回报低等问题，麻纸的制作技艺几乎后继无人，面临失传风险，不过，麻纸的历史意义是不可取代的。传统造纸以西和麻纸的技艺最为久远，被称为"中国造纸术的活化石"。2021年，"西和麻纸制作技艺"被列入第五批国家级非物质文化遗产代表性项目名录，国家从非遗保护的角度提出一系列切实有效的传承与发展的策略和途径，使麻纸工艺所代表的中华民族精神和传统文化价值代代流传。

● 制作工艺

麻纸制作作为一项有着悠久历史的传统技艺，已经形成了固定的流程模式。我国山西忻州有着一套目前保存最完整的手工艺系统。

制作麻纸一般使用麻绳作为原材料，先将麻绳杂质去除，然后切成三四厘米的小段。处理好的麻绳放入罗柜（石板堆砌成的长方形洗料池），经过一段时间的清洗后，将备好的纸料加入适量的水放入碾中，破碎的麻浆需要浸透石灰水堆沤。

蒸制的过程能够使纸张的纤维变软，麻浆中所含有的纤维是保证纸张坚韧的关键。蒸煮后闷一夜再洗料、碾浆、淘洗、漂白、打槽，前期的准备工作基本全部完成。

抄纸是接下来的重中之重，能否制成一张完整的纸全靠它。将纸帘平铺在一种叫帘床的竹编搭子上，晃动双手摇匀铺平纸张。这个过程完全靠手艺人的双手把握，纸的厚薄程度全凭经验掌控，技艺高超的手艺者甚至可以做到一刀纸的每一张都纸浆均匀、厚薄一致。

揭下的纸被垒放整齐，压榨出多余的水分，这个步骤又被称为刹托。当纸垛被压成平实的纸贴后，手艺者会挑一个晴朗的天气，轻轻揭起纸张，将它靠在石灰外墙上晾晒，最后捆绑包扎，造麻纸的过程就结束了。

文化意义

造纸术的发明和改进对人类文明的发展产生了深远的影响。造纸术为文化的传播提供了载体，使纸张成为普通的书写工具，在促进文化传播与交流的同时，也促进了科学和艺术的繁荣，为人类思想的解放和社会的进步做出了重要贡献。

麻纸的光阴

杨晋林

乡间的院落大都是土筑的,光阴洒落在堂屋与厢房之间纠结成太极图一样的蛛网。每一排屋檐下黑色的椽头,无一例外裂着放射状的口子,檐下的燕巢旧了,却有新的燕子飞进飞出,呢喃着寄人篱下的细语。再往下看,一定是方格木棂的晴窗了,晴窗上糊有上一年的麻纸,已显陈旧,倒是色泽淡红的剪纸还透着过年的气息。

这是三十年前,或者二十年前的乡村。这时的老人已近暮年,穿戴仍旧是老旧的样式,斜襟马褂,满裆裤子,裤脚用粗一点的猴皮筋扎紧。老人起床后的第一件事不是倒尿盆,而是扫院子。院子不大,但老人清扫的区域令人疑惑,他只扫东半边,西半边似乎不归他管。从南房檐下的井台扫起,扫过石板拼砌的罗柜,扫过蒸麻的锅灶,扫过街门口的碾槽,然后放下竹秸编的扫帚,从内衣兜里摸出一把半尺长的铁钥匙,打开东厢房的木门,一股麻纸的霉味儿像一群淘气的小猫小狗争先恐后从屋里涌出来,在院子里打滚儿撒欢儿,爬墙上壁为所欲为。那是老人喜欢的味道,你不想闻也得闻,旁人没有话语权。接下来差不多整整一个上午,老人就待在破破烂烂的厢房里不出来,外人不知道他在做什么,只有他的儿子清楚,但他儿子明显对他的行为有所抵触,不屑地跟外人说,管他呢,七窍迷了一窍,就知道那堆废纸了。也是

明 仇英 《写经换茶图》（局部）

的，老人能做什么呢，腿不灵便了，手不灵便了，只有心事沉甸甸的放不下，放不下就只好日复一日地捣鼓那些破烂，无非是摊晾一堆无人问津逐渐霉变的白麻纸，无非是用清水洗涤那些被称作捏尺、竹帘、闷楞架、夹壁板、和尚斗、洗麻圪朵、搅涵圪朵、依托板子之类的制麻工具。深陷地底的涵池里没有纸浆，挤压麻纸的大油子和小油子被长久搁置在角落里，除了一个忙碌的老人，一切都在尘封的拥挤的寂寞中。

其实，麻纸早在三十多年前就不那么珍贵了，而且开始逐渐贬值，到了二十多年前，几乎就成累赘了。村民新修的房子装潢材料选择的是大尺寸的玻璃，顶棚也不再用黑麻纸裱糊，而改作pvc或石膏板。类似老人开的纸坊原来在村里还有好几家，因为没有了销路，一家挨着一家关门歇业了，按讣告上的话说就是寿终正寝。

老人的幻觉似乎就是从这时开始的，他一天到晚耳根都不能清静下来，总听到别人家的纸坊又在洗麻了，又在碾麻了，又在搅涵了，又在抄纸了，只有他家的纸坊打着瞌睡，呼噜比猫都响。

几天前，儿子把搅涵坨朵往涵池里一丢，头也不回地走了，说要进城去打工，老人急也没办法，脚长在人家腿上，你又不能把五大三粗的儿子捆在纸坊里。儿子是纸坊的大师傅，专门负责搅涵和抄纸，大师傅一走，等于唱戏缺了须生，锣鼓点再紧凑，也不成其为戏了。雇来馏麻搅涵的二师傅也因为涨工钱的事儿闹开了别扭，几句话不合，拍打着屁股走人了。只剩下赶毛驴碾麻的瘸子，瘸子没别的手艺，本想靠老人的纸坊养老，偏偏事与愿违，临走的时候还依依不舍地告诉老人，啥时候开工，喊他一声。

只有老人孤独地照看他的纸坊，一遍遍用抹布擦洗着已经从门头摘下来的牌匾。老人是文盲，斗大的字不识一筐，但他认得牌匾上的字——德和园，这个名字还是村里一个秀才给起的，花去他们家一斗麦子，外加五块白洋呢。老人摩挲着阴刻在黑底红木上的金字，想象着当初德和园的兴盛，恍然觉得时光倒流了。他看见一个精瘦精瘦的小男孩在碾坊里吆喝着一头毛驴，毛驴拉着扁圆的石碾，恒久地围着碾槽旋转着，有时碾干麻，有时碾蒸熟后的麻浆。赶碾的孩子别看鼻子下还拖着两股清鼻涕，挺着肚子唱赶碾歌却一点都不含糊——南面来了一个人，头上罩的是红手巾，上身外套个毛背心，下身穿的是灯芯绒，走起路来挺带劲。

老人的纸坊占用了东厢房，除此之外还占用了这个院子的一半，说是一半，其实比一半还多，因为提水的井台正好位于院子中轴线的偏西一侧。这在早年纸坊红火的时候根本不算个事儿，但到了纸坊关门以后就算个事儿了，儿子不能说什么，儿媳妇跟老人没有血缘关系，自然说话比较直接，她首先提议要老人同意把那口井填掉，说自来水都通进厨房了，留那口井干啥？孩子淘气，万一哪天不小心滑进去怎么办？老人不吭声，不吭声就是不同意，不同意就是没把孙子的安危放在心上。从此，儿媳妇怎么看那口水井都觉得是个祸害。

老人晚上睡不着，听见纸坊里有动静，趿拉了鞋趴在东厢房的窗台上用手电往里照，黑咕隆咚的什么也看不清，就找钥匙开了门，一只硕大的老鼠从麻纸垛里窜出来，踩着老人的脚面跑掉了。老鼠能有多大分量呢？可老人被它踩疼了，踩得心里往外直冒血，他心疼所有没卖出去的麻纸，借着灯光一页一页翻检着，想把老鼠啃坏的麻纸挑拣出来。老人没卖掉的麻纸足足是一座小山，他一个人又怎么能够在昏黄的灯光下一页一页翻检得完呢？

麻纸在老人粗糙的指头捻弄下无声地翻动着，一刀麻纸是一百张，在小屋里有无数刀这样的麻纸整整齐齐摞着。要知道，每一页经纬交错的麻纸都是从最初的破麻开始，经历了浸泡、沤染、蒸馏、碾浆、搅涵、抄纸等十几道工序才最终成型。而每一道工序如果针对人的话，都是万劫不复的灭顶之灾，庆幸这些麻质纤维没有呻吟和眼泪吧，假使有，单单那被压榨出的眼泪，足可以流淌成另一条滹沱河。这种职业贯穿了老人的少年、青年和中年，还有一半的老年，他对踩躏麻浆有了不一样的感悟，换句话说，他在搅浆抄纸的时候会有一种莫名的快感。老人的指法灵动而稔熟，熟练到类似钢琴家在弹奏钢琴，那些有明显毛边的麻纸在他的翻动下唰唰地卷上去，卷走了许多个新鲜的岁月，老人又回到纸坊门庭若市的当初了。那时德和园的麻纸在晋北或者更远的内蒙古、陕西都是响当当的名牌，任意一张麻纸都经得住反复揉搓上百次，而且极随意地忽略掉时间的腐蚀，据说可以千年不腐。毕竟现在不比从前，德和园的麻纸像一个被大人冷落掉的小孩儿，万般委屈流连在那些本不该稚嫩的纸张上，在狭小的纸坊里形成令人窒息的气场。

纸坊总共就三间平房，没有铺瓦，椽檩都是极易虫蛀的白杨木。在纸坊正常运作的时候，除了儿子外，老人还雇了两个工人，一个提水蒸麻，一个碾麻搅涵，前一个四肢健全，头脑简单，每到月底就嚷嚷着涨工钱，后一个是个瘸子，瘸子没别的盼头，只希望纸坊能替他养老。工钱好涨，涨多涨少而已，养老谈何容易？但老人对这些事情都不发愁，只要麻纸有很好的销路，一切都不成问题。

现在，老人算是死心了。

孙子一点点大起来，大到能够脱离大人怀抱的时候，老人枯寂的眼神里透出一缕不易觉察的光芒，他主动与儿媳妇套近乎，目的是带带孙子。说来也怪，年幼的孙子在母亲怀里、在父亲怀里扭来扭去都不省心，偏偏见了爷爷，乖得像一只小猫。老人一手攥着孙子的小手，一手反剪背后，握着一根二尺长的烟袋，走走停停，停停走走，在院子里，在胡同口慢慢打发着日子。似乎从那时起，他的注意力稍稍从纸坊上面移开了，但每天起床的第一件事依然是清扫院子，依然只清扫一半院子，只是不经常打开东厢房进去整理那些麻纸器物了。

在儿子眼里，老人的变化是蛮大的，但在儿媳妇眼里，老人还是原来那个犟老头，不通人情，油盐不进。

二十年后或者三十年后，当老人早已安静地沉睡在幽暗的祖坟里，当年的孙子已经长大，他透过一页仅存的麻纸，再次回望那

❀ 明 仇英 《汉宫春晓图》（局部）

❀ 明 仇英 《汉宫春晓图》（局部）

个驼背的胡须上粘连清涕的执拗老头儿时，恍然看到一个孤傲的身影倒映在薄如蝉翼的麻纸上，无声无息。

透过那一页麻纸，年轻人还看到岁月从日升到日落的全过程，并知道当初仓颉在龟甲和兽骨上记录文字时是怎样一种无奈和彷徨的表情。以甲骨占卜吉凶，卜辞浪迹殷商270余年，尔后这种雕刻文字的方式被另一些竹帛、金石等平面载体所取代，"以其所书于竹帛、镂于金石、琢于盘盂，传遗后世子孙者知之"。这是墨子思想流觞后世的文本参照，远古文明有赖于这些材料得以流传后世。而他的爷爷和他爷爷的祖先们，从被称作涵池的纸槽里抄捞出濡湿的麻纸，又从根本上颠覆了前人业已形成的所有文字记载的形式和方式，他们既是毁灭者，又是缔造者。他不知道一页纸的光阴究竟有多长，但他知道这一页纸背后记录了厚厚一沓断代文化的传统旧事，旧事里的主角不一定是人，不一定是事，但一定与这一页单薄泛黄的纸张有关，或者也是人，也是事，是一些关乎麻纸的人和事。

　　他记得爷爷不止一次给他讲述一些他闻所未闻的陈年往事，说村里造纸最兴盛时期，除了他家的德和园外，还有德升恒、德太元、德兴裕、德和成等纸坊，家家都有三个涵池，一口水井，一个碾坊，另外还有雇工七八个；纸坊里无一例外供有祖师爷蔡伦的牌位，两边的对联是"汉朝科甲第，清封玉亭侯"。每年秋季，纸坊要雇人下井去淘洗井底，临下井前要燃香焚纸供奉井神柳毅。但纸坊内地位最低的却是提水工，提水工吃的是力气饭，一手摇辘轳把，一手摆弄着井绳，以防水斗碰到井帮。一斗水提出井口，不能淋洒在地上，要依次泼向涵池的四个石帮，如果有一个石帮未泼到，就要受抄纸师傅的训斥……

　　老人走后，东厢房是拆了，片瓦不留，北屋也经过了翻修，由原来的土屋变成混凝土建筑，高大明净的玻璃窗取代了纤维明朗的麻纸，而街门口那盘石碾却依旧卧在那里，只是稍微挪了挪地方。当年的儿子，也一步步迈向老年，他经常蹲在原来的纸坊旧址上，吸一袋旱烟，眯缝着眼看天色，看流云，看房顶上持久不散的炊烟。

壹　传统匠人的技艺

075

竹风萧萧纸乡行

◉ 朱仲祥

出夹江县城往洪雅方向行十余公里，便进入著名的纸乡马村。

其实在夹江，成片的竹子有数万亩，分布在青衣江的东西两岸，包括南安、迎江和马村等地，形成莽莽苍苍的无边竹海。于是，一千多年来，夹江人便传承蔡伦的手工造纸工艺，利用丰富的竹资源生产文化用纸，使夹江成为蜚声中外的纸乡。而今保持了传统手工造纸技术的地方就在马村。

离开公路主干线，车沿绿竹簇拥的小溪而行，两边的竹子撑绿滴翠，构成一道绿色长廊。这里的竹以清秀婀娜的慈竹为主，夹杂着秀挺繁茂的苦竹、潇洒多情的斑竹、纤细柔媚的水竹和金竹，偶尔还可见到粗壮如椽的楠竹，高低错落，多姿多彩。用来造手工书画纸的主要是柔韧细致的慈竹。

据记载，早在东晋时期，造纸专家葛洪就曾寓居夹江。葛洪《抱朴子》"逍遥竹素，寄情玄毫"中的"竹素"被认为是竹纸。唐天宝十五载（756），安史之乱中跟随唐明皇进川的大批工匠，将中原已臻成熟的竹纸制作技术带入了夹江。其实，长江流域和江南很多省份盛产各种竹类，故竹纸多产于南方。《天工开物·杀青》中"造竹纸"一节，开篇就写道："凡造竹纸，事出南方，而闽省独专其盛。"一千四百多年来，夹江手工纸因其种类多、品质优、产量高而名扬海内外。史载，康熙二十年（1681），该地一种名为"长帘文卷"和"方细工连"的产品被钦定为"文闱卷纸"（科场用纸），每逢科举之年，如数上贡朝廷，历时两百多年。到了清代中期，夹江造纸产量进一步增加，《嘉定府志》曾这样记载："今郡属夹江产纸，川中半资其用……"由此可见，夹江纸在清代同治年间已具备相当规模。那时，夹江全县一半以上的乡镇从事或曾经从事手工纸生产。有一段时间,夹江因此被誉为"蜀纸之乡"，名扬全国。而今，夹江手工造纸继承了古代造纸技艺，从选料到成纸共有 15 个环节、72 道工序，与明代《天工开物·杀青》所记载的生产工序完全相合。这种技艺凝结了古代中国人民伟大的科学智慧，具有鲜明的民间特性和地域特征。夹江手工竹纸与安徽宣纸一道被誉为"国之二宝"，竹纸制作技艺被列入首批国家级非物质文化遗产名录。

粗犷有力的"竹麻号子"，引导我们穿过茂密的竹林，来到纸农造纸的作坊。只见九位孔武有力的汉子，在一位德高望重的老人的指挥下，围着一个约 3 米高的大铁锅，口中吼着铿锵有力的劳动号子，有节奏地一下下用力舂捣着，阳光照在他们赤裸的臂膀上，闪闪发光。竹麻号子衍生于手工造纸环节中的劳动号子，具有节拍明确、韵律感强的特点。槽户（纸农）手握杵杆，边杵边唱，保证了动作的整齐划一，有效地激发了槽户的劳动激情。竹麻号子多为"恨杵"（领唱者）即兴发挥，内容多诙谐欢快，一领众和。打竹麻的劳动单调而繁重，竹麻号子的歌唱题材却谈天说地、多种多样，歌词具有极大的即兴成分，好的歌词因此流传开来，成为槽户中的"流行歌曲"。爱情题材是竹麻号子歌唱的重要内容，比如："纸槽加药水滑滑哟，妹儿心思哥难料吔！只怕水随竹帘过哟，捞起愁思淌帘笆哦！"歌词或含蓄委婉，或率真泼辣。

他们唱着铿锵有力、热情洋溢的号子，所做的是造纸工序中最基本的一道——蒸煮竹麻，就是把选取的竹料经过捶打后进行蒸煮，那口大铁锅就是蒸煮竹麻的篁锅。此时锅下火正熊熊燃烧，锅上水汽蒸腾袅绕。已经蒸煮后的竹麻被汉子们用木杵使劲舂捣着，他们要把竹麻捣成细细密密、碎烂如泥的纸浆。据说，每年到了五月砍竹子时，人们就边喊号子边围着篁锅填料，一般的篁锅能装两三万斤原料（竹子），最大的篁锅能装下十万斤竹子。蒸煮的时间一般一次一周，还要反复地发酵、清洗，然后才能捣碎和抄成纸，再贴在墙上阴干。如今，篁锅被高压蒸锅代替了，一批原料只需蒸煮一天时间，大大缩短了造纸工期。

砍竹水浸、捶打浆灰、二蒸煮熟、浸洗发酵、捣料漂白、抄纸脱水、焙纸切割……在竹海深处的金华、石堰等村，传承千年的手工造纸工艺正在这里天天上演。夹江手工造纸工艺，从原料竹子到一张完整的纸，整整需要15个环节。前人概括为24个字："砍其麻、去其青、渍其灰、煮以火、洗以水、舂以臼、抄以帘、刷以壁。"即砍竹麻，捶打，蒸煮，漂洗，沤料，捣料，漂白，抄纸，压榨，刷纸。其中，造纸工具主要包括纸槽、纸帘、纸臼、纸刷、撕纸标、竹麻刀、纸槽锄、竹麻锤、抓料耙、料刀、纸矛刀、切纸刀和割纸刀等。夹江古佛寺立于清代的蔡翁碑，对夹江的造纸技艺有更为精练的描述。透过千年历史的厚重尘埃，夹江造纸这一原生态的技艺似乎并没有从先民那里消解掉文化的内涵，在夹江那些造纸槽户人家的院坝里，竹子青青，蒸汽蔓延，槽户们在一道道复杂的工序里，延续着先民的光荣和梦想。

在这里，除了唱着竹麻号子捣竹浆外，成纸环节也很吸引人眼球。只见师傅将竹帘在纸浆池中轻轻一舀，再缓缓筛动，待纸浆在帘子上分布均匀后小心揭起，往一旁的纸墩上一倾倒，一张湿漉漉的手工纸便成型了。然后再将这些纸轻轻揭起，往纸墙上一张张刷上去，经柔柔山风一吹，一张张宜书宜画的手工纸便完成了。当然，最后还要用刻好了花纹的模板，在一张张纸上印上福寿团花、瓦当图案之类的暗纹。这最后两道工序一般是由妇女来做。她们无论是手拿刷子将湿漉漉的纸刷在墙上，还是手拿印模在洁白绵

红星宣纸厂 捞制手工宣纸"三丈三"

壹 传统匠人的技艺

柔的成纸上印上暗纹,动作都如舞蹈一般,娴熟而优美。

在石堰村有一处完整的四合院,坐落在青山下竹海中,被当地人称作"大千纸坊"。这个典型的川西民居,见证了国画大师张大千同夹江国画纸的一段特殊情缘。张大千先生曾经到重庆寻找纸源,这时有人给他推荐了夹江手工纸。张大千听说后来到夹江马村,发现了夹江纸虽总体不错,但存在拉力不足等缺陷,便与当地槽户石子青一起反复试验,在纸浆中适当加入棉麻之类,以增强纸的柔韧性。经过反复试制、试写、试画,新一代夹江国画纸问世了。当时张大千还根据绘画的需要,亲自定下了夹江纸的大小规格"四尺乘二尺、五尺乘二尺五寸",还设计了宽纹纸竹帘,并巧妙地制成暗纹印在纸上,在纸的两端做上云纹花边和"大风堂造"的字样。经过这番改进,一车车洁白细腻、浸润性好、书画皆宜的夹江书画纸走向了山外,成为文人们争相追捧的书画用纸。如今,大千纸坊内完整地保留了夹江纸制造所需要的器械,如镰刀、石槽、筛子、刷纸墙等,甚至很多已经过时的工艺器材,大千纸坊依然保留着。

在"青衣绝佳处"的夹江千佛岩,坐落着全国第一家手工造纸博物馆。它前临青衣江,后枕千佛山,风景优美,环境宜人。博物馆共分4个展厅:功垂千古、作范后昆、古泾流风和蔡伦纪念馆。馆藏文物和实物标本2300多件,并陈列有数百个品种的古今中外名纸和全国著名书画家的数十幅夹江书画纸作品。"功垂千古"展厅,以文物图画和实物标本,展现了纸前时代人类记事的各种方法和造纸术在中国的发明发展。进门首先看到的是蔡伦的塑像,并有再现蔡伦改进造纸术的图画。"作范后昆"展厅,以夹江手工造纸的工具、原料等实物,表现了手工造纸的工艺流程,对72道工序、15个环节都有所介绍。同时,还形象地展示了造纸工具,包括料池、篁锅、石臼或石碾、纸槽、纸帘、大壁、纸架等。"古泾流风"展厅,展示的是夹江造纸的悠久历史,以及夹江生产的各类纸品、纸加工品和使用夹江纸的各类书画作品、报刊等。其中，最有价值的是明代以来手工造纸的 86 个品牌、130 多个花色样纸，张大千于 20 世纪 30 年代在夹江研制、改良并监制的"大风堂造"书画纸和古契约也弥足珍贵。第四展厅是"蔡伦纪念馆"，塑有蔡伦坐像。夹江人把造纸之师蔡伦奉为纸乡之神。馆内还有碑刻，纪念蔡伦以及为纸乡做出贡献的人们。

  在华夏五千年文明的悠悠长河中，总有一些曾经闪耀数百年甚至上千年的中华绝粹无法穿越历史的迷雾，悄无声息地陨落。然而历史在带给我们更多遗憾和迷惑的同时，却总会在不经意间给我们莫大的惊喜。四川夹江马村一带，其传承古法的手工舀纸制造技艺，上承晋代的竹纸生产工艺，下与明代《天工开物》所载工序完全相合，几乎原版地复活了蔡伦造纸术，至今仍闪耀着中华民族的文明华光！

酒坊

贰

舌尖上的技艺

豆腐

dòu fu

概说。

豆腐，一种历史悠久、文化意蕴丰富的食材，兼具美味与营养的特点，使得它在漫长的岁月更迭中始终在美食界占据一席之地。2014年，中国第四批国家级非物质文化遗产代表性项目名录正式纳入『豆腐传统制作技艺』，昭告着这项具有两千多年历史的传统手工艺在今时今日仍旧不停焕发生机与活力。

● 历史

　　豆腐的原材料大豆是我国古老的种植作物，起源于云贵高原一带，距今已有四千多年的栽培利用史。大豆古时称"菽"，春秋时期即被列入"五谷"之一，足以彰显它独特的地位。先秦典籍中也有诸多记载，如《诗经·小雅·采菽》："采菽采菽，筐之筥之。"《管子·地员》："五殖之次曰五齘，五齘之状娄娄然，不忍水旱，其种大菽、细菽，多白实。"《吕氏春秋·审时》："大菽则圆，小菽则抟以芳。"

　　关于大豆的历史资料再翔实不过，然而它又是如何变成豆腐的呢？发明者是在何种机缘下"化腐朽为神奇"的呢？史学界众说纷纭，至今尚未有定论。在众多传说中，有两则故事流传最广，恰都与淮南王刘安有关。

　　公元前164年，刘安以长子身份袭封淮南王，封属淮南国，居于都城寿春（今安徽省淮南市寿县）。刘安喜好读书弹琴，主张道家思想，门下招揽方士宾客数千人，一群人聚集在楚山求仙问道、著书炼丹。

　　一说某日，刘安遣人以黄豆汁培育丹苗，在炼丹过程中有石膏不慎掉落其中，随后便形成了鲜香滑嫩的豆腐。一方士冒死品尝，大感美味，献方刘安，不久秘方迅速在当地传开，豆腐成为中华民族经久不衰的美食。

　　另一个传说中，刘安是个孝子，母亲卧病在床吃不动豆子，刘安便想方设法将豆花点入卤水变成豆腐脑方便入口，母亲吃后心情大悦，病很快就好了。这种吃法也得以保存下来，使得当地成为有名的"豆腐之乡"。

　　然而，迄今为止并未有汉时文献明文记载豆腐出于刘安，这一说法最早见于书面文字的是宋代朱熹的诗《野蔬食》，其中提

贰　舌尖上的技艺

到了豆腐："种豆豆苗稀，力竭心已苦。早知淮南术，安坐获泉布。"并自注："世传豆腐本为淮南王术。"明朝李时珍的《本草纲目》中写道："豆腐之法，始于前汉淮南王刘安。"

直到宋朝，豆腐才作为一种普通食材飞入寻常百姓家。大文豪苏轼对这种食物似乎情有独钟，曾独创东坡豆腐的吃法，又作诗道："煮豆作乳脂为酥。"陆游也写文记载了苏轼喜欢吃蜜饯、豆腐、面筋，足以见苏轼对于豆腐的喜爱。

至明清时期，豆腐已经成为随处可见的食材了。相传朱元璋幼时灾荒逃难途中，饿得昏倒在地，一位老婆婆救助了他，将他带回家中。朱元璋醒后，老婆婆端上一碗汤和半碗剩饭，汤中仅有几根菠菜叶、一块豆腐。朱元璋喝后觉得美味至极，问老婆婆汤名叫什么，老婆婆戏称这是"珍珠翡翠白玉汤"。朱元璋哈哈大笑，多年后对这个味道仍旧念念不忘。

直到今天，豆腐在传统技艺上仍不断突破创新。自1992年以来，中国豆腐文化节已经举办了17届，获得了海内外的持续关注。在食用层面，人们使用葡萄糖酸内酯做凝固剂制作出的内酯豆腐，其口感更加滑嫩，获得了很多人的喜爱。豆腐菜样不断推陈出新，在未来一定能获得更加长远的发展。

● 制作工艺

制作豆腐工艺简单但过程烦琐，劳心劳力，民间还有"撑船打铁磨豆腐"的三苦之说，需要足够的恒心和耐力才能做好一块豆腐。

1. 选材

制作一块豆腐首先从选材开始，优选圆润饱满、金黄的优质大豆加水浸泡一夜。浸泡的时间以一夜为宜，通常不超过十个小时，有时候也会随着温度的高低而适量缩减或增加时间。

2. 研磨

浸泡过后的黄豆体积膨胀、水润丰沛，手指一拈，泡软的表皮就会抿出细沙。这时候再沥干水分，按所需比例重新添加清水，取一只干净的勺子，舀起黄豆放进石磨上的磨眼，黄豆在重力作用之下随之流入磨膛。推动磨石，快速旋转的两扇磨石不停挤压，黄豆内部组织分离，浓郁的豆香就在这一旋一转中迅速散发出来。

3. 过滤

经过研磨后的豆浆我们称之为生豆浆，与可食用的豆浆不同的是，它的表面漂浮着厚实得像棉被一样绵密的浮沫，底部则沉积着豆腐渣，黄色的汁液浓稠、口感粗糙。这时需要借助纱布过滤1—2次，这个过程一般称为榨浆，反复榨取以求榨出的豆浆顺滑流畅。

4. 点卤

榨取好的豆浆需要收集起来烧制，煮开豆浆沸腾冒泡时称"一滚"，火候需要全程严格把控。如此重复三次，"三滚"后便进入制豆腐最重要的工序点卤，也是豆浆"化腐朽为神奇"的一步。老话说"卤水点豆腐——一物降一物"，正是以此借喻。

卤水，又叫胆水、盐卤，有的地方用石膏代替。卤水含有氯化镁，石膏中含有硫酸钙，它们都能够使黄豆中的蛋白质分子结合、凝聚、沉淀，形成豆腐。倒入卤水时仍需要不停搅拌，直至凝结成霜花状。

5. 压实

点卤过的豆浆静置一段时间后放进网纱兜住的木盆里，裹好纱布后盖上木盖，用重物压实，直到不再析出水分，就可以打开纱布，用刀切分为合适的大小，一块块洁白如雪的豆腐就做好了。

文化意义

豆腐因其洁白、柔软的特点，在文化层面上往往作为清廉、仁慈的符号出现。作为大众食材，它有众多俗语、歇后语广为流传，如"小葱拌豆腐——一清二白""刀子嘴，豆腐心""豆腐做匕首——软刀子"。

"小葱拌豆腐"这个歇后语传说与朱元璋有关。明朝忠臣刘基刚正不阿，在建造工程时，发现自己的同乡好友贪污受贿，他大义凛然，如实将事情禀告皇帝朱元璋，没过多久，好友便被依法处理。由于刘基不同流合污，很快遭到小人攻讦，众人联名诬告他，朱元璋生了疑心召他觐见。

刘基孑然一身，一手拿着账簿，一手端着个瓦罐来到皇帝面前。朱元璋看过账本后仍旧将信将疑，示意人将瓦罐打开，里面赫然装的是小葱拌豆腐。朱元璋立刻就明白过来——刘基是清白的，随后将他官复原职。

清代胡济苍作《咏豆腐》诗："信知磨砺出精神，宵旰勤劳泄我真。最是清廉方正客，一生知己属贫人。"这首诗是典型的托物言志，借豆腐表达了中国传统文人骨血里的清高自守、安贫乐道的高尚情操。儿歌《中国娃》中也唱道："最爱吃的菜是那小葱拌豆腐，一青二白清清白白做人也不掺假。"豆腐所代表的传统美德正在代代相传。

乡愁里的王豆腐

张儒学

每天清晨，人们还懒懒地躺在床上时，王豆腐那洪亮而粗犷的喊声"卖豆腐，豆腐"，像定时的闹钟一样，将还有些睡意的村庄叫醒。他的声音很大，在山那边喊，山这边的人也能听见。也许是人们习惯了他的叫卖声，只要他一喊，人们便纷纷起床，要买豆腐的去买豆腐，不买豆腐的便下地干活。

乡村的早晨是美丽的，远处的房子还笼罩在晨雾里，隐隐约约地露出几处屋檐。几棵高大的树，都快把太阳遮住了。风吹过来，树叶沙沙作响。小鸟欢快地拍着翅膀，唱着歌儿在树丛中穿来穿去。那时，山村里很热闹，人们也很繁忙，有的在地里干活，有的在坡上放牛，晨风中总是回荡着人们的笑声，坡上坡下总有人说话。可这并不影响王豆腐的叫卖声，仿佛他一喊，就让美丽的清晨多了一种欢乐，让空旷的山村多了一些色彩。

说起王豆腐，其实这是大家对卖豆腐的老王父子的称呼。听说做豆腐是老王家祖上传下来的手艺，新中国成立前老王的父亲就是以卖豆腐为生的，还挣下了一份家业。新中国成立后，大家都在生产队干活，队上不准发展副业，老王就不敢公开做豆腐卖了。但他又不想让他这做豆腐的手艺失传，有时晚上偷偷在家做豆腐，天还没亮就挑着豆腐到别的村去卖，也不敢大声喊，只是轻声地问。很多人都知道老王出来卖豆腐的时间，要买豆腐的就准时在屋前等着。老王卖完豆腐后，还得回生产队干活儿挣工分。这样既可以挣点油盐钱，也可以让他的儿子学到做豆腐的手艺。

有一次，老王晚上在家偷偷做豆腐，被队长发现了。队长带人到他家里，把做豆腐的工具没收了，扣了他十天的工分，还在队会上点名批评了他，警告他如再有下次，就扣他半年的工分。扣半年的工分是什么概念，他家两个大人挣工分，五张嘴吃饭，如果再被扣半年工分，等于他家就分不到粮食了。那年头，粮食比什么都重要，没有粮食就等于没有活路了。

后来，队长一想，老王既然会做豆腐，干脆叫他在队里开个豆腐作坊，一来做个顺水人情，二来可以为队里增加经济收入。他把这一想法给王豆腐一说，王豆腐一口就答应了，但他有一个要求，他做豆腐得计工分，队长马上答应。说干就干，队长叫他置办工具。其实做豆腐的工具很简单，只要有两口大铁锅和一盘大石磨，还要两个帮工就行了。

豆腐坊设在生产队保管室的一间大屋里，大屋有四间房那么大。这间屋子实际就是生产队的办公室兼值班室。生产队开会、会计办公、社员歇晌、晚上值班都在这里。磨豆腐的石磨就在大屋靠东的地方，磨盘上方还用绳子吊着一个用黑土烧制的大瓷盆，盆中有水，盆底有洞，插着高粱秆，水缓缓地滴在石磨上。

有了豆腐坊，队里就热闹了，社员们没事时总往这儿跑，有来买豆腐的，更多的是来这里聊天说笑的。王豆腐干上了他最想干的活，干得十分认真，每天早上很早就起床，推磨磨豆子，然后用锅煮豆腐。两个帮工来时，他已做好几锅豆腐了。然后他就分别和两个帮工挑去村里卖，可不知怎的，每次都是他的豆腐先卖完。这个豆腐作坊确实给队里带来了良好的经济效益，队长不止一次在会上表扬他，全队人也暗自夸他。

农村土地制度改革后，大家都自己种自家的田，再也用不着每天去队上挣工分了，这个队里的豆腐作坊也自然不再办了。再到改革开放，鼓励老百姓勤劳致富，王豆腐重操旧业，又干起了卖豆腐的营生。他想现在政策允许了，可以大干一场了，于是以家为作坊，开起了豆腐坊，全家上阵，把卖豆腐当成致富的门路。

每天，老王在家做豆腐，他的儿子小王就挑着豆腐在附近几个村子里卖。挑的竹筐上面放个木制豆腐盘，扁担上挂着杆木秤，一个旧式布袋里装着些零钱。他一边吆喝一边走，时不时有村民出来买豆腐。这一来二去的，各村的人都渐渐地熟悉了他，而且觉得王豆腐做的豆腐很好吃，最主要的是还能图个方便，不用去镇上就能买到豆腐。

在乡村，豆腐可是一道常见菜，凡来个客人，或是谁家满十做生，红白喜事办酒席，都离不开豆腐。如果要得多，头一天就得去王豆腐家预订，第二天一早，他就早早地把豆腐送来。王豆腐非常讲信誉，只要有人预定了豆腐，不管他再忙，就是通宵加班，也要做好，第二天准时送到。就凭这一点，王豆腐在村里获得了很好的口碑。

其实，王豆腐制作豆腐是很讲究的。要先将洗好的黄豆用清水泡一个小时，然后用石磨将泡好的黄豆磨成豆浆，用屉布过滤掉其中的残渣，将过滤好的豆浆倒在一口大铁锅内煮沸。煮开后就放入盛具中点卤水。倒入卤水后不断搅拌，直至豆浆开始结块。再将结块的豆浆倒入模具中，压上干净的木板，木板上再放上平整的重物，压上几个小时后，豆腐就做好了。

村里几乎人人都知道老王的豆腐做得好，也都爱吃老王做的豆腐。老王卖了大半辈子的豆腐，村里的人总说，老王从头到脚都有一股豆香味。

老王渐渐老了，豆腐就由小王来做了。小王也不小了，三十多岁了，将豆腐作坊做得风生水起。可大家不称他小王，仍像称呼

🌸 磨豆腐 徽州古村落

他父亲一样叫"王豆腐"。小王得到了他父亲的真传,他做出的豆腐比他父亲做的还要好,嫩滑白净,味道醇香。小王年轻,也更有干劲儿,每天鸡叫头遍他就起床。每次都是他推磨,老婆喂豆子,磨豆子时发出"吱嘎吱嘎"的响声,既像一曲优美动听的天籁之音,又像一支雄壮的劳动号子。

忙完后,天还没大亮,王豆腐便挑着豆腐出去卖,村里又传出他的叫卖声:"卖豆腐哟——"有要买豆腐的人便围上去买,看热闹的小孩子也围上去打闹,王豆腐也不生气,总是笑着一边逗小孩子一边称豆腐,动作十分麻利。人们似乎从他的笑声中,也闻到了一股清香而甜美的味道。

王豆腐的生意越做越好,几年下来,他成了万元户。当时的万元户是不得了的,令多少山里人羡慕。他家也是全村第一个盖起楼房、第一个买车的人家。凡在村里,只要一提起王豆腐,人人都羡慕不已。王豆腐成了人们致富发财的榜样。可王豆腐并不满足于现状,他想有更大的发展,便把他的豆腐作坊搬到镇上去了,这样他的豆腐生意就会更好了。

清晨的小镇一片静谧,而王豆腐的豆腐作坊里早已点上了灯。他在橘色的灯光下又早早地忙活起来了。王豆腐的豆腐在小镇上也是小有名气的,几乎人人都知道他的豆腐,也都爱吃他做的豆腐,有的餐馆每天都在他那儿预订豆腐,他的豆腐生意更好了。

小镇逢集时最热闹,四面八方的人纷纷前来赶集。王豆腐的豆腐摊前也最热闹,有前来买豆腐的,也有前来放东西的。王豆腐忙前忙后,可他总是面带笑容,似乎从未见他生过气、发过火。可卖豆腐不像其他的生意只在赶集天忙乎,豆腐几乎是当天买当天吃,王豆腐的豆腐摊平日里也跟赶集天差不多,这让同行们十分羡慕。

时间一晃又过了好多年,当年的小王也变成老王了,他家的豆腐生意越做越大。随着时间的推移,好多当年红火的生意现在都冷清了,只有吃豆腐的人似乎从未变过。从吃饱到吃好,再到现在的吃得健康,吃豆腐的人反而更多了。老王的豆腐已做成了品牌,他也把做豆腐的手艺传给了他的儿子,他的儿子又把豆腐作坊搬到县城去了。

已经六十多岁的老王没有跟着儿子去县城,却回到了乡下。可他仍没闲着,依旧做着豆腐。身子硬朗的他,每天早晨仍旧挑着豆腐在村里叫卖,他那"卖豆腐哟,卖豆腐哟"的声音,依旧每天早上在山村里回响。有人问他:"老王,你都这么大岁数了,还卖什么豆腐呀,你家里也不差这几个钱,你就好好享福嘛!"老王总是笑而不答。

岁月悠悠,那磨豆子的"吱嘎吱嘎"声,那让大家熟悉的洪亮的叫卖声,依旧在有些空旷的山村里回响。老王豆腐坊里散发出的豆香味,像落日余晖下袅袅升起的炊烟,融入沉沉的暮霭中,挥之不去的还有那淡淡的乡愁。

豆腐乳

张冬娇

也许年龄越大，越喜欢删繁就简，包括衣物和美食。在我们村里，那些老人每天穿着棉麻衣服，餐桌上的大鱼大肉渐渐少了，但少不了的是蔬菜和豆腐乳。寒冷的冬天或春风浩荡的早晨，喝一口或稀或稠的粥，佐以豆腐乳，那种滋味伴着醇厚的米饭香浸入味蕾，他们的眼里便有了满足和对尘世的感恩。他们年年岁岁，从小吃到老，那种滋味早已刻入记忆里，根深蒂固，成为舌尖上的乡愁。

这种记忆跨过千年的历史，早在唐朝，茶陵豆腐乳就已兴起，到南宋，竟盛行起来了。据《宋史》及民间传说记载，南宋绍兴二年（1132），为了平定叛军曹成一部，岳飞率军在茶陵境内待了三年，留下了"墨庄"题字、光泉和一经堂等故事和遗迹。其中有一个故事，当这位南宋最杰出的统帅岳飞及其岳家军尝到当地百姓腌制的豆腐乳后，纷纷赞不绝口。平定叛乱后，他们带回一坛进贡皇上，宋高宗赞曰"此物只应天上有"，并要求茶陵人每年向朝廷专项进贡。

豆腐乳是极为平民化的食物，制作过程精细严密也简单，几乎每户人家都能制作。豆腐乳的原材料主要为豆腐。家乡人有句俗话，"世上有三苦，打铁挖土磨豆腐"。由此可见，做豆腐绝不是轻巧活，程序烦琐，费时耗力，还有一定的技术含量。制作豆腐，家乡人称为"作豆腐"。一个"作"字，用得妙趣横生，与作文的"作"字有异曲同工之妙。作文包括谋篇、布局、衔接、文字的打磨，而"作豆腐"呢，则要经历泡豆、磨豆、筛浆、熬浆、点浆、收浆、压榨等诸多程序，劳心费力，才有"作"好的豆腐。

记得小时候，吃得最多的是父亲做的水煮豆腐。烹调很简单，把豆腐对角切成薄薄的三角形，放入加好盐、辣椒的沸水中，两三分钟后，放点葱、酱油就可以了。每一次，当饭菜上桌时，父亲总是情不自禁地夹上一两块，在空中弹几下，那薄薄的豆腐顺势波浪式地动几下，并不断裂。父亲说，瞧，再怎么弹，也不会断裂，这就是好豆腐，这才是真正的豆腐。然后他饱含深情，将豆腐放入口中，抿几下，一副陶醉的样子。我们迫不及待地也夹上一两块豆腐，送入口中，只觉清嫩柔滑，一丝淡淡的清鲜合着淡淡的香气滋润着我们的心。

有了好的原材料，还要选择时令，腌制豆腐乳的最佳时节，是每年的立冬后到第二年立春前。此时，气温寒冷，适宜豆腐长菌发霉。乡人准备一只大大的竹篮，竹篮里平铺一层稻草梗，稻草梗上平摊着一块一块豆腐，放在通风的房里。竹篮、稻草梗都要注意干燥清洁，不然就会积垢产酸，造成"逃浆"，影响豆腐乳的味道。天气温和的日子，只需五六天的时间，豆腐块表面就有了几抹黄霉，空气中弥漫着丝丝豆腐乳香。待到青霉一起，立即切成小方块，于白酒中翻个身杀杀菌，浇上炒好的盐和辣椒粉，收入坛中，淋上茶油，密封，豆腐乳就做成了。半个月后，揭开坛盖，清香扑鼻，挑入碗里，黄澄澄，嫩生生，令人馋涎欲滴。古人有诗为证："才闻香气已先贪，白褚油封由小餐。滑似油膏挑不起，可怜风味似淮南。"

入口一尝，果然细腻柔滑，一股爽甜鲜香旋即向舌床蔓延，再浸入五脏六腑，整个人仿佛都融进那馨香甜润里了，让人有种幸福的眩晕感，难怪茶陵豆腐乳素有"最令人魔化的美食"之称。

当然，只是注重制作过程的精细严密，还不足以体现茶陵豆腐乳的美味。当年，岳飞曾带了一位茶陵人随军腌制豆腐乳，但味道逊色多了，岳飞感叹道："南橘北枳，其然乎？"原因何在？

在于制作佐料的讲究。茶陵地理位置优越，气候宜人，土壤肥沃，水源充足，境内多山丘，是典型的丘陵地带，适宜大豆、辣椒、山茶的生长。经过特定土壤的孕育，承接日月精华和露水的滋润，这些饱满的大豆，辣味十足的红椒，纯绿清香的山茶油，再加上清纯的云阳山泉水，腌制的豆腐乳当然色、香、味俱全了。

茶陵豆腐乳的美味，还在于口感的千滋百味。制作的时间、各人的手法与习惯不一样，豆腐乳也各有各味。有的色艳甜大于香，有的橙黄甜中带酸，有的色暗香大于甜，有的干硬香大于甜……相传早在宋代，年年都要进行大规模的比赛，大家集体品尝，从中选取每年的"豆腐西施"。

印象最深的是儿时的乡下，每年都要制作一种又干又硬又香的豆腐乳，这是一件像杀年猪和做米花糖一样极为盛大的事情。人们仿佛忽略了劳动的艰辛和生活的困顿，以美食来表现乡村生活的欢喜自在。每年腊月开始，家家户户就浸了大豆，捆了干柴，陆陆续续来到村里的豆腐作坊里轮流"作豆腐"。一部分豆腐被炸成油豆腐，用于过年或腌制好平日里吃。剩下的就平摊在菜篮的稻草梗上，菜篮被高高吊起在对着地炉的天花板上，一挂就是个把月。菌丝越来越多，越来越长，豆腐越来越干，越来越香。寒冬腊月，一家人围炉而坐，或读书或聊天或织毛衣。窗外，寒风像刀一样扑向万物，窗台发出"呜呜"的怪响；窗内，炉火正旺，满屋里弥漫着豆腐乳香，令人感觉日子美好而温暖。

到了年底，菌丝有了几寸长了，豆腐已熏成灰黄，又硬又干，乡人才用刀切好腌制入坛。这种干硬的豆腐乳别有一种香味，保质时间也最长，可以吃到第二年的播种时节。那时节，过年的大鱼大肉已经吃完，菜园里只剩下菜薹，正是青黄不接的时候，豆腐乳就派上大用场了。那时节，田野里油菜花开得正艳，空气里有新翻的泥土气息，家家户户门前晒满了剁碎的黄绿菜薹。人们喜欢端着饭碗坐在门前的春风里，扒几口饭，蘸点豆腐乳往嘴里咂摸几下，那种香甜伴随着暮春的暖风扑面而来，温馨而甜蜜，一小块豆腐乳就能送下一大碗饭。最妙的是喝稀饭，当豆腐乳的鲜红浸入白色的稀饭中，先漾出一丝丝红色，搅拌后，整个稀饭如同染色，粥香和着豆腐乳香一起，让人胃口大开，吃了一碗再来一碗，总也吃不厌。

坛里的豆腐乳吃到差不多时，会剩下半坛豆腐乳汁，乡人会把炸干的油豆腐浸入豆腐乳汁里，半个月左右，豆腐乳汁渗透到油豆腐里，干硬的油豆腐变得绵软湿润。豆腐乳汁的浓郁醇厚加上油豆腐的嚼头，吃起来耐人寻味。油豆腐吃完了，接着还有干笋、萝卜干等，只需一周时间，浸润的干笋、萝卜干就变得鲜嫩晶莹剔透，入口香润清爽。小时候，总觉得那些雕花的瓷坛像个聚宝盆，里面有取不完的美味。每一次，当母亲从坛子里夹出这些美味上桌时，油淋淋、鲜嫩嫩、香喷喷，总令人馋涎欲滴，食欲大振。除此之外，豆腐乳汁还可以拌炒空心菜、冬瓜、箭笋、黄瓜，在没有大鱼大肉的时代，豆腐乳把各种蔬菜也滋润得千滋百味。它的美味不仅恩养着我们的身，也恩养着我们的心，拉近我们与自然世界的关系，使我们形成牢固的味觉记忆和丰富的情感积淀。在那个物资匮乏的年代，有豆腐乳调和着，再简单贫困的日子里，也是甜蜜和幸福的呢。

如今，茶陵豆腐乳的腌制和保存技术更高，一年四季都可以吃到豆腐乳了。茶陵豆腐乳也远销海内外，其腌制技术也传到了大江南北，长城内外。豆腐乳含有丰富的氨基酸和多种微量元素，可降低人体内胆固醇的含量，减少高血压等心脑血管疾病的发生。它还有助于消化，能增强食欲。在物资丰裕的今天，豆腐乳仍备受人们青睐，茶陵县城大大小小宾馆、餐馆及粉馆的餐桌上，大都备有一小碟豆腐乳。人们在尝够众多美味佳肴时，总不忘蘸点豆腐乳品味几下。尤其是早餐，豆腐乳的作用很多，可以蘸点放入一碗粉里吃，可以用豆腐乳涂抹馒头吃，将馒头一分为二，用筷子夹点豆腐乳涂抹均匀，合在一起吃，味道妙不可言。很多人吃的也许不仅仅是豆腐乳了，更是一种儿时的味道，一种乡愁。茶陵豆腐乳不仅成为茶陵人一道不可或缺的美食，同时，也逐渐内化成茶陵人精神文化的一部分。

西坝豆腐西坝味

朱仲祥

把简单家常的豆腐，做出数十上百种菜品，做成一桌堪称"高大上"的宴席，这是乐山五通桥人的创举。

乐山城南岷江西岸有座古镇叫西坝，据说有上千年的历史，可以证明的就是鼎盛于两宋时期的西坝古窑。这里为岷江冲积平原，河渠密布，水网纵横，土地肥沃，物产丰富，是五通桥境内的鱼米之乡。这里不仅出产稻米，也出产大豆，更拥有清澈的溪水。这里的人们从明代时就有制作豆腐美食的优良传统，能够把豆腐的文章做深做透，做得花样翻新，异彩纷呈。天时地利人和，造就了"西坝豆腐"的独特风味和响亮品牌，使它成为乐山美食的一张名片。

至今，西坝古镇还有许多与豆腐有关的遗迹和民间传说。传说很久以前，八仙中的张果老、吕洞宾、曹国舅云游至此，见树木葱茏的山林间有一块平坦的巨石，正好可以下象棋，于是张果老和曹国舅摆开战场厮杀。晌午，他们肚中饥饿，一旁观战的吕洞宾遂向附近山民讨吃喝。淳朴的山民便煮豆花招待，不想几个时辰过去，豆浆始终煮不开。吕洞宾掐指一算，原来是一金龟作怪，因为二仙下棋占了它每日晒太阳的巨石。于是吕洞宾一剑刺向沐溪河，金龟受惊升到天空，与吕洞宾展开激战，直杀得昏天暗地，不决高下。杀至凉水井，见一老妪在此纳凉，吕洞宾向她讨水喝，喝过之后功力倍增，斩杀金龟于真武山下。如今，西坝镇有三仙坝、棋盘石、磨刀沟、金龟嘴地名。据传凉水井就是观音洒下的圣水，滋养出西坝三绝：西坝豆腐、西坝生姜、西坝糯米酒。

而据《嘉州府志》记载，与赵匡胤比剑论道于华山的陈抟老祖，曾隐居于西坝境内的圆通寺，炼丹未成却炼出了西坝豆腐。这一史料写在官方的史志上，似乎不能不信。传说虽然是传说，却是饮食文化不可或缺的一部分。西坝关于豆腐的民间传说还有很多，并形成了不少通俗朴实的豆腐歌谣、富有哲理的豆腐谚语与幽默风趣的豆腐歇后语，汇成了豆腐文化的源头。不仅如此，历朝历代咏赞豆腐题材的古体诗就有20余种，今人咏豆腐的旧体诗词和新诗也在百首以上。这在其他地区的特色美食中是很少见的。

西坝豆腐的确切历史，要比西坝古窑晚了许多。在明朝万历年间，镇上的人就有吃豆腐之俗。而真正使西坝豆腐声名远播的，是老字号"庆元店"的第六代掌勺人杨俊华师傅。杨师傅磨制的豆腐，洁白、细嫩、绵软、回味甜润，无论蒸、煮、煎、烧、炸，都不碎不烂。在烹制豆腐时，他将烹饪技艺与审美工艺相结合，火候适宜，佐料合理，先后推出了熊掌豆腐、一品豆腐、灯笼豆腐、绣球豆腐、桂花豆腐、雪花豆腐、三鲜豆腐、盖碗豆腐等上百个品种。他烹制的熊掌豆腐，金黄油亮而不冒气，外酥内嫩又滚烫。他烹制的芙蓉豆腐，朵朵金灿灿的"芙蓉花"盛开在"白雪"之上，入口却香酥化渣。他烹制的一品豆腐，如一朵睡莲，漂浮在高汤中而不下沉，形妙、色美、味鲜。

独具特色的西坝豆腐，按其佐料配兑和烹饪方法，可分为红油型和白油型两大类。红油型以麻、辣、烫、绵、软、嫩、香为特点，白油型则玉嫩似髓，色彩油亮，淡雅清醇。这两类豆腐，色、香、味、形兼备，令人观之饱眼福，食之饱口福。经过杨师傅师徒数十年的努力，西坝豆腐已有300多个品种，常做的有108种，精品36种，荟萃成了饮誉中外的美食品牌，也成为乐山旅游文化的重要组成部分。

通过烧、炸、炒、熘、蒸、拌，烹饪出360多种菜肴，荟萃成精妙的豆腐宴席，让人惊叹不已。有人写诗赞美道："四川豆腐甲天下，西坝豆腐冠四川。洁白如玉细若脂，几乎舌头一起咽。""一品豆腐宴，尝尽天下鲜。美味甲环宇，疑似作神仙。"

所谓特产，就是只能此地生产，不能推而广之的东西。比如西坝豆腐，就只能在西坝这个特定的环境中，才能做出那么地道的口感品质，换了其他的地方，同样的师傅、同样的工艺，做出来的豆腐宴就差一等。究其原因，是这里有一条清澈的小溪，有一口神奇的凉水井。用这里的水研磨这里的豆子，才能做出不一样的豆腐来。正因为如此，每天深夜西坝人还在准备明天磨制豆腐的原料，同时要提前将黄豆泡在水里备用。次日凌晨天不亮，西坝豆腐坊就开始工作了，"皮肤褪尽见精华，一轮磨上流琼液"，再经过大锅里的一番挤浆、烧煮、压单，制成白如玉、细若脂的豆腐，等待包括乐山城里的餐馆、酒店前来提取。凡做西坝豆腐来卖的，必须每天一早来西坝运豆腐回去，再加工成花样翻新的豆腐宴席，供八方游客品尝。

有人给西坝豆腐总结了几个特点：一是口感细腻绵滑，营养倍加丰富；二是细若凝脂，洁白如玉，清鲜柔嫩；三是托于手中晃动而不散塌，掷于汤中久煮而不沉碎。其味在清淡中藏着鲜美，吃起来适口清爽生津，可荤可素。其实还要加上一点，就是工艺上的巧夺天工。比如灯笼豆腐，能够把豆腐做成灯笼的形状，在里面填上肉馅，上笼蒸熟后浇上酸酸甜甜的汤汁，看上去饱满圆润，油光闪亮，充满喜气。芙蓉豆腐，能把豆腐做成一朵盛开的芙蓉，花瓣娇嫩，色彩诱人，令人产生美好的遐想。熊掌豆腐，先是把几大块豆腐下锅油炸得松松脆脆，再加佐料烹制，端上桌来时，一份几乎以假乱真的熊掌豆腐，令人垂涎欲滴。水煮豆腐，按照普通水煮肉片的工艺，将豆腐做出麻辣鲜香、汤色红亮的效果来。如此种种，不一而足。但能够把家常的豆腐做出300多种菜品，不能不赞叹厨师的生花妙手。其中有许多菜品，都是按照斋宴的做法，素菜荤做，包含着佛家严谨的经学理念。

　　西坝豆腐不仅是人们餐桌上的美味佳肴，营养丰富，而且具有保健作用。豆腐及其制品所含的植物蛋白，有人体必需的八种氨基酸。常食用豆腐，可以降低血液中胆固醇的含量，减少动脉硬化。嫩豆腐中还含有大豆磷脂，磷脂是生命体的重要组成部分，对人体细胞的正常活动和新陈代谢起着重要的作用。经常食用豆腐不仅对神经衰弱和体质虚弱的人有所裨益，而且对高血压、动脉硬化、冠心病等患者有一定的辅助疗效。目前西坝豆腐已经被全球公认为"国际性保健食品"。

　　邀请朋友来到乐山，招待他吃西坝豆腐，是一种很真诚的待客安排。一个外地人，面对一道道花样不同的豆腐菜，灯笼豆腐、咸黄豆腐、箱箱豆腐、怪味豆腐、雪花豆腐、一品豆腐等，那表情一定是兴奋与惊喜的。再一一下箸品尝，有的滑嫩，有的松脆，有的麻辣，有的甜香，荤素兼备，干湿相偕，川菜的色香味形，还有盛菜的青花盘子，色彩缤纷，琳琅满目，几乎完美到无可挑剔。此时，感觉是在欣赏一套艺术珍品，一幅风情画卷。

　　古人云："鱼米三江金天府，峨山沫水秀嘉州。"乐山的好山好水，不但孕育了地灵人杰，而且蕴藏了天宝物华。风味独具的西坝豆腐，就是这片山水孕育的饮食奇葩。

酿酒

niàng　　jiǔ

概说。

酒是利用微生物发酵而形成的一种含酒精的饮品，用途广泛。我国的酿酒业十分发达，可以追溯到母系社会。原始农业的发展催生了这一技术的产生，使其在几千年的历史进程中参与到人类社会的生产生活之中，具有非凡的地位。

历史

人类酿酒的技术起源于大约7000年前的新石器时期，考古初步认定，我国在仰韶文化时期就有人工酿酒的技艺了，最早使用的原料叫作糵（发芽的谷粒）。而关于酒的创始人有两种说法，一是仪狄，二是杜康。

据《世本》记载："仪狄始作酒醪，变五味；少康做秫酒。"秫指黏高粱，可以做烧酒。《战国策·魏策二》："昔者，帝女令仪狄作酒而美，进之禹，禹饮而甘之。"关于杜康酿酒，许慎在《说文解字》里有记载："杜康作秫酒。"

酿酒在夏朝时就已经盛行，《尚书·夏书·五子之歌》："甘酒嗜音，峻宇雕墙。"酒具有多种功效，最早是作为药物使用的。《神农本草经》卷三载："药性有宜酒渍者，亦有不可入汤酒者，并随药性，不得违越。"《本草拾遗》载："酒本功外，杀百邪，去恶气，通血脉，厚肠胃，润皮肤，散冷气，消忧发怒，宣言畅意。"用草木果实、粮食酿酒的历史也很悠久。《诗经·小雅·四月》载："山有蕨薇，隰有杞桋。"商朝时，酿酒业已经相当发达，从商纣王整日沉湎于"酒池肉林"的生活以致亡国可以窥见一二。

古代，在蒸馏酒尚未出现时，"酒"就是酿造酒。后来出现了蒸馏的烧酒，李时珍在《本草纲目》中把当时的酒分为三大类：酒、烧酒、葡萄酒。

制作工艺

酿酒的第一步是制曲。北魏贾思勰的《齐民要术》中记载了12种制酒曲的方法和20多种酒的详细制法，是我国最早完备记述酿酒流程的书籍。书中提到"造神曲并酒""白醪曲""笨曲并酒""法酒"等，以纯小麦蒸、炒、生磨三种方法加工，放在适宜的地方培养微生物而成。书中还提到神曲和笨曲的糖化发酵能力有很大的差别，"此曲（指神曲）一斗，杀米三石；笨曲一斗，杀米六斗。省费悬绝如此"。有时候还会加入苍耳、桑叶、艾等中药材增加酒曲风味。

酿酒的第二步是发酵。将高粱、小麦、玉米、大米、糯米等原料适度粉碎，按一定配比加水润粮拌和，加入制作好的特制曲作为糖化发酵剂，采取固态发酵于百年老泥窖中进行长达两到三个月的酝酿，经起窖起糟、出窖鉴定、续糟配料、拌料酿造、混蒸混烧等多道工序得到酒的半成品。

酿酒的第三步是蒸馏。这是从低度酒到高度酒的一步巨大的跨越。明代戴羲所辑《养余月令》卷十一中有载："凡黄酒白酒，少入烧酒，则经宿不酸。"从中可明显看出黄酒、白酒和烧酒之间的区别，黄酒是指酿造时间较长的老酒，白酒是指酿造时间较短的米酒，而烧酒就是经过蒸馏的高度酒，我们现在称之为"白酒"。

蒸馏这一技术的雏形出现很早，商代妇好墓里出现过类似于蒸馏器的陪葬器具，但因年代久远无法确认本来的样子。直到上海博物馆意外得到汉代青铜蒸馏器，才确认这是我国最早具有完备器型结构的蒸馏器，但是否适用于酿酒却不得而知。唐宋时期，书籍文献中大量出现烧酒，这表示蒸馏酒在那时就已经有成熟的工艺了。白居易在《荔枝楼对酒》中写道："荔枝新熟鸡冠色，烧酒初开琥珀香。欲摘一枝倾一盏，西楼无客共谁尝。"还有雍陶的"自到成都烧酒熟,不思身更入长安"、李肇的"酒则有剑南之烧春",说的都是烧酒。

酿酒的第四步是调兑。蒸馏后量质摘酒、出甑打量水、摊粮下曲、踩窖封窖,然后分甑分级、按质并坛,再经陶坛陈酿一年以上,使之自然老熟,以原酒陈浆精心勾兑调味而成美酒。

文化意义

早在先秦时代,酒就在防病治病中占有非常重要的地位,在中医药的发展上起到了重要的作用。《五十二病方》《养生方》等文献中记载了我国古代大量用酒治病的例子。酒的发明,是中国古代的一大成就,而利用酒来治疗疾病,则是医学的重大进步。酒可称为人类制造的第一种人工药物,故有"酒为百药之长"的说法。

商周时期,酒具是一种礼器,名字叫"爵"。天子分封诸侯王时,用不同等级的酒爵来区分远近亲疏、文臣武官或官职大小。周代的爵位分为公爵、侯爵、伯爵、子爵、男爵五种,爵位逐渐成了古代贵族大臣地位、权势的象征。

民间举行重大节日仪式时,常常用酒来祭祀天地及祖先宗庙。酒成了传统文化的代表符号,比如元宵节喝屠苏酒,端午节喝雄黄酒或菖蒲酒,重阳节喝菊花酒等。

古代逢宴必酒,因此关于饮酒的盛事不少,例如盛会曲水流觞最初是一种民间传统习俗,后来逐渐发展为文人墨客诗酒唱酬的一种雅事。三月上巳节时,人们分席坐在两岸渠边,在水流上放置酒杯,酒杯顺流而下,停在谁的面前,谁就取杯饮酒,意为除去灾祸不吉。

去山中酿一盏清酒

姚永涛

在陕南白河县，踏着316国道沿着冷水河往深山里走，有个叫柳树的村庄，我从小就在那里长大。

山里的村子不比别处，没有平原上的那么密集，稀稀散散地落在半山腰上。按照老人们说，山脚阴冷，山尖风大，住在半山腰是最好不过了，阳光充裕，粮食也长得好。

多年前，政府支持开荒，乡亲们用炸药、雷管、钢钎开垦出不少梯地，像女娃戴的围巾一圈圈地围着山头。我们村里人喜欢在自己的梯地种甘蔗，这里种的甘蔗没有南方的食用甘蔗那么粗壮，倒有些像北方的高粱，细秆直立，头尖顶着红穗，所以又称为甜秆儿。

这种甘蔗在村里人的眼里是宝，好似一年的生计都靠它似的。有时我们小孩去地里偷吃几根，少不了挨老人们的漫骂，说今年又要少几斤好酒了。

我不知道用甘蔗酿酒这种工艺是谁传下来的，小时候也不以为意，总觉得每家都会酿酒，这算不上什么稀奇事，长大后去了外面，才知道这种酒只有我们那儿才有。

酿这种酒所需要的酒糟，是把地里的甘蔗用刀剁成一寸左右的小节形状，再用小麦、玉米等粮食的发酵物和剁碎的甘蔗进行搅拌。然后把酒糟深埋于地窖中，地窖口要用黄土密封，等待着酒糟发酵出酒香。

🌸 明 仇英 《清明上河图》（局部）

  酿酒多是在腊月，用的是蒸馏酿酒法。酿酒的人们在自家的梯地岸上搭起灶后，要准备两口铁锅，一口是地锅，一口是天锅。地锅就像做饭一样，填满水放置在灶上，在地锅的锅口放好木质蒸酒缸，把酒糟倒在蒸酒缸中，再放上天锅。

  酿酒必用的蒸馏器，多是自己用木头做的，中间的圆盘中，要用刻刀刻成一条条小道，小道上的划痕方便酒的流动。酿酒的时候，把蒸馏器斜插在蒸酒缸中，到时候酒会从这里缓缓流出来。

  酿酒开始后，要锯好木柴，生大火。木柴要选用树林中耐烧的树木，锯成70厘米长的均匀小截，烧完以后还可以做成木炭，在寒冬里用来取暖。

  生火时一定要旺，不能有间歇，火候掌握着这缸酒的品质和数量。在大火的蒸腾下，木缸中带着浓厚酒香的酒糟，会变成水蒸气在天锅的锅底汇聚，然后变成酒滴，通过蒸馏器流出来。

蒸酒缸上的天锅要不停地添冷水，保证锅底的水蒸气冷却，变成酒滴。这是酿酒中最重要的步骤，自然也是最辛苦的步骤，看似很简单的动作要重复很久，也恰是这种动作的重复，才会酿出更好的美味。

随着火越来越大，蒸酒缸中不断蒸腾，蒸馏器口中细长的酒流出来，像一条白线一样，缓缓地流进接酒的器物中。接酒器物口要用一块干净的白布盖着，起到过滤杂质的作用。

而后，那条白线越来越粗壮，酒越来越多。一开始流出的酒，度数很高，得有六十五度左右。随着蒸腾，度数会越来越低，这才适合人们饮用。这时，酿酒的人都要品尝下自己酿出的新酒，看是否顺口，是否清甜。

酿酒时，酿酒的主人都会准备好一个小酒杯，若是有客人来，主人便拉着客人来尝尝自家的新酒好不好，还会拿出一些冬天的散食，花生或者芝麻糖，给客人下酒。这种礼节，很多年都没变过。

剩下的酒，会放到自家多年放酒的酒坛里，等着时间把它酝酿出更醇香的美味。很多人说，人的一生就像一坛酒，而我却觉得，我们的一生都像是在酿一杯酒，是苦是甜，酿出来，喝下去，才知道。

微醉黄酒酿

姚永涛

黄酒是中华民族古老的酒种，我的老家白河也做黄酒，用苞谷米、大米或者是糯米做原料。以前人们把米看得比金还贵，总是用更为实惠的苞谷米来做。

黄酒一年四季都可以食用。加点麻叶儿、干饼，在坛里挖几勺黄酒糟，多半是自家的早点或者是正餐的开胃汤，味道酸甜，麻叶儿、干饼在黄酒汤的浸泡下也足够酥软爽口。

若是在黄酒糟里加几个自家的土鸡蛋，打成鸡蛋花或者是荷包蛋，再加点儿汤圆，也能用来招呼客人。结婚办喜事、生孩子坐月子更少不了黄酒，黄酒糟加红糖，可以帮产妇恢复身体。要是月子里有人来探望，也要给客人来一碗鸡蛋黄酒，喝黄酒慢慢成了我们这儿办喜事的特定习俗。

黄酒一般在冬天做，冬天做的黄酒储存的时间比较长。把酒曲按照一定比例拌进蒸熟后的苞谷米中，放入坛中，用黄泥密封好坛口，随着时间慢慢发酵，十几天之后苞谷米就有了酒味。

除了黄酒糟的美味实在让人不能忘却以外，让我记忆更为深刻的还有黄酒酿。

黄酒酿就是从黄酒糟里慢慢渗出的酒水。夏天一到，气温逐渐升高，冬天做的黄酒已经发酵得足够长久。气温像是黄酒的催化剂，坛中的黄酒糟也因我们的日常食用，被挖出一个能看见坛底的小坑来。

黄酒酿就像是一滴滴羞涩的泉水,慢慢从四周的酒糟中渗透出来,汇聚在坛底。

我家酒坛小,坛底汇聚了两勺左右的黄酒酿。母亲在给我们煮黄酒的时候,盛了半勺叫我尝尝,并说不能多喝,黄酒酿也能醉人。我拿起勺子看了看,这黄酒酿呈淡黄色,比水要黏稠,像是熬煮久了的稀饭。再轻轻地抿了一小口,有酸酸甜甜的味道,带着浅浅的酒味,没有白酒那样灼口,轻柔的,绵长的,像是舒缓的轻音乐,慢慢经过喉咙。

从那以后,我便喜欢上了这黄酒酿的味道,常常去看坛中的黄酒糟酿出黄酒酿没有。有时候背着母亲偷喝一些,若是喝多了有些微醉,头晕晕的,便躺床上睡上一觉。

后来,家里很少做黄酒,要是做的话,就用蒸熟的大米做,只做一小塑料罐,随做随吃。少了时间的发酵,自然没有了黄酒酿,小时候的味道也慢慢忘却。

直到有一天,和朋友去湖北十堰。十堰的街头饭店里,放着房县黄酒,用小塑料壶装着,朋友说,这就是我们老家的黄酒酿。我便来了兴趣,向店主买了一小壶。

壶身有简单的包装,写着大大的"房县黄酒"的红色字样,有一斤左右的样子。我觉得甚是奇特,小时候无比稀缺、只在坛底有一两勺的黄酒酿,在这里居然有如此之多。朋友说,这房县黄酒有些历史。在我们老家,只是习惯把黄酒和酒糟放在一起喝,这里则是把酒糟酿成了酒的样子。

看到隔壁桌上的本地人把黄酒酿当啤酒喝,一杯接着一杯下肚,毫不含糊。我取了一个杯子,倒了一杯,迫切想尝尝小时候的味道,一杯下肚还没尝出是什么味道,肠胃里便有了烧烧的感觉,和朋友喝了几杯,头便晕了起来。

我说,罢了,就喝这些吧,多了就真的醉了。朋友也说,喝酒也有境界,微醉是最好的,像人生,知足而乐,适可而止,恰好适度,方可乐在其中。

听了朋友的"金句",我不禁点了点头。是啊,酿黄酒,黄酒酿,黄酒就这样不知不觉融入了我们的生活里,也体现在我们的人生中,像它的味道一样久远绵长,每每想起来,总是微微一醉。

制茶

zhì chá

概说。

我国制茶历史悠久,从最初的咀嚼茶叶到后来的简单加工,再到复杂的制作流程。不同的制作工艺,适用于不同的茶类。2022年我国申报的『中国传统制茶技艺及其相关习俗』通过评审,列入联合国教科文组织人类非物质文化遗产代表作名录。

历史

两汉之前，人们并未对茶进行特别的加工，只是简单地食用鲜叶或煮食。据《神农本草经》记载："神农尝百草，日遇七十二毒，得茶而解之。"在原始社会，人类对茶的食用方式便是咀嚼鲜叶。后来，因偶然的机会，神农氏在烧水时，有几片茶叶飘进锅里，他尝后认为可以提神醒脑，生津止渴。这是关于中国饮茶的起源说，这种方式被称为生煮，类似于现代的煮菜汤。后来又出现了羹饮的方式，《晋书》里有记载："吴人采茶煮之，曰茗粥。"

三国时，魏国已出现了对茶叶的简单加工。张揖在《广雅》中说："荆、巴间采叶做饼，叶老者，饼成以米膏出之。"说明当时的重庆、湖北一带就有将鲜叶紧压成饼晒干，饮用时再碾碎冲泡的制茶方式。这种制茶方式有利于收藏存放，可供随时取作药用或饮用。这种制饼晒干的过程可以视为制茶工艺的萌芽。

唐朝时，随着经济的繁荣，制茶有了进一步的发展，出现了蒸青制饼的方法，茶叶食用迎来一次大变革。中唐以后，采叶做饼茶的制茶工艺得到逐步完善，人们对茶有了更加深入的研究。"茶圣"陆羽作第一部茶学著作《茶经》，其中记载有详细的制茶工艺："晴，采之，蒸之，捣之，拍之，焙之，穿之，封之，茶之干矣。"蒸青制饼，是先将采下的茶鲜叶放在甑釜中蒸一下，再将蒸后的茶叶捣碎放在铁制的规承中，拍压制成团饼，最后将茶饼穿起烘干，封存。蒸青可以减少茶叶中的苦涩，这样就可以不用在茶里加入葱姜等来调和茶的青草味和苦涩味。

宋朝成立了制茶厂，有官员专门研究如何制茶，制茶工艺又有了新的突破。贡茶制度的兴起，使团饼茶的制作更加精良，出现龙凤之类的花纹，称为龙凤团饼。龙凤团饼是将茶叶制好后用刻有龙凤图案的模具压制而成，使其表面带有龙凤纹饰。宋《宣和北苑贡茶录》记载："宋太平兴国初，特置龙凤模，遣使即北苑造团茶，以别庶饮，龙凤茶盖始于此。"据赵汝砺的《北苑别录》记述，制龙凤团茶有蒸茶、榨茶、研茶、造茶、过黄、烘茶六道工序，可见其制造工艺的复杂程度。茶芽采回后，先浸泡水中，挑选匀整芽叶进行蒸青，蒸后冷水清洗，然后小榨去水，大榨去茶汁，去汁后置瓦盆内兑水研细，再入龙凤模压饼、烘干。这种龙凤团饼专门贡上，深受宫廷喜爱。宋时，除团饼茶之外，还有散茶叶生产，即是蒸青后直接烘干呈现的松散状。宋朝后期，散茶得到进一步发展，有取代团饼茶之势。

饮茶风尚发展到明代，茶叶的焙制加工技术已经发生了巨大的变化，炒青散茶工艺出现，主要生产叶茶和芽茶。1391年，明太祖朱元璋下诏"罢造龙团，唯采茶芽以进"，此后，龙团茶便被废除。由于皇室提倡饮用散茶，民间便蔚然成风，并将煎煮法改为冲泡法，由此产生了一大批名茶种类。与蒸青工艺相比，炒青更能散发出茶的香味，而且炒青制法比蒸青容易掌握，也更省工，因此明代炒青技术大大提高，继而取代蒸青。明代许多茶人身体力行，种茶、制茶、品茶，研究绿茶制法者越来越多，通过炒制绿茶的实践而制成黄茶、黑茶、白茶、红茶、乌龙茶等，并形成了各类茶的加工工艺。

蒸青散茶能较好地保留茶叶的香味，但香味依然不够浓郁，而炒青技术利用干热能更好地发挥茶叶的香气。炒青绿茶始自唐朝，从刘禹锡所作《西山兰若试茶歌》中"山僧后檐茶数丛""斯须炒成满室香""自摘至煎俄顷余"，可以看出嫩叶经过炒制而满室生香，这是至今发现有关青绿茶最早的记载。宋元之后，炒青茶逐渐增多，到了明朝，其法日趋完善，在《茶录》《茶疏》《茶解》中均有详细记载。

到了现代，由于制茶技术不断改革，各类制茶机械相继出现。除了少数名贵茶仍由手工加工外，绝大多数茶叶的加工均采用了机械化生产。

● 制作工艺

根据制茶方法和工艺的不同，我国的茶主要有绿茶、黄茶、青茶、黑茶、红茶、白茶六大类。

绿茶是不发酵茶，保留了鲜叶的天然物质，色泽鲜绿，茶汤碧绿，叶底翠绿。我国的绿茶产量居几大茶类之首。根据制作工艺上杀青和干燥方法的不同，绿茶可以分为炒青绿茶、蒸青绿茶、烘青绿茶和晒青绿茶。我国绿茶生产以安徽、湖北、湖南、江西、贵州、浙江等地居多。

黄茶是我国特有的茶类，是一种轻发酵茶。黄茶最大的特点是"黄汤黄叶"，这与其独特的制作工艺有关。黄茶的制作与绿茶有些相似，不过多了一道闷黄的关键工序。黄茶按鲜叶老嫩、芽叶大小又分为黄芽茶、黄小茶和黄大茶。黄茶现多产于安徽、湖南、湖北、浙江、四川、广东等地。

青茶也叫乌龙茶，是一种半发酵茶，既有绿茶的清香，又有红茶的浓郁。青茶的茶叶冲泡后，叶片中间呈绿色，有明显的红边，因此有"绿叶红镶边"的美称。青茶目前主要产于福建、广东等地，在浙江、四川、江西等地也有少量种植。根据产地和工艺的不同，又可以分为闽北乌龙茶、闽南乌龙茶、广东乌龙茶。

黑茶属于后发酵茶，是我国特有的茶类。黑茶的制作过程中，渥堆是决定黑茶品质的关键工序。目前，黑茶的产地主要分布在湖南、湖北、云南、广西、四川等，品种主要有湖南的黑毛茶、湖北的老青茶、云南的普洱茶以及广西的六堡茶。

红茶是全发酵茶，以新芽叶为原料，制作工序主要有萎凋、揉捻(切)、发酵、干燥等，其中萎凋是红茶初制的重要工艺。红茶之名得于冲泡后的茶汤和茶叶底色呈红色。我国红茶品种主要有祁红、川红、英红、滇红等。

白茶是一种微发酵茶，是我国的茶中珍品。白茶不需要杀青或揉捻，只要阴干或文火干燥即可。白茶满身披毫、芽毫完整，汤色黄绿清澈，滋味清淡回甘。白茶主要产地为福建的福鼎、政和、松溪和建阳等地，品种有白毫银针、白牡丹、贡眉、寿眉等。

文化意义

中国茶文化博大精深，源远流长，是传统文化的重要组成部分。传统手工制茶产量较低，无法满足社会需求，现在的机械制茶不但效率高，且品质较好，因此，传统手工制茶越来越少。手工制茶在制茶史上具有重要的地位，制茶技艺作为传统手艺，体现了劳动人民的智慧，蕴含了丰富的文化内涵，具有重要的价值。

古法做茶

● 陈理华

小湖素有"水仙茶故乡"的美称。从明清时期开始,小湖出产的茶叶就远销海内外。在这里,可以说是村村都种茶,户户有茶山,人人都是做茶的老手。

水仙茶分为头春、二春和三春,即指春茶、夏茶和秋茶。头春茶口感醇和,香气饱满;二春茶在立夏之后,品质下降,容易发酸;三春茶虽比不上头春茶滋味浓厚,但冲泡后外观美观,香气宜人。

头春茶要在立夏前采摘,若是人手不够,到了立夏后再采,做出来的茶不论是品相还是口感,都要大打折扣。所以在采茶的时节,时间显得尤为珍贵,采茶女自然也就十分抢手。

从茶树上采下来的茶,我们把它叫作青。过秤后,男子用特大的青篓把青挑回家,放到晒谷坪去晒。晒青时,一只手捧着笘箩,另一只手抓起一把青来薄薄地撒在竹席上。晒青的时间全凭经验来决定,一是看阳光足不足,二是看茶叶的成色。晒青是不能把茶晒红的,茶一晒红,就不能做成好茶了。

晒好的青,从太阳底下收回家后,要马上均匀地堆在地上或楼上,堆成一畦一畦的,像菜地一样,大约半尺厚,两三尺宽,这样是为了让青发酵,其间也要去翻动。发酵好了的青,就要拿去炒,这里也叫炒茶。

炒茶时,灶膛的火要烧得旺旺的,锅也烧得热热的。炒茶一般要两个人,一人

茶山

　　捧着一畚箕的青站在锅边，把青徐徐倒进锅里；一人岔开双脚站在锅前，看到青下锅了，便用一双手沿着热热的锅边炒下去，在锅心把茶叶抱起来，然后又很快地放下。一双手就这样反复地炒与抱。那手像是练习过铁砂掌似的，火热的锅和烫人的茶叶都不怕。炒茶时，随着一阵噼噼啪啪好听的响声，一股带着青味的香气瞬间飘满整个房屋。

　　青炒好了，就要倒在一口依着墙根的锅里。这口锅埋在泥土里，口与地面一样平，男人光着脚踩上去，面向墙壁，只把一个有力的背影对着大伙。他用双脚用力去揉，把茶揉成一个大圆团。揉茶人的一双手紧紧地抓住固定在墙上的一条横杠。这是做茶中最要力气活的，力气不够的人茶就揉不软。经过双脚反复地揉搓，原先散散的茶，变得服服帖帖，圆滚滚得如一个草球。直到揉得流出浓浓的茶汁来，男人才停下双脚。

揉搓好的茶抖开来放到烤笼里用炭火烤，开始时炭火要旺，随着茶叶的干湿度变化，渐渐地，火就要小下去。烤茶的时候还要定时去翻动它。所以，烤茶是件很辛苦也很磨人的活儿，当烤茶人躬身向茶时，那茶也一定在看他是不是诚心在做吧。

在采茶、做茶的季节里，做茶人一般要连续好几天都不能睡觉。若是有人图省事，把揉好的茶叶放到太阳底下去晒，人是轻松了，可是做出来的茶闻起来便没有了那种特别的香味，喝起来更是索然无味……

每到做茶的日子，整个村子都沉浸在一片浓浓的茶香之中，闻着十分舒服。这里的人一直坚持用古法做茶，虽劳碌辛苦，但做出来的茶，却有着沁人肺腑的香气。难怪这里的茶特别让人喜爱。

吃茶

苏白

旧时乡间把柳叶焙干，以红陶大壶装了，粗瓷大碗盛了。粗劣得不成样子，却是安然和随意的。夏日炎炎里，农妇把茶水送到田间给做活的人吃。茶叶苦苦的，清凉的，一口灌下，抹一抹汗迹，农人看着庄稼笑上一笑，就继续在烈日下忙作。

乡里人说吃茶，没有多少讲究。但有客人来了，弄上一点，就山里的松柏木烧火煮水，滚烫了浇下，就柳荫下坐了，原木方桌，水里带着松柏的烟火味和清香。若是春天，以桃花杏花为茶，红的粉的艳艳的。若是夏日对着一树的石榴花、夹竹桃饮下，周围是鸡鸭觅食，猫狗嬉戏，孩童嬉闹，一片市声。

祖父做过干部，时常恬淡地向着日光和青山饮茶，他每每在那里坐了，一壶茶，和邻人谈起天气，谈起世事，谈起死亡，平常随意。若有贵客来，祖母便在那茶叶里再添上一点茉莉花，香味就四溢而出。而客人必夸张地吹上一口，然后在啧啧声中将茶吮吸到口中，慢慢吞下，仿佛一路的风尘就此化解去了。

我不懂茶，对茶叶并无讲究，但厌花茶香气浓烈，也不喜红茶过酽。附庸风雅时，每年都要买些茶具，但紫砂也好，不锈钢保温杯也罢，却都不及平常玻璃杯自然随意。细细把茶叶放了，只没浅底，就是寻常开水倒下，而后盖上盖子，看着茶叶慢慢扩散开来。看着那些香气和清脆一点点在水中融化，看着茶叶在杯中跳舞和上下，便有通透、和煦和盈盈在握感。自觉新茶好，绿茶也好，而对产地无多少讲究。品不出三江五湖水色，品不出云雾湖茶优劣，只是喜欢寻常普品龙井、碧螺春和本省几处绿茶，喝了清心明目，去火降燥，滋养心田，通透澄净。

少时读一故事，茶为神农尝百草时采到，喝下即浑身游走，四体百骸，无不舒坦，神农认为可去百病及秽气，故教人种植饮用。对于茶叶的医药价值并不了解多少，只是习惯为之，随意饮之。

茶叶淡一些好，有些回味好，清亮一些好，新鲜一些好，芽尖嫩绿些好，高山以及湖区里的好。本省英山绿茶、随州云雾、鄂州梁湖碧玉都还喝得下去，就是宜昌、武汉的绿茶新茶也能将就。黄山毛尖、毛峰，江西婺绿，信阳毛尖，若是去旅游区难得遇到正品、新品。福建铁观音样子太怪，总觉得有距离感。据说河南有种石茶是绝品，一两粒就香气四散，可续水多次。

我们中国文学也好，中国宗教也好，对茶都很推崇，茶酒诗剑，山水禅道乃为中国文化血脉里的因子。

作为中国人，品中国茶，便觉得离传统文化近了。至于根源，至于品位，倒无从得知，也无从谈起。世界上喝茶的人口应该是最多的，俄罗斯人也好，美国人也好，都喜欢中国茶叶，只是他们好像更偏好红茶。

我吃茶是一俗人，只是牛饮，生津止渴罢了。偶尔明心见性，丹田清澈，通脱透亮而已。

吃茶第二道，味道最纯。一道有杂质，且未完全泡开。三道，寻常茶叶就过淡了。二道时，火候最好，味道最醇厚、地道。人之一生，老年过淡泊世事、过消极，少年青年过稚嫩和青涩，不谙世故，大概中年是最好的时节了，是人生最厚重和醇香的岁月。人们说少年写诗，中年写散文，老年写小说。到了中年，大抵是作散文的最好年纪吧。

沿河茶记

● 刘燕成

一

唐人陆羽所著《茶经》是世界上最早的茶学专著，这位流芳千古的"茶圣"在其中写道："茶之出黔中，生思州、播州、费州、夷州……往往得之，其味极佳。"盛赞了沿河古茶。又相传唐天宝年间，唐玄宗身患绝症，京城无人可医。后征思州鳌山寺高僧通慧禅师进殿医治，药到病除，其中一味药材便是沿河古茶。

沿河境内自然环境优越，四季温差小，昼夜温差大，日照充足，降水充沛，终年云雾环绕。土壤质地疏松，底土无硬盘层，排水性好，坡度适中，土壤以黄壤、红壤、黄棕壤等类型为主，适宜茶树生长。全县500年以上树龄的古茶树有四万余株，超过100年树龄的不计其数。仅塘坝镇，就有两万余株古茶树，其中有的树龄甚至高达1200年，属国内罕见。因为喜欢探源古茶树，我于2016年走访了沿河谯家、黄土、塘坝、新景、客田、后坪、洪渡、思渠等乡镇散布的古茶园。沿河凭借自己得天独厚的自然条件，大力发展茶业，成为生产有机茶的最佳产地，是贵州省发展茶叶重点县，生产的茶叶以"绿色、生态、环保、健康、养身"著称，曾获"中国名茶之乡""中国古茶树之乡""贵州十大古茶树之乡""贵州省著名商标""贵州省名牌产品"等荣誉称号，其千年古茶、画廊雀舌、懿兴雀舌、武陵工夫等茶产品先后在各类茶博会上获奖。

"念好山字经，做好水文章，打好生态牌"，这是2015年贵州省委书记在沿河调研时曾说过的话。身处苍苍茫茫的万亩古茶园之间，见到那些躬身于茶园深处采摘茶叶的土家儿女，他们勤劳能干，充满智慧，生活中穿着朴素，笑容大方，对前来买茶喝茶的人，总是热情恭敬，礼数周全。他们用超出常人的胆量和坚强的心，谱写着大山深处千年古茶树的进行曲，诠释千年古茶树与土家人和谐共存的真谛。

暮色四合，在风雨中劳累了一天的采茶人脸上仍挂满微笑。他们以茶代酒，以茶传情，视茶为生活之中不可缺少的贵宾。因此，生活中处处可见茶，话语间亦处处藏着茶的身影。茶是大自然的馈赠，漫野古茶树就像山谷中那美丽的幽兰，在漫长的岁月里，见证了土家儿女代代相传的古茶文化。

二

沿河人喝茶，最为典型和独具特色的，当数当地的土家人。

土家人都有饭后喝茶的习惯，正餐进餐时也会给客人不断斟茶。茶具有醒脑清神、开胃健脾、醒酒解醉、消食利尿等功效，加上山区农业生产规模不大，生活节奏较慢，喝茶自然是土家人享受生活之乐的必备环节了。

土家人讲究"酒满茶半"。给客人斟茶，土家人叫"倾茶"或者"参茶"，通常都不会倒满，最多也只有大半，这并非土家人吝啬，而是风俗使然。在土家人的观念里，满碗茶水是因为给要饭的叫花子解渴才多多益善的，而对于尊贵的客人，只能以一半敬之。即便是你喝上十碗八碗，主人都会很高兴地不断为你斟茶，同样每一次都只有半碗。

水是茶之母。土家山寨泉水丰富，凡有住人的村寨和农业生产的地方，均有大小山泉井水。山泉清洁无污染，富含各种人体所需的矿物质，杂物极少，且冬温夏凉，口感极佳。用山泉水泡茶，是远古的土家人在长期的农耕生活中积累下的经验，俨然也是一种生活习惯，是他们特有的茶品。

土家人泡茶十分讲究，方法有煨茶、熬茶和泡茶等。

土家人煨茶的器皿叫"茶罐"，其形上下两头稍小，中间略大，一侧有握柄，开口在顶部且有一向外突出的小槽。茶罐多为陶瓷制品，少数家庭还保留有铜质茶罐。煨茶时，先将茶罐注满泉水，盖上盖子后，置于土家木屋的火炉之上，尽量使其受热升温。通常还要用火钳从火塘里夹出正在燃烧的木炭或者块煤置于其下。水开后揭盖投入茶叶，继续盖盖加温，待茶叶被开水煮透，汁液呈黄色或暗红色时即可倒入茶具中饮用。倒出茶水后加满水再次煨煮，等倒出的茶水喝完，茶罐里的茶又泡好了。这样边喝边泡，才算是喝茶。此法泡茶，经过三沸，便将茶罐移离火堂，开始焖茶。焖上三五分钟后再倾出，也不忙喝，先把茶水抬至鼻前，深吸几口茶的雾气，使茶露透入肺腑，体内顿生舒爽之感，随后慢慢呷送少量茶水，徐徐咽下，自能品出高原之巅云雾缭绕中的茶味。

熬茶，就是用大火煎煮茶水。用铁锅烧开清水后投入茶叶，稍煮片刻即成。也有水未沸腾而先放入茶叶的熬法，只是此法熬出的茶水色浓却稍显寡淡，欠香味。熬茶一般用粗茶叶或茶籽，多为土家人自己制成的饼茶，还有其他各种各样的山中野生植物组合而成的刺梨茶、甜茶、吊钩茶、老鹰茶等。初次喝或刚开始喝会觉得味道有点异样，但喝后慢慢回味，便甘甜自知。尤其是土家熬制的这种茶水，放上两三天也能喝，且不会像其他冷茶，喝后拉肚子，不利于健康，所以土家熬茶是炎热季节避暑解渴的常用品。

泡茶，是先把细茶叶放入瓷器中，注入开水，盖严，三五分钟后即可饮用。泡茶虽操作简单，但茶质要好，水必须烧开，这样才能泡出色、香、味俱佳的茶水来。

还有一种土家特制的茶，叫油茶。制作其需备好优质茶叶、瘦猪肉丝、极薄而不规则的小块豆腐干片，还有芝麻，炒熟去衣并碾成小颗粒的花生和黄豆，再配以姜、蒜细末，短节香葱。将猪油煎至微微冒烟，再将肉丝和豆腐干片入锅炒至半熟，加入花生、黄豆碎粒，翻炒至充分沾油、颜色焦黄后下芝麻和茶叶，文火快速翻炒，芝麻全部炒炸而不变色时立即加水，大火烧开，放葱、姜、蒜、盐等即成。油茶用料十分讲究，制作精细，对每个环节的火候把握要求极高，是土家人待客的上等茶食，吃起来既觉得油质极浓又不腻，口感特异，回味悠长，百吃不厌。一般是边喝油茶边吃其他专门配制的食物，既能解渴，又可充饥，茶食兼具，回味无比。

土家人饮茶一般都配上零食，叫作茶食。凡逢年过节、红白事以及其他喜庆之事，都能见到茶食场景。茶食是饮茶活动的必备之品，其特色是多样化、平民化。除柑子、柿子、核桃、板栗、花生、瓜子和饼干、糖果之外，还有诸多土家人自己做的独特食品，如苞谷泡、米籽、酥食、麻饼、麻粮、苞谷团儿等。土家苞谷泡又叫苞谷花，土法制作是先用铁锅将燃烧用过的废弃草木灰炒热，放入干透的苞谷籽，在锅内一起翻炒，苞谷籽受热膨胀先后爆裂，最后全部开花弃掉草木灰即成。现在有玉米爆花机，更为方便快捷且香脆可口。炒制时适当放点糖，则更香甜，这是土家"下茶"的好食品。

三

沿河，是一座被乌江拴在水边的古城，其绵长的历史和文明也与这条蜿蜒而过的乌江息息相关。山是高山，崖是悬崖，壁是绝壁，滩是险滩，流是激流，茶是古茶，而人，则是兼具各类优秀品质的沿河土家人。

　　沿河古茶，外形呈尖状，色泽黄绿，叶底嫩软，其汤色黄绿明亮，清香纯正，滋味醇厚，具有独特的品质特点。由于开春之后有阳光的普照、雾气的滋润，古茶树绿芽出得较早，因此，采摘时间也早于其他类茶叶。茶青采摘标准也极为严格。采摘的茶青要经过两到三次筛选，方才进行炒制。在制作熟茶的过程中，每一道工序都苛求完美。杀青或者干燥，温度都不宜过高，否则会导致干茶外形显现叶缘泡点，甚至出现泡点过多的现象。这就要求古茶的炒茶师傅把握好火候。

　　出生婴儿的百日宴里，是一碗古茶道出了母亲十月怀胎的艰辛与欣喜。出嫁姑娘的离娘席上，是一碗古茶道尽了父母的养育之恩。乃至老人百年归天时的永别路上，是一碗古茶唱出了孝子贤孙内心里的挽歌。因此，是这些悠久的民族传统铸就了沿河古茶文化独特的地域特点和民族风情。

　　乌江激流涌越，带着高原旷古雄阔的原始野性，以及它独有的历史和文明，绕城潆洄。旭日渐渐东升，熹微的亮光把高山的剪影照得愈加碧幽，绿绿葱葱。大江远去，船舶轻轻摇摆，和着轻拍的浪花，对望江岸上的楼台，抵足期盼……

明 仇英 《清明上河图》（局部）

贰 舌尖上的技艺

粉条

fěn tiáo

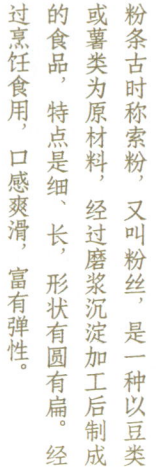

概说

粉条古时称索粉,又叫粉丝,是一种以豆类或薯类为原材料,经过磨浆沉淀加工后制成的食品,特点是细、长,形状有圆有扁。经过烹饪食用,口感爽滑,富有弹性。

历史

传说粉条是战国时期军事家孙膑所发明的。孙膑和庞涓一同拜师鬼谷子学艺，学成之日师父要求二人各自发明一种"浆里来水里去"的东西。待到验收之日，庞涓端上豆腐，孙膑则呈上粉条。虽然这个传说并无事实依据，但足以说明它的历史悠久。

粉条加工在我国有千余年的历史，北魏贾思勰的《齐民要术》中有明确的文字记载，将这项工艺系统地阐述出来。《齐民要术》中引《食次》曰："粲（一名'乱积'），用秫稻米，绢罗之。蜜和水，水蜜中半，以和米屑；厚薄，令竹杓中下。先试，不下，更与水蜜。""粲"指上好的大米，做成糯米粉后用绢罗细细地筛选，再加入水、蜜各一半配制成的蜜水调和米粉，直至调成可以从竹杓中流出的程度为宜，若是流不出就需要再加蜜水稀释。竹杓即竹节面上钻有密密麻麻孔洞的竹筒，这种工具与我们今天所用的瓢漏功能一致。

在物资匮乏的古代，用米来生产粉条实在是一件奢侈的事情，于是人们很快找到了其他替代物。宋代陈达叟在《本心斋疏食谱》中记载了用绿豆制作粉条的方法："碾破绿珠，撒成银缕，热蠲金石，清澈肺腑。"明代李时珍《本草纲目》中也提到："绿豆处处种之……磨而为面，澄滤取粉，可以做饵顿糕，荡皮搓索，为食中要物。"这里的搓索就是粉条，这样做出来的绿豆粉条呈半透明状，富有光泽，口感筋道，不易断裂，便于运输和保存。

明朝时期，随着红薯和土豆传入中国，人们发现它们在粉条制作上有着得天独厚的优点。根茎薯类产量丰富、易于种植，块头大且淀粉含量高，是做粉条的不二之选，凭借众多优势，它们一跃成为粉条制作的原材料主力军。

随着科技的发展,全自动粉条机已广泛应用于众多大型食品加工厂,只剩下一些家庭单位或作坊还在制作纯手工粉条,但由于手工制作的粉条风味更加独特,更容易获得人们的青睐,这项技艺仍旧具有不可替代性。

● 制作工艺

粉条制作工艺在我国有着悠久的历史。明朝的韩奕在《易牙遗意》中对粉条的制作方法和过程记载得尤为详细:"每干粉一斤,用湿粉二两,打成厚浆,放镟中。添滚汤一次解薄,便连镟子放汤锅内煮之。取出,不住手打搅,务要稠腻。如此数次,候十分熟。大概春夏浆宜稍厚,秋冬宜薄,以箭锹起成牵丝,垂下不断方好。候温,和干粉成剂。如索不下,添些热汤,如大注下,添些调匀。团在手中,搓索下滚汤中,浮起,便捞在冷水中,沥干,随意荤素浇供。只用芥辣尤妙。"

粉条的制作技艺从古至今几乎没有什么变化,这有赖于一项特别的技艺——漏粉。制作粉条一般有三个过程:推粉、漏粉、晒粉。

以红薯粉条为例,选取优质红薯清洗干净,切块后用石磨研磨成渣、水混合物,将经纱布过滤后的汁水静置一段时间,收集底部洁白的沉积物——红薯淀粉。

淀粉经过晾晒过筛后得到细腻的干粉,再按照比例添加水打糊,然后就进入到最关键的步骤——漏粉。漏粉采用的工具各种各样,但无一例外都是底部有孔的勺状工具。将面糊倒入工具内,粉条会顺着孔洞流出到早已放置好的滚沸的锅中,过程中需要不断搅拌防止粉条粘连。这个步骤需要至少三个人通力合作才能完成,掌握漏粉工具的人因为长时间维持一种姿势，往往导致肌肉僵硬，得与人协调轮换才能完成。

上等的粉条线条细匀、质地圆润、光洁透明，放置水中不发涨，这就需要制作者高超的技艺，手艺熟练的师傅可以完全随心控制粉条的状态。要想提升这项技艺至娴熟，主要靠个人悟性与长久练习而获得的心得体会，所以此项技艺的传承更多的是靠师傅们的口耳相传，书面文字难以准确表达，因此流通性不广，正在面临失传风险。

粉条漏到锅里随沸水翻滚，漂浮上来的粉条为熟粉，这时将粉条捞出放入冷水中，以防止粘连。将粉条从冷水捞出后挂在搭好的架子上晾晒，晒干后截段储藏，随吃随取。

文化意义

粉条作为一种传统美食，在文化上也承载着一定的寓意。因为其形状细长，通常被视为长寿的象征。在婚礼等喜庆场合，粉条也会被当作礼物赠送，象征长长久久、绵延不绝的情谊，预示新婚夫妇未来的生活将充满富饶和幸福。有些地方的人们认为粉条寓意诸事顺利，在搬家的时候会往锅里放一把粉条，希望灶王爷保佑家中事事顺利。

下年粉

● 吕桂景

在儿时的记忆里，一入腊月，冷清的生产队大院里便热闹起来，人们开始着手准备过年的事宜。杀年猪、下年粉是腊月必备的年事。随之，年味也越来越浓了。特别是全村人一起下粉条的场景，最令我难忘！

生产队大院坐落在村子的中央，院子里有两排土坯茅草房。说是大院，其实就是一个敞开的大场院，没有院墙，也没有大门。北边是一排坐北朝南的北屋，西边是五间坐西朝东的西屋，东边挨着大路，南边是一大块儿空地。西屋后面有个大池塘，池塘东西长约五百米，南北宽约三百米。每当雨季来临的时候，村子里的水大都往池塘里汇聚，慢慢地就形成了大型的蓄水池。在池塘的东南角上，有一口天然的甜水井，村子里的人们常去井里挑水吃。

每年秋季，人们便开始忙着下地刨红薯。红薯大多是赶在下霜前收刨完毕。在队长的带领下，社员们干得热火朝天！有刨的，有装车的，有用牛车往回拉的，也有卸车的，生产队大院的空地上，红薯堆成了山。

红薯刨完后，除了留出一部分做粉条外，其余的按人头分配到各家各户。等秋收、秋种忙完后，队长便组织社员做红薯淀粉。做红薯淀粉要先把红薯清洗干净，再把它磨碎榨成汁，然后用自制的白布兜过滤出粗糙的红薯渣，甜甜的红薯渣可以用来喂养生产队里的牛和猪。然后,将过滤后的浓稠汁液放在大盆里,让其慢慢沉淀。一段时间后,把上面的清水倒掉,盆底那层白白的面糊便成了淀粉。晒干后,收藏起来,年底就可以用来做粉条了。

"过了腊八就是年。"腊八过后,队长召集社员们商量下粉条的事,下粉条的场地选在生产队大院里。说干就干!第二天,队长就开始组织社员支大锅。只见五六个人七手八脚地忙活起来,大约两个小时后,一口硕大的铁锅稳稳地支在了西屋的南墙边上。

大锅支好后,接着,大家开始绑晾粉条的架子。首先把两根粗木棍用麻绳缠起来系结实,一根支架就算做好了。然后,以同样的方式做成无数这样的支架,以待备用。支架全部完成后,两个人合伙开始搭建木架。把做好的支架分开放在两头,用一根细长的木棍横在上面,根据细木棍的长短确定架子的长度。以此类推,一排又一排,空地上摆满了晾粉条的架子。

万事俱备,只欠"粉条"。于是,队长开始分工:年纪大的,负责烧火;中年人负责和面;年轻人负责下粉条;剩余的男劳动力负责捞粉条;女人们负责晾粉条。孩子们则在一边观看,嬉戏玩耍,但不能影响大人们干活。

下粉条仪式开始了!只见一个青壮年,两手紧紧地攥住长长的铁舀子把,和面的师傅接着往舀子里倒上软硬合适的淀粉面团。旁边的那个人,用木槌使劲地捣铁舀子里面的面团。这样做,是为了让铁舀子里面的淀粉顺着底部的漏眼往锅里下粉条。刹那间,一根根长长的粉条如丝线般不断地下到锅中。这边下着,那边有人拿着细长的木棍伺候着准备捞粉条。

一会儿工夫,软软的淀粉变成了筋道有力的粉条。长长的粉条从锅里捞出来后,搭在事先准备好的小木棍上。然后,由女人们接过来,放在晾粉条的架子上。孩子们看着刚出锅的粉条,馋得直流口水,但大人们说了:"那是公家的东西,馋也不能吃。"

大家各负其责,一环连着一环,关键时刻谁也不准掉链子。只见和面的人不断地往舀子里加面，捶面师傅使劲地捶着面，拿舀子的青年咬牙坚持，生怕一失手舀子掉进锅里。拿舀子的人，十几分钟换一轮，时间长了胳膊受不了！就这样，师傅们来回轮换着下粉条，从早到晚，一直忙到天黑，才把所有粉条下完。

大人们忙着拾掇家什。这时，锅底里的火还没有熄灭，在粉条场上瞅候了一天的孩子们，终于可以在和面盆里抠出一些剩余的淀粉渣了。抠出后，麻利地揉成一个团。然后，把面团埋在锅底的火堆里烧烤。

十几分钟后，感觉淀粉团差不多熟了，我赶紧找个木棍快速把它扒出来，放在手里揉揉，再用嘴吹吹上面的草灰，赶紧咬一口尝尝。哇！好烫啊！我大声地叫了起来。烤熟后的淀粉团外面筋道粘牙，里面软软的。我想，大概是没烧透的原因吧？甭管熟不熟，擎着往下咽，终于可以解解馋了。

一个星期后，晾在架子上的粉条差不多大半干了。为了能让社员们过小年时吃上粉条，队长决定在小年前，把粉条分发下去。各人领回家后，再自己晾晒。

我们家乡过小年时，人们习惯吃火烧、喝豆腐汤。豆腐汤就是用白菜、豆腐、粉条、猪肉等食材做个大杂烩，里面的豆腐表示"福气"之意。

在物资匮乏的年代，粉条在老百姓的餐桌上起到不小的作用。过年时，大多数家庭会用粉条来招待客人，比如，猪肉炖粉条、白菜炖粉条、豆腐炖粉条、炸萝卜粉条丸子等，粉条必不可少。

如今，人们的生活条件好了，物质水平提高了，无论在集市上，还是在大型超市里，都能买到上好的粉条，而且花样繁多，不仅有粉条，还有粉皮、粉丝等，大的、小的、薄的、厚的、凉拌的、炖菜的、做汤的、吃火锅的，一应俱全，应有尽有。

时光飞逝，转眼间，我已到了知天命之年。在过去的岁月里，我曾走过许多地方，也曾吃过无数次的粉条，但味道远不如儿时吃的粉条口感纯正。其实，我知道那不是粉条质量的缘故，只是我思乡的心念太重而已。

绵竹米粉

● 彭忠富

南方人吃米，北方人吃面，自古亦然。然在中国，因为地域千差万别，米和面也衍生出许多经典吃法来。面有面条，米有米线。米线，顾名思义，像棉线一样细长、柔软，只不过是用大米为原料制作出来的。若问米线中最出名的，那定是云南的过桥米线，据说是秀才娘子首创的，我在成都尝过一回，跟想象中的还是有较大落差。

走遍天南海北，我最喜欢吃的还是家乡绵竹的米粉。家乡绵竹，以竹为名，与攀枝花类似。绵竹是一种禾本科植物，和水稻差不多，开花后也会结出竹米，只不过竹子就会死掉。楠竹、斑竹和慈竹在家乡农家的房前屋后可谓遍地皆是，反而是绵竹罕见。过去在市委大院大门两边各有一笼绵竹，后来却不见踪影了，据说被移栽到公园去了。只是我在公园里也无缘得见绵竹踪影，反倒是杜甫咏绵竹的诗碑日日所见。诗云："华轩蔼蔼他年到，绵竹亭亭出县高。江上舍前无此物，幸分苍翠拂波涛。"杜甫客居成都时，曾到绵竹拜访好友县令韦续，求得几笼绵竹，估计移栽到浣花溪畔的杜甫草堂去了。可惜这首诗知名度不高，不然倒是绵竹很好的广告词了。

在地震期间，小小的绵竹县城，一下子拥来近十万外地务工人员和援建者。两三年后，他们离开了，让他们深深怀念的，一定有绵竹米粉。因为他们的肠胃已经适应了绵竹饮食，而米粉就是绵竹饮食中的重头戏。除了米粉,还有芍粉,二者的区别就在于一个原料是大米,一个是红芍。如果叫绵竹米线,反倒有些不伦不类的。

  因为尽享都江堰水利枢纽的灌溉之利,旱没有旱过,涝没有涝过,绵竹早已成为稻米之乡。糯米可以用来酿醪糟,过过酒瘾;而大米除了做饭,也是改善胃口的最佳衍生品。绵竹人好吃,在川内颇负盛名。以早饭为例,由于夜生活丰富等原因,上班族爱睡点懒觉,早晨洗刷一番就直奔米粉店就餐。

  米粉店遍街都是,以我居住的这条街道为例,仅仅五百多米长,就有九家米粉店,以卖米粉为主,兼卖稀饭、馒头、小笼包子、油茶和面条等。每天早晨天麻麻亮,米粉店就开门了,烧开水、收拾桌椅、熬制老汤、浸泡米粉和准备其他的食物,老板忙得团团转。米粉都是当天早晨从作坊里送到店铺来的,装在大笆箕里,至少七八十斤,加工后可以卖掉成百上千份,因此利润极高。绵竹米粉用大米作原料,将米磨成粉,煮成半生熟,压榨成圆条粉丝,经过漂水,然后搓揉成团,进行二次蒸粉、烘干制成。它较各地的米粉更细圆,更易入味,细嫩爽滑,入口即化。按制作方法还可分为生浆粉与熟浆粉。熟浆粉经过发酵工序,易于消化,有特殊的风味,但不易保存,通常是当天生产、当天食用,绝不留到第二天。因此正宗的绵竹米粉难以长途贩运,只能在绵竹及周边地区有,这应该是绵竹米粉的遗憾了。

  早晨七点半左右,米粉店就开始上生意了。家家米粉店都是门庭若市,没有三四个人根本应付不过来,这个在喊,那个也在喊,老板忙得晕头转向,钱都收不赢。食客大多数就住在附近,竞争激烈,老板一个也不敢得罪,因而尽管一碗米粉不到十块钱,小生意,老板也得赔着笑脸。米粉店小小一间门面,七八米长的进深,简单一隔,就形成了操作间和就餐区。就餐区通常会摆上五六张长条桌,每桌可坐四五人,桌上的瓶瓶罐罐内,装着盐巴、米醋、酱油、辣椒油、葱花和芫荽,食客根据自己的口味任意添加。讲究点的店铺,会添置台消毒柜,碗筷都在柜子里放着,以示消毒。操作间里,一口开水锅永远都是热气腾腾的,系着围裙的师傅手持竹编锥形捞箕，根据食客所说的一两或者二两，在一个大木桶里，将冷水浸泡的适量米粉捞起来，放在捞箕里，不断地在开水锅里沉下去又提起来，如此反复几遍，米粉就冒热了，可以吃了，然后倒在大小不一的汤料碗中。

汤料是绵竹米粉的灵魂，一家米粉店能否经营下去，全靠汤料味道的好坏。汤有清汤、红汤之分，清汤不加辣椒油，红汤要加辣椒油。作为不怕辣的绵竹人，一般都是选择红汤的，但是有些小孩、女士和老人，由于身体原因，会选择清汤或者清红汤（少放辣椒，加菜油）。因此在绵竹米粉店里，你经常会听到食客这样点餐："三个二，一清一红一红重，牛肉。"初来乍到的外地人是听不懂的，这就像江湖黑话，习惯了就明白了。所谓三个二就是三个人都是二两大碗，红重就是辣椒油多放点，而牛肉就是米粉的臊子了。因为臊子，米粉的名称变得多姿多彩，例如肥肠粉、牛肉粉、笋子粉、羊肉粉、蹄花粉、鸡汤粉等，这些臊子都是提前炒制好的，放在冰箱里待用。而米粉好吃关键与否，还跟老汤有关。在米粉汤料中，都会添加一小勺老汤，老汤是用鸡骨架、猪腿骨、老姜等熬制而成的，可以让一碗普通的米粉变得格外爽口，美味绝伦。

节奏快，食客随吃随走，米粉店里永远都是人头攒动。从走进店铺点餐，到一碗米粉端在你面前，通常不会超过五分钟。米粉在汤碗里任意地缠绕着，淹没在泛着油光的椒红色汤汁中，臊子、葱花和芹菜粒就那样散淡地盖在上面，红绿相间，赏心悦目。用筷子将米粉轻轻搅动，拌匀作料，那种扑鼻的香味立刻就在你的舌尖缠绕，恨不得舌头打个结。食客吃完后，有些连汤料也会喝得干干净净，暖胃暖心，真有酣畅淋漓之感。喜欢喝早酒的，还会要上二两泡酒就着米粉喝下去，于是一天的生活都变得丰满起来。

绵竹城乡，到处都是米粉店，最为著名的有史羊子米粉店，专卖羊肉粉，一年四季都得排队。还有麦香园，几十年的老字号了，先在收银台交钱买牌子，不同的食物有不同的金属铭牌。牌子交到师傅手边，就在操作台上一字排开，然后按先后顺序端出来，别有一番情趣。

腌菜

yān cài

概说

腌菜是一种历史悠久的菜类加工方法，最早使用盐作为腌制调料，后来也加入白酒、醋、糖等。过去，北方冬季寒冷，没有新鲜蔬菜，腌制是延长食物贮存期的最好方法。由于加工方法简单、成本低廉、容易保存，产品具有独特的色、香、味，为其他加工品所不能代替，所以蔬菜腌制品从古至今一直深受人们喜爱。

● 历史

我国的腌菜历史悠久，据说早在新石器时期就有了腌制蔬菜的做法。《周礼》中记载："大羹不致五味也，铏羹加盐菜矣。"《诗经·小雅·信南山》中有"中田有庐，疆场有瓜。是剥是菹，献之皇祖"的诗句。"庐"和"瓜"是蔬菜，"剥"和"菹"是腌渍加工的意思。据汉许慎《说文解字》解释，"菹菜者，酸菜也"。类似于酸菜，也许与今天我们所说的腌制菜不一样，但是可以大致看出先秦时期的腌菜雏形。

到了汉朝，由于张骞通西域开辟丝绸之路，大大开拓了我国对外交流的渠道，我国从西亚、中亚等地引进不少蔬菜种植，此时可食用蔬菜种类达到了30多种。由于冬季严寒，万物凋敝，能够食用的新鲜蔬菜并不多，我国人民历来有备冬的习惯，用盐储存蔬菜成了极为普遍的做法。东汉刘熙的《释名·释饮食》中记载了当时人们做腌菜的方法："生酿之，遂使阻于寒温之间，不得烂也。"可见那时候制作腌菜是非常普遍的。为了追求风味，人们又在盐渍的基础上用酱腌制。酱腌要比普通的食盐腌制多一些步骤，经过食盐处理后的蔬菜需要再放入其他酱，这样腌制后，酱的浓厚香味便会渗透到蔬菜中。直到今天，酱腌菜也一直深受广大食客的喜爱。东汉农学家崔寔在《四民月令》中就记载了一种酱腌菜的做法："以碎豆作'末都'，至六、七月之交分以藏瓜。"用碎豆作酱，也就是今天的豆酱，到六七月份后用来腌制蔬菜，说明此时的人们已经准确掌握腌制的时间了。

魏晋南北朝时期，我国各种类型的腌菜已经相继出现。贾思勰在他的《齐民要术》一书中记载了许多不同品种的腌制蔬菜的制作方法。例如，用酱油做酱菜，用酒糟做糟菜，用食醋做酸菜，用糖蜜做甜酱菜等。这是当时对古代咸菜、酸菜、酱菜的种类和其制作方法记载最为全面和详细的一本书，但是其中有些品种现已失传。

唐朝时期，我国制作腌菜的技术不仅有了很大发展，而且还远渡重洋传到了日本。唐玄宗天宝年间，高僧鉴真和尚六渡日本终于成功，将我国的一些农产品加工方法传入日本。著名的奈良渍腌菜就是鉴真所传。

到了宋朝，腌菜逐渐脱离了储存食物的本来目的，而是作为一种美食被人奉上餐桌。孟元老的《东京梦华录》中就有"州桥夜市有姜豉"的话。这一记载充分反映了宋代开封人爱吃豆豉姜的习惯。豆豉姜是我国自汉以来常见的腌菜，是不少地区的特产小吃，广泛分布于长江流域。宋人爱姜，不仅是豆豉姜，还有糟姜。糟姜在宋朝也是一种很盛行的腌菜，浦江吴氏的《中馈录》中就有糟姜法："用姜一斤，酒糟一斤，盐五两，社前取姜，忌生水，用干布拭姜皮，用盐和糟，贮瓶内，泥封之。"《物类相感志》中也有"糟姜瓶内安蝉壳，虽老姜不筋"之句。与我们现代人制作姜加工品不同的是，古人有糟姜加蝉壳的做法，据说那样做会使菜非常美味。

明清时期的腌菜水平已经发展到巅峰，我们现今多数的咸菜做法都来源于明清，与前代几乎没有差异，创新之处非常少。明代的《多能鄙事》里十分详细地记述了当时江淮一带的糟菜法，使用了石灰、明矾、铜钱以及倒缸的方法，具有一定的科学性。此外，在选材方面，清朝人爱用的蔬菜类型丰富多样，袁枚的《随园食单》中详尽记载了大约二十种类型的腌菜及其做法。

● 制作工艺

腌菜是一种历史悠久的蔬菜加工方法，一般来说分为以下几个步骤。

第一步，准备原料：选择新鲜的蔬菜作为原料，主要有白菜、萝卜、黄瓜、豆角等，根据需要将所选蔬菜洗净、切好。

第二步，腌制前的处理：根据蔬菜的特点，将洗好的干净蔬菜进行腌制前的处理，或晾晒，或切段，或切片，目的都是为了去除蔬菜中的部分水分，方便腌制时更好入味。

第三步，腌制：将处理好的蔬菜放进腌制容器中，一般选择罐子、坛子等方便封口的容器，加入盐、酱油、调料等，调料包括辣椒、花椒、姜、蒜等。然后将容器压实、密封，让蔬菜在容器中充分腌制发酵。

第四步，检查：在腌制过程中，要定期检查腌菜的状态，防止发生腌菜腐烂等。为保证腌菜成功，要注意控制温度、湿度等条件。

文化意义

人类从诞生之初，就一直在同自然界做斗争。从发明盐、学会腌菜储藏食物再到利用腌菜创造各种各样丰富的美食，人类不断从自然中汲取灵感和经验，这见证了人类智慧发展的方式。即使到了今天这个无须再用腌制来保存食物的年代，腌菜也不曾湮没于历史的尘埃中，反而成了日常生活中必不可少的美食。腌菜经过数千年的发展过程，在世界食物史上都有着一定的影响，例如西欧的泡酸菜和日本的酱菜都是由我国传入的，我国现在的腌制菜享誉国内外。

香椿树·咸菜缸

● 刘善民

小时候，家里有棵老香椿树，树身比碗口还粗，像个哨兵挺立在屋门东侧。每年椿树一发芽，人们就仰着头，在树下转来转去，欲取其枝叶，以飨味蕾。奶奶说："再让它长两天。"但说归说，左邻右舍还是耐不住椿香的诱惑，下手钩采。

家里有两根柳木杆子，一长一短，头上都绑着铁钩子，专门用来钩香椿。从椿树发芽到叶子变老，人们掐尖、掠叶、钩枝儿，有时还攀到树上，把树冠弄得乱七八糟。或许椿树天生就是供人吃的，枝丫间很快就会又长出新芽。

国人从什么年代开始吃香椿，我不知道，但记得汪曾祺老先生在《人间至味》一书中提及了香椿，对其哑味品性，思之赞之，感慨颇多。

汪老是艺术家，又是美食家，对美味的理解，非常人可比。

寻常人家吃香椿，无外乎凉拌、生吃、热水焯、热锅炒。西邻的常功大娘，总是拎着刚出锅的秋面饼来到树下，随手揪一把叶子裹进饼里，咔嚓一口咬下去，笑纹里都是香味。

单纯地生吃叶子似乎有些寡淡，人们往往用开水泼一下，放一点盐，让滋味更加浓重；也有人把香椿当作面条的卤，做起来既简单又提味，饭桌上也有了春天的气息。

最诱人的吃法是香椿炒鸡蛋。当年都是家养的笨鸡蛋,打在盘子里,蛋黄不散,倍儿黄,和香椿碎掺在一起,轻轻搅匀,用快火一炒,鸡蛋的香和香椿的香融到一块,特别美味。

我不知道这棵椿树的年龄,也没问过是何人所栽。它耸立在我家的院子里,那高大的身躯老远就能望得见。冬去春来,岁月如歌,它无私地装扮着乡邻的日子。

有一年春天,杨柳吐翠,桃花、李花都开了,连枣树都发了芽,唯独老香椿没有动静——它不明不白地死去了。

父亲挖开树的周围,挡了一圈土垄,担水浇灌,仍然没能挽回它的生命。

惋惜之余,有人说,是地震的原因,因为有一个老太太发现去年闹地震后椿树的树尖黄了。所以多年来,一提起那棵香椿树的死亡,家里人把它都跟那次地震联系在一起。对此,我依旧心存疑惑。

有一次,和母亲唠家常,母亲无意中说到家里过去的咸菜缸。那是个半截大瓮,因年久老化,瓮口脱落,瓮一边也裂了缝,前年村里拆迁改造,被丢在了河东的老村。

别看这半截瓮,当年一家人吃菜离不开它。秋后,新鲜的蔬菜没有了,母亲把大萝卜、雪里蕻、鬼子姜、白菜疙瘩等洗净后腌在里面,就是过冬的菜。大瓮就放在那棵香椿树的旁边。

生产队时期,大萝卜也不是敞开供应,菜瓮常常腌不满。有一年洪水过后,我到河边逮鱼,发现河岸王家地的水洼里淤留了不少大萝卜,又大又新鲜。附近没种萝卜,肯定是从别处冲过来的。回家告诉父亲后,我们推着小平车到王家地去捡,装了满满一罩子(用柳条编的,四方形,放到独轮小平车上面,用来装东西的,现在农村看不到了)。那一年腌满了瓮,还有富余。

过去穷,吃菜不讲究。腌萝卜有的切成条,放一点花椒油;有的切成段,直接拿着吃。吃的是那一股子咸劲儿。

一般情况下，冬春两季一瓮菜就吃得差不多了。吃完后，开始倒掉咸水，把瓮刷出来。瓮是琉瓦缸的，挺沉，有时图省事，把咸水直接洒到当地儿。我想，或许那年咸水渗下去，腌到旁边的香椿树根，树被咸死了，与地震没半毛钱的关系。这是我的推断。

至于大地震与个别树种之间的关联，那是科学家的事。

钩香椿、腌咸菜，图的是个味道，前者取其鲜，后者取其咸。人这一辈子都是为了这张嘴。

泡菜坛

彭忠富

醋坛子，原指装醋的坛子，在四川话中也可代指泡菜坛子。到各家各户的厨房去看看，我们找不到醋坛子，保宁醋也好，老陈醋也罢，都装在瓶子里。醋是佐料，除了凉拌菜所费较多外，其他的菜品都很少放醋。而泡菜坛子，却是居家过日子的必备之物。

在绵竹城乡，几乎家家置有泡菜坛，少者两三个，多者七八个。小者高不及尺，大者超越人腰，排列齐整，形若站队。泡菜坛多为陶瓷制品，也有玻璃坛子，一般都放在厨房的显眼处，一眼就能看到坛子里的泡椒、泡姜和萝卜，花花绿绿的，分外养眼。

揭开泡菜坛子，一股带着丝丝酸味的醇香霎时弥漫在整个厨房里。这时候你就会发现，经营好自家的泡菜坛，也是一件挺有成就感的事儿。更别说，你从泡菜坛里随便捞出一些萝卜，切成丁块，拌以熟油辣子请客人品尝。当他们交口称赞时，主人家肯定会觉得特有面子。

1995年7月我从师范毕业，人事关系回到了县教育局，等待分配工作。人事科长说，要么上山去天池乡，但上去了就很难调下来；要么去太平，虽说是边远乡镇，但还算平坝，吃大米是没有问题的。

我自小在平坝长大，不习惯爬坡上坎，自然不愿意上山去与玉米棒子、猴子、黑熊为伴，于是我打起铺盖卷去了离县城三十多公里远的太平。这里四县杂处，按理说应该是通衢之地，可是因为江河的阻隔，竟然非常落后。县城到太平的公车只有早晚两趟，要是错过了，只能坐砰砰砰响的火三轮。

在学校报到后，就给我分了工作和宿舍，而我将要独自面对接下来的生活了。

宿舍就在教学区后面，平房，一室一厅，还带个小院子。把门一关，这就是我的世界了。

中午学校人多，可以在伙食团吃食堂，但早晚如何充饥却是个大问题。学校宿舍就在乡场上，早晚吃馆子很不现实，看来还得学父母辈口攒肚落。这时我才觉得，母亲是把过日子的好手。家里三个男孩，吃饭穿衣，上学学手艺，个个都得花钱，但母亲硬是把我们一个个供出来了，我还幸运地跳出了农门，找到了一份相对来说较轻松的工作。

这一切，都跟家里的泡菜坛有关呢。家里六个坛子，其中就有三个泡菜坛，还有两个装咸菜豆豉，一个装红酱。泡菜坛里泡椒、泡姜、泡萝卜、泡青菜等是少不了的。我自小可没少吃泡菜，特别是老酸萝卜，泡制时间太久，切成丁块，佐以熟油辣子拌之。将其含在嘴里，上下牙轻轻触碰，一股酸水瞬间充溢整个口腔，那酸味儿劲道，酸得你浑身打尿战，一辈子都难以忘怀。其实这也说明，泡菜要现泡现吃，特别是萝卜类的，泡一天捞出来切成筷头粗萝卜丝，用刀口辣椒、蒜苗段爆炒，香脆可口。

记得读书时，每天清晨，我们都还在睡梦中，母亲就起床为我们准备早餐，杂粮粥配泡菜。母亲换着花样做杂粮粥，红薯、萝卜、莴笋叶子稀饭，或者玉米糊、面疙瘩稀饭。稀饭做好后，母亲给我们每人盛上一碗，放在冷水盆里降温，这样我们吃饭时就不烫了。

但泡菜确实没有太大的变化，直接捞出来拌熟油辣子最省事，也可以切成丝，用刀口辣子爆炒，但切记不能炒得太久，否则酸得你跳。

我最喜欢吃的是泡菜土豆丝，提神开胃又下饭。

有次我抱怨母亲，天天吃酸菜，酸得人都成醋坛子了。

母亲也不生气，她安慰我说："姜开胃口蒜打毒，老酸萝卜吃了壮筋骨。酸菜是个好东西，我们可不能挑食啊！"其实母亲何尝不想给我们顿顿吃肉，然而家里条件只有那样，收入少，开支大。如果不是母亲精于算计，我看日子还会过得更闹心呢。

开学初，学校开教工大会，有些老教师发牢骚，说工资降低了。

校长一脸无奈，说："现在经济不景气，我的工资也跟大家一样降低了。但这是大环境使然，要支持学校工作，家里困难的，不妨像我一样，每天多在泡菜坛子里捞几道。"

众人议论纷纷，但又能怎么办呢？有些人就趁势在会场上交流起做泡菜的经验来。

校长说捞泡菜本来是玩笑话，谁知大家不知趣却当真了。校长很不高兴，就宣布散会了。

其实我倒觉得校长的话未尝不可，于是赶紧就到乡场上的杂货铺去买电炒锅、电饭煲和泡菜坛。泡菜坛是一种椭圆形的陶器制品，中间大，两头小，上面有盖，坛口周围有坛沿。加盖掺上坛沿水后，可以密闭，使坛内与外界空气隔绝，避免污染。

选购泡菜坛也有学问，自然应该选择火候老、釉子好、无砂眼、裂纹而又形体美观的。选定泡菜坛后，还要当场检验：在坛沿上掺入一半清水，将草纸一卷燃烧后放入坛内，迅速盖上坛盖。如果能把坛沿水吸入内壁，则证明泡菜坛质量较好，反之则差。

我对杂货店老板说，给我挑选个质量好的泡菜坛，再帮我试一试。

老板见我是新主顾，于是就耐心地挑了一个，当着我的面用手指关节敲坛壁，让我听，声音很清脆，又在坛内烧纸。我不动声色，知道这是一个好坛子，于是欣然付钱了。这个坛子我家里至今还在用，已经二十多年了，泡酸菜特别好吃。

这些生活常识，于我来说早已谙熟于胸。打小起，父母赶场就喜欢带着我，到了中午时，看我不愿挪动脚步，他们知道我饿了，就会主动买一块油糕或烧饼，让我先吃着。

别以为小孩跟着大人是累赘，其实小孩也在观察，也在学习。

父母赶场，不外乎买或卖，这些事情等孩子成年后也会经历。看父母跟商贩或主顾谈价，看他们选购泡菜坛这些琐事，无形中就让孩子掌握了生活的技能。

父母常说，做人要有"眼水"，特别是学手艺。所谓眼水，就是要眼观六路，耳听八方，最关键还要动脑筋琢磨，这样我们才能在生活的点滴中真正成长起来。

泡菜坛带回宿舍，清洗干净，接下来当然应该是准备盐水了。泡菜最重要的是盐水，这不是普通的盐水，大多时间比较长，有的泡菜坛的盐水已经有几年甚至几十年了。

过去乡村人家为了省点油盐钱，就在泡菜盐水上做文章。比如下醋汤面，他们不放盐也不放醋，就在碗里放上泡菜盐水，味道也差不多。

泡菜盐水还是乡村制作"激胡豆"的主料，当然胡豆也可以换成黄豆。将豆子炒熟，迅速倒进装有泡菜盐水的品碗里，最好是盐水淹过豆子，然后盖上盖子捂着，炒豆子表皮一会儿就变得皱起来了，豆子软硬适中，而且沾染了盐水的酸辣味。最后按照普通凉拌菜那样加上葱花、蒜粒、香油、辣椒油和鸡精，激胡豆就做成了。

这道家常小菜，曾经是父亲佐酒解乏的常用菜。父亲是家里的顶梁柱，他在那里浅斟慢饮，我们自然也跟着沾光。做新盐水当然是可以的，但如果能够弄到老盐水，那就可以省不少事了。

学校伙食团也有泡菜坛，味道还不错。我跟厨师说了说，他非常乐意，送给我两三斤老盐水。那盐水看上去像菜油般黄金亮色的，连那浓稠度也和菜油一样，无丝毫杂质，且很干净。最重要的，还散发出一股醇香。

于是，我在太平镇的泡菜日子就此开始了。

春天泡青菜，夏天泡豇豆，秋天泡甜椒，冬天泡萝卜。

以泡青菜为例，此菜色泽橙黄，咸香带酸，嫩脆适口，经年不衰。既可就食本味，也可加花椒末、熟油辣椒、味精拌食，还可开片成丝加猪肉炒为酸菜肉丝，既是佐餐佳肴，又是风味面臊。特别是在盛夏酷暑，用泡青菜煮酸汤，清热解暑，让人胃口大开。

有了泡菜坛、电炒锅和电饭煲，我的早晚两餐就算解决了，而且我还顺带学会了炒家常菜。原本我是不会炒菜的，在家里时都是母亲炒菜，而我经常是负责给柴灶添火，所以耳濡目染，竟然也学会了一手厨艺。

母亲的烹饪技术不赖，逢年过节家里三四桌菜品，母亲可以一个人鼓捣出来。会炒菜、会泡菜、懂生活，无不良嗜好，我这个单身男人很快就有长辈关心了。他们问我：愿意找对象不？

这是好事啊。学校下午五点放学后就变得空落落的，要到第二天早上学生陆续到校，才会逐渐变得热闹起来。但这漫漫长夜，我总得找个人说说话吧！

听收音机，看书写字，这都不是长久之计。如果有了对象，那不就是我们在孤寂青春里的一道彩虹吗？我赶紧一口答应下来。经过短暂的相亲，大家彼此也还算投缘，于是，我在太平镇就开始了这辈子的第一段恋情。

每天女孩下班，就会到我这里来吃饭、聊天。或者我时常也会去她的单位，那边也是单身宿舍，可以做饭，我们相处还算融洽。尽管这段恋情维持了两年时间就出现裂痕，尽管后来我们没有走到一起，但那些一起吃泡菜、轧马路、放风筝、数星星、看日出的日子，还是温馨可人的。

行走在巴蜀大地，不论是繁华喧嚣的都市，还是荒僻幽远的乡村，都可以见到泡菜的踪影。泡菜是四川人生活中不可或缺的一道美食。三朋四友在饭馆聚餐，酒至半酣，开始进入结束阶段，吃点饭喝点汤的时候，老板总会端上一碟泡菜来杀杀油腻，还很下饭。如果没有端来，食客就会不依不饶地叫起来："老板，来盘泡菜哦！"

如果是在别人家里做客，也有人会边用牙签剔牙齿边嚷道："你们家里有没有泡菜抓点来？"这是对主人家最后的考验，也是这顿饭最后的高潮，就像指挥家在音乐结束前在空中划出的弧线，只有美味的泡菜才能为之画上一个圆满的句号。如果主人家面有难色或者端出的泡菜见不得客，那么肯定会受到朋友们的嘲笑。

一盘泡菜，在某种程度上来说体现了这个家庭过日子的水准。

别看泡菜制作简单，但是却很有讲究。每家每户，经管泡菜坛子的都会固定一个人，一般都是家庭主妇居多。要定时换坛沿水，要添置新鲜蔬菜。只有责任到人，泡菜坛才不会扯拐，盐水才不会生花。

前段日子，有专家说泡菜最好不吃或少吃，因为泡菜过程中会产生亚硝酸盐。我一听就慌神了，原来我们念兹在兹的泡菜居然还有这些副作用，这可真是闻所未闻呀！

于是，我和妻约定，尽量少吃泡菜，我家泡菜坛自此之后也减少了新鲜蔬菜的投入。

可是没过一个月，我就发现自己不适应了。

姜开胃口蒜打毒，早晨稀饭馒头，照例是要来点酸姜、泡大蒜或藠头的，没有还真是不习惯。

要做酸菜鱼、酸萝卜老鸭汤、酸辣鸭血这些家常菜，离开了泡菜更是想都别想。

妻说："你这下明白我们四川人离不开泡菜了吧。泡菜坛是我的地盘，我的地盘我做主。泡菜该吃还得吃，老祖宗吃了上千年，也没见谁吃泡菜中毒吧！专家的有些话我们可以听，但有些话却没法听，这和我们的饮食习惯息息相关，如果按照专家的要求去办，那我们就啥都别吃了。"

没想到，妻还说得头头是道。其实我觉得，这应该是众多亲友夸奖我家泡菜好吃的缘故吧，妻对别人的评价那是很在乎的，她怎么能容忍我家取缔泡菜呢？

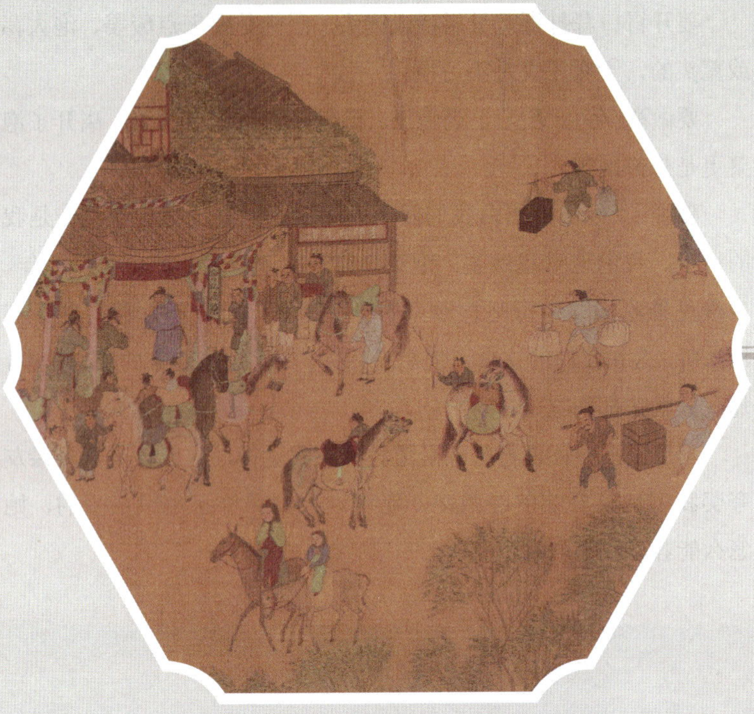

叁

柴米油盐里的艺术

榨油

zhà yóu

概说

榨油是将农作物通过一定的方法转化成油的工艺。古法榨油工序繁杂，工艺考究，需要掌握一定的火候、力度、时间等。古代最初是食用动物油，也称荤油，植物油被称为素油，其制作和食用晚于荤油。

老手艺

● 历 史

中国使用食用油的历史很早,在有限的史料记载中,从"脂"到"油"的变化经历了相当长的一段时间。我国早期称油为"膏"或"脂"。现代烹调中不可或缺的油脂在两汉之前就已经广泛食用。

在汉朝已有关于使用素油的记载。东汉末年刘熙所著《释名》曰:"柰油,捣柰实和以涂缯上,燥而发之,形似油也。杏油亦如之。"柰是果木,在民间被称为"花红"或"沙果"。缯是当时对丝织物的总称,汉之前称"帛",汉称"缯"。将沙果的果核捣烂搅和后涂在丝织物上,干透之后像油一样结块附着在缯上,杏仁也可以用同样的方法提取。这表明当时人们已经知道植物果实中含油,但并不知道如何使用,其提取方法和成品还是比较简单和原始的。然而这并非真正的植物油,人们早期制作植物油是从一种名叫"乌桕"的乔木果仁里榨取的。《天中记》:"荆州有树,名乌桕,其实如胡麻子,捣其汁,可为脂,其味亦如猪脂。"乌桕是一种落叶乔木,其种子的壳和仁都可以榨油。按《汉书》所说,芝麻乃张骞从西域带回的种子,所以芝麻初名"胡麻"。汉朝时,芝麻已经大量种植,但榨油技术却没有明确的记载。不过,当时人们已经知道白芝麻含油多,《齐民要术》有提到"白者油多"。《梦溪笔谈》:"汉史张骞始自大宛得油麻种来,故名'胡麻'。"芝麻油在唐宋成为极普遍食用的素油。

魏晋南北朝,植物油已较多地用于烹饪,《齐民要术》:"取新猪膏极白净者,涂拭勿住。若无新猪膏,净麻油亦得。"西晋张华《博物志》中也提到:"煎麻油,水气尽无烟,不复沸则还冷。可内手搅之。得水则焰起，散卒不灭。"从《齐民要术》看，当时的食用植物油至少已有芝麻（胡麻）、荏子、麻子（大麻）、蔓菁四种："蔓菁，种不求多，唯须良地，一顷收子二百石，输与压油家，三量成米，此为收粟米六百石，亦胜谷田十顷。""三月可种荏、蓼。荏子秋末成，收子压取油，可以煮饼。荏油色绿可爱，其气香美，煮饼亚胡麻油，而胜于脂膏。"

唐朝时我国的榨油业已经具备成熟的规模了，产油量增多，素油成为烹饪中的常用油。孟诜在《食疗本草》中说："白麻油，常食所用也。"

宋朝榨油业进一步发展，官方和民间都出现了榨油作坊。官方榨油作坊被称为油醋库，既掌管榨油，也负责制醋。民间油坊在吴自牧的《梦粱录》中有"油作"的记载。宋朝市场上还出现了专门卖油的铺子，"黄州市民渠生，货油为业，人呼曰渠油，一意嗜利"。

元朝的《王祯农书》中记载："油榨：取油具也。用坚大四木，各围可五尺，长可丈余，叠作卧枋于地；其上作槽，其下用厚板嵌作底盘，盘上圆凿小沟，下通槽口，以备注油于器……傍用击楔，或上用压梁，得油甚速。"这种古法榨油直到今天仍有部分农村地区还在使用。当时榨油，首先要炒制、破碎原料，"用大锅灶炒，用碓舂或碾辗令烂"。炒制是为了降低原料中含水量，含水量太高，制坯时会出油黏成团，但也不能过低，否则制坯时不会成团。

明朝《天工开物》："凡取油，榨法而外，有两镬煮取法，以治蓖麻与苏麻。北京有磨法，朝鲜有舂法，以治胡麻。其余则皆从榨出也。凡榨木巨者围必合抱，而中空之。其木樟为上，檀与杞次之，此三木者脉理循环结长，非有纵直纹。故竭力挥椎，实尖其中，而两头无璺拆之患，他木有纵文者不可为也。中土江北少合抱木者，则取四根合并为之。铁箍裹定，横栓串合而空其中，以受诸质，则散木有完木之用也。"这说明，明朝的榨油技术已经相当纯熟了。

● 制作工艺

在食用油中,榨取芝麻油的技术最与众不同,叫作"水代法"。因为要用到石磨作为工具,因此芝麻油又被叫作小磨香油。

水代法是"以水代油法"的简称,利用油料中非油成分对油和水的亲和力不同,以及油和水的比重不同,经过一系列加工工艺,来进行油水分离,获得油脂。

制作方法首先是筛选出合格的适量芝麻,再对芝麻进行漂洗,漂洗过后用铁锅翻炒芝麻籽,炒制的时间要长,直至将芝麻炒成焦黄,炒好的芝麻放入石磨中研磨得到褐色的芝麻酱。然后放入纯净的开水兑浆搅油,同时摇晃器具达到振荡分油的目的,静置后榨好的芝麻油分层隔在最上层,用器具舀出来即可。这种方法制出的油香味浓,出油率较高,不过效率低,只能小规模生产,现在仍有手工作坊在使用这种方法。

文化意义

榨油作为一种传统工艺,记录了古代劳动人民的智慧,是中华民族勤劳、智慧与创造的体现。榨油过程中产生的榨油号子和榨油习俗,是先民在不同社会和历史时期的劳动感受和生活乐趣的翻译。传统榨油技艺不仅在饮食文化中占据重要地位,还在地方经济和文化传承中发挥了重要作用。

油坊记事

张静

油坊在村子的最南边。打我记事起,那片地方叫"碾窑",实际没有窑洞,就是依着崖背处盖了两间破旧的房子。和村子里每家每户高高低低、窄窄长长的旧院落相比,油坊四周倒显得平坦和敞亮。

许是年代久的缘故吧,油坊的墙壁爬满了暗绿色的苔藓,墙头上隔年的枯萎的黄草在春寒料峭的风中轻轻地摇曳着。随着春天临近,通风处的墙隙里钻出一点儿新绿,窥视着油坊内的一切活动,也仿佛告诉正在忙碌的七爷:油坊外正是一片明媚的大好春光。

油坊外的核桃树下有碾子,一头黄色的老牛,眼睛被黑布蒙住,绕着碾池不停地转圈,它走得不急不慢,十分均匀。碾盘上,晒干的菜籽噼里啪啦脆响。

碾碎的菜籽要蒸熟的。灶房内有一孔土灶,灶上架一口大锅,锅内置一个大甑子,上面有斗笠状的大木盖。盖顶系一条长绳,绳子从屋梁绕过,用的时候,将绳子一拉,木盖缓缓上升,悬在半空中,待甑子装满菜籽末,又将绳子一放,木盖又徐徐下降,将甑子盖好。七爷不断地往灶膛里添柴,赤色的火焰舔着锅底,用不了多大工夫,大锅内沸水翻滚,雾气氤氲,汩汩直响。不久,甑子里一股菜籽特有的馨香味扑鼻而来,便是蒸熟了。这时,七爷急忙用大铁铲将熟透的菜籽末铲到预先扎好的草兜里，用铁环固定成圆饼，包好，先用脚踹，再用木槌敲打，夯实了，捶扁了，抬到油榨上去压榨。

油榨在油坊一角，铁皮、铁钉闪烁着冷冷的幽光。七爷把包扎好的油饼按顺序排列到榨盒内，又把大小不等的木楔依次嵌进榨盒的空隙处，便手扶那根悬空的长长的打油槌，后退三步，又前进三步，嘴里喊着"嗨——喂"单调而悠长的歌，突然撒了手，任油槌打将过去。槌头撞击在木楔上，只听见"轰"的一声炸裂，发出沉重而洪亮的声音。随着歌声荡漾开去，油槽口缓缓流出了醇香的菜籽油，如春天的雨帘，清新而绵密。

整个过程就是打油。不过，靠七爷一个人是完不成的。每每油坊要出油时，七爷总要挑村里一些精壮汉子，赤裸着胳膊，光着膀子，哼着小调，挥动着笨重的榨槌，重重地砸着油槽上的木楔，一声声整齐有力的号子回荡在油坊上空，给宁静的村子带来无限生机和力量。

只有这个时候，敞开胸膛的七爷脸上才会露出会心的一笑。

关于村里的油坊，听我爷说，它最早时很破败，像村子东头又穷又破的房叔家的旧屋，泛着腐朽的气息。还有，夏天时，出了村子去往油坊的小路，野草葳蕤，无处下脚。若独自一个人往油坊去，会有一种深幽岑寂的氛围死死将人缠裹住，使人想起，生我养我的这片土地上沉寂而漠然的沧桑历史。再张望独自坐落在北崖边的油坊，又活像我穷困潦倒的祖辈们蹒跚伛偻的背影。

可是，对我们小孩子来说，油坊却是一个玩耍的极好去处，藏在其中，可以任意玩。有骑着碾盘让伙伴们推着转圈圈的，也有在斑驳的墙壁上随意涂抹各种自己喜欢的符号的，个个玩得灰头土脸，大汗淋漓。可有一天，这个秘密还是被我祖母发现了，她踮着三寸金莲来找我，一边像拎小鸡一般拎着我走，一边嘴里说，傻妞，真不知天高地厚，油坊里死过人呢，还玩不？

祖母一句话，真吓住了我，从那以后，我再也不敢单独去油坊了。后来，从我爹嘴里知道，吊死在油坊的，是七爷的父亲。

我爹说，在他小的时候，我们村里压根没出现过大富大贵的人，只有七爷家最殷实，有良田、桑园、果园近三十亩，还有磨坊、油坊等，家里还雇有短工，从成分上说，是村里的富农了。这些田地和家业继承到七爷父亲手里时，正是新中国成立时，土地改革，分田到户，这些田产自然被分掉了。

七爷的父亲是家门独苗，打小为人诚实，胆小怕事，虽然继承了殷实的家业，倒没有做过为富不仁的事情；相反，他还时不时地在青黄不接时接济乡邻，故而那些年村里人十分念他的好。可他毕竟胆小如鼠，面对浩浩荡荡的政治运动，整日坐卧不安，夜不能寐。过了几日，又听说镇子里其他的地主和富农被挨个儿游街批斗，脸上、身上满是唾沫星子、白菜叶子，像过街的老鼠，人人喊打。到头来，还没轮到他，自己就承受不住了，自己把自己吓出病来，终于有一天，怀里揣着一包老鼠药……等人们发现时，他已死在油坊的油榨旁边，嘴脸乌青，浑身发硬。

七爷父亲的死并没有改变油坊成为公家资产的命运，不过，村里人感念七爷父亲的好，让他的儿子七爷照管着油坊。紧接着是困难日子，因为油坊在，地里的菜籽儿总能变成香喷喷的油，凡毒不死人的草木野果拌上油都可入口，村里便不曾饿死人。

到了五月，石榴花开时，榨油的季节开始了，七爷的烟袋、酒盅、纸牌统统收起来。他像沉睡了很久之后突然清醒的豹子一样，容光焕发、热血沸腾。早饭后，七爷从村里走过，他整了整衣领，理了理乱发，憋足了劲，亮开嗓门，很雄壮地喊了一声："榨油喽！"那声音粗犷豪迈，牛气冲天，足以让我们小村落的人，寻找到一种激奋、一种荒凉僻野里的铿然鸣应。

很显然，那一瞬，油坊成了村庄的一种活性剂，或者某种激素。父亲说，那是他见过的村里最有生机的时候。

榨油时，七爷和村里的精壮汉子没日没夜地埋没在油坊里，他们将黑黝黝的菜籽晒干、炒熟、碾碎、蒸熟、扎包,塞进油榨肚里。在油槌"哐当"的撞击声和"哎嗨吆喔——"的号子声中,一股子黄灿灿的菜油流了出来,散发出浓郁沁脾的香气。这香气在那饥馑荒凉的岁月里,成为一种深度的诱惑,让我们隔着老远都能闻到。可以说,那油的清香浸透了我们浑身的肌骨,犹如饥饿的婴儿瞬间吮吸到甜蜜的奶乳。

油榨出来了,便是村子的节日。各家主妇都可提上小铁锅,带上面,在油坊外随便用几块小砖头砌成"灶"。待饭将熟,由队长从油桶里舀勺油,每个锅里浇下一大勺,那一顿饭便成了全生产队最香甜的了。也有舍得花钱疼小孩的,发了面糕,放在油菜粉末儿桶里一起蒸,油菜末儿蒸熟了,面糕也自白而黄,金灿灿的,味极好。斑驳的油坊,因了四溢的油香,便多了几分简单而纯良的乐趣。

年关时,油坊同样热闹起来。正值节气大寒,西北风在村子里整日整日地刮着,刮得天寒地冻,而油坊内温暖如春。碰上出好油了,大家会汇集到油坊来,你家烩一锅粉条白菜,他家杀个鸡红烧一下。也有的炒盘青菜、拌个莲藕,放到一起享用。兴起时还会喝上几盅,将日子的酸甜苦辣从肚子里吐出来,再将新岁的美好愿望吸进去。一时间,油坊内小孩的嬉闹声、大人的打情骂俏声传出老远,有浓浓的湿气从门口飘逸而出,遇到冷风后,瞬间结成薄薄的一层白霜,落在屋檐的瓦片上,白生生的,点亮了萧条而灰暗的天日。

对上学的伙伴来说,老油坊是我们护肤取暖的好地方。那些年,上学条件差,没有桌子,只能趴在冰冷的石桌上。教室也是四面透风,到冬天结冰凌时,如刀的风,总会割裂我们的手和脚,一条条"冰口"痛得我们眼泪直流。每天晚饭后,写完作业,我和秀霞几个女孩子悄悄地去老油坊,烤火、烫冻伤。善良的七爷看见我们进门,二话不说,舀一盆灼烫的蒸馏水,让我们洗脸、烫手烫脚,完了,又把刚榨干油的枯饼退出来,放到木凳上退去铁圈,将枯饼弄碎,用温热的枯饼把我们的手和脚敷起来。不出一个星期,我们身上的冻伤就痊愈了。

家庭联产承包责任制实行后,油坊毫无争议地划到七爷的名下。不过,油坊实在太破旧了,七爷修修补补经营了十来年后,镇子里开始有了气压榨油机、电动粉碎机。气压榨油机只需用手摇,一个人便能操作,轻便得很,粉碎机较石臼先进得多。七爷的手工榨油显然跟不上时代了,而且,村里的精壮汉子陆续开始外出打工,留下来务农的越来越少,每到榨油的日子时,花钱都雇不到称心如意举油槌的,七爷急呀,眼瞅着生意越来越差。

1988年,我考上学,从村里走出去了。偶尔回去,随父亲去油坊,阳光穿过木制的窗棂,照在一根粗壮的"油梁"上,"油梁"上的斑斑油迹向我昭示油坊曾经的沧桑。筛子、簸箕、蒸锅、铲子、油缸、油葫芦,似乎都已经被油浸透,又似乎好久不曾有新的油迹沾上去了。

七爷的儿子后来接替了老油坊。他干脆将老油坊推倒了,在原址上用砖头砌了三间平房,也购置起新式榨油机,逢人来榨油,只收电费和包箍工钱,还顺带了碾米机、压面机,又辟出一间卖糖烟酒食、杂小百货的店,生意火旺得叫人羡慕。不过,属于老油坊那撩拨人心的"嘭嘭"的槌声,已隐入时光深处,再也无处可觅了。

如今,村人买东西,还会说去油坊,但多数不是去榨油,而是买东西、压面或者打苞谷,也有闲聊的。七爷还是在那里,多数时间照看小杂货店,榨油的事,得他儿子上手。新式的榨油机,全是按钮和程序,七爷全然不懂。偶尔,他坐在商店门口,会向新式油坊张望几眼,然后,怔在那里,动也不动,直到有人来买东西,才将他的思绪拽回来。取东西,收钱,找钱,之后,他说一声:"走了,没事了来油坊,坐坐。"

油坊

赵锋

到了春季,村庄里几乎所有的庄稼地都被油菜占据了。它们尽情地渲染着这个村庄,仿佛村庄就是它们的,也不管村里的老小会不会在意它们的长势和色彩。它们一排排整齐地站在田地里,从幼苗发育,然后长出大片大片的叶子,最后绽放美丽的花朵,将村庄装点得绚烂。村里人看着这一地的花开,满心欢喜。

花海中蝶蜂成群飞舞,它们辛勤的劳作成就了村里人的希望和收获。同样辛勤劳动的还有村里的人,他们观察油菜花的长势,花开过后,菜籽就要出场了。它们均匀地分布在油菜枝头,在阳光雨露的作用下,静静地生长,送走太阳,迎来月亮和朝露,油菜开足马力生长。

转眼五月到了,油菜也到了收获的季节,村里趁着晴朗的天气迅速把它们收割回来。油菜在村里人的眼里只是庄稼的配角,却又是必不可少的农作物。菜籽油也同样是农家餐桌上不可缺少的角色。

村里的油坊在村东头的小溪边,一排五间的高大瓦房,每到夏季,这里便堆满了附近村民送来的菜籽。每家的菜籽过秤之后,主人都会悄悄在自家的袋子上做上记号,接下来就是等待榨油的日子。整个夏季,油坊成了村里最热闹的地方,各家都期待自家的菜籽能早些打出油来。村里的大山爷是油坊榨油的老把式,整个夏季他都在油坊里度过。村里的人等着急，催大山爷几句，老队长听了，吆喝着说：你们想把大山累坏啊！啥时候吃油不是一样的，早一天还能多出二两来？

老队长没说错，但第一滴油控制着村里人的味蕾和期待。大人们渴望自己的收成，小孩子更希望母亲给自己炸油馍，或者把他们此前早在河里抓来的鱼炸了品尝。想想心里就美滋滋的。漫长的花期过了，油菜在村里人眼里早已化为另一种美丽和期待。

油坊里除几个榨油师傅，还有一头拉磨的老牛，老牛日夜不停地拉磨将菜籽压成面，完成菜籽进入油坊的第一道工序。整个夏季，这头牛都要在这间房子里度过，隔壁就是堆积如山的油菜籽。

大山爷是村里油坊的总管。他头脑灵活，力大如牛，还为人仗义，大家都服他。整个夏天，他和三个搭档没日没夜地榨油。他们将在这里度过一个极其辛苦而艰难的夏季，与油香、汗水和劳累为伴。每天十里八乡来榨油的络绎不绝，每个家庭都等着这壶菜油改善伙食。

大山爷有四个孩子，都在学校里读书，家里负担也很重。有人劝大山爷让老大回来帮忙算了，读那么多书有什么用？大山爷坚持不让孩子辍学，年复一年的劳累就是为了让孩子多读几天书。

将菜籽变成油的程序是一个复杂烦琐的过程，几乎每一道工序都是用汗水浸泡出来的。能在村里油坊干活儿的都是健壮的汉子，一般人是禁不起那样折腾的。从炒菜籽到压榨，每一道工序都需要足够的力气和耐心。村里每家人都希望自己的菜籽能榨出更多的油来。这同样也是大山爷的愿望，村里人的信任和期待最重要。

那年村里有名的泼人竹筒子嫌油榨少了，站在油坊的院子里大吵大闹说大山爷昧良心，榨的油缺斤少两。村里人都信任大山爷的人品，并没有人相信竹筒子的话，纷纷指责她诬蔑大山爷。大山爷站在油坊门口一言不发，人群中有人大声说："大山爷不是那种人，别听她瞎说。"也有人说："大山爷榨了这么多年油，从来没听说过缺斤少两。"人群散去,竹筒子的谩骂声仿佛还在大山爷的心里,他独自坐在油坊前小河边的青石板上,仿佛村里受委屈的孩子。

每到夏季,油坊是孩子最想去的地方,帮着大人把菜籽运到油坊过秤之后就是漫长的等待了。油坊里的制作流程吸引着孩子的眼球,尽管这一过程充满了艰辛,但这些即将长大的孩子身上有的是力气,正跃跃欲试自己的力气到底有多大。几个孩子一起,更想相互比试比试。油坊外面有一条从远处高山深处流下来的小河,河水不大,河面不宽,但山泉水甘甜,清澈,而且清凉。在油坊不远处就有一处几十见方的潭水,刚刚扛过菜籽袋的孩子已是汗流浃背了,那一潭碧水正是莫大的诱惑。大人们往往在这个时候网开一面,并不阻挠孩子,孩子们在潭水中嬉戏打闹,欢乐无比。

每个午后都有香喷喷的油顺着油槽涓涓流出,一天的劳累就等这一刻了,甚至是每家每户整整一季的渴望。孩子们都渴望着香油领回家的那天晚上。母亲们一定会在这顿晚餐中让孩子们解解馋,给孩子们烙油馍,和着刚切好的韭菜花,满屋飘香。孩子们满脸笑容,母亲们看在眼里,一脸的沉醉,一如春天庄稼地里绽放的油菜花。这一天一过,菜油壶就被收藏起来,母亲们会平均分配给今后的一日三餐,让每天的生活变得丰富而有味道,日子因此变得充盈而香甜,一如春天的味道。

乡村油坊依然忙碌,一家挨着一家地在院子里等着,大山爷忙得不可开交,几乎不能停下来歇一天。大山爷性格好又讲诚信,方圆几个村子都不怕路远,把菜籽运到这里来。每年夏季油坊是最热闹的地方,孩子们也愿意到这里享受这份独有的乐趣和快乐。在孩子们喜爱的季节里,大山爷却在一年又一年的劳累中把腰压弯,他的四个孩子在他的劳累中一个个长大成人,走出村庄。

乡村油坊是油菜从播种、成苗、开花、结果、成熟最终化为油的归宿之地。油菜的食用价值经由这里得到最终体现，仿佛一个人在村庄里从出生、童年、成年、娶妻生子，到最后终老，在村庄找到自己的落叶之地。油菜、人，因为土地的联结，在村庄里繁衍生息；因为土地，他们才在生命的链条里有了某种或无意或必然的沟通和关联。

乡村油坊里飘出的油香，犹如一个个旋涡，穿透整个村庄，穿透每个村里人的童年，香醉一生。但大山爷却没能继续自己的营生，就在壮年之时戛然而止。五十岁那年冬天，忙完整个夏季，他该歇歇了。

到了秋天，他越来越感到浑身乏力，说话声音也越来越低沉。起初都以为是普通的肺炎，只到当地的卫生院买来消炎药，可是大山爷的身体却越来越差，人也不断消瘦下去，体力大不如从前。要强的大山爷并没有屈服，他仍然挣扎着干活儿忙碌。可是身体也一天不如一天，他的喉咙也不通畅，呼吸困难，甚至几次晕倒，在外地工作的弟弟坚持让他去外面的大医院检查，一检查才发现是淋巴癌。大山爷不想面对这个结果，村里的人都不相信，心里也不愿意接受。也有人说：是不是大山爷长期给村里人榨油，把喉咙弄坏了。大山爷在弟弟的陪同下，去了大医院住院治疗，可是因为发现得太晚，已经发展到了晚期，治疗对他来说已经于事无补了。

熬过了这漫长的冬天，大山爷终于熬不住了。他仿佛是一棵失去了根的小草，随风飘荡，再也没迈出过家门一步。眼睁睁地看着门前田地里的油菜苗一天天长高、长大，但他知道，今年他再也没有办法走进熟悉的油坊了。

第二年春天，村里田地里开满了油菜花，大山爷却轰然倒下。这个体壮如牛的汉子，告别了一家老小，告别了这一地的油菜花开，告别了他吆喝声声、挥汗如雨了几十年的油坊。

村里从此也少了一个油把式。

老油坊的香

● 李柯漂

那时候带铁的玩意儿都是金贵的物件。在一个家庭里，铁锅、鼎罐、锄头、犁铧都是铁铸的，这些物品特别耐磨耐摔。正是因为贵重，在那个时代里，每一样带铁的物件都要用上很多年。

我爸说，我们家那口铁锅还是大炼钢铁年代的幸存之物，是我奶奶留下来的。直到我进学堂读书了，那锅还在用。我敬重的远不止铁器，还有那些想得到而得不到的铁制玩具。

我上小学的时候，最心仪的一种玩具就是铁环。生产队里有一个跟我年龄一般大的少年，小名叫老五（在家排行第五）。老五就有一个铁环，像大人中指一样粗细，可以玩几辈人都不会玩烂那样结实。

老五常常在一群小伙伴面前显摆，在滚动他的铁环时，会毫无保留地在我们眼前炫技。硕大的青石板院坝，立马变成了他一个人的舞台。铁环在地上滚动的时候，敲击青石板的响声由远及近，再由近及远，"叮叮当当"，仿佛是在击打着每一个小伙伴蠢蠢欲动的心。

而我也一样，好想冲上去亲自体验一把。最终，我实在忍不住了，说："老五，你玩累了吧，给我们玩一圈儿好吗？"老五头也没抬，随口说："我不累。"更气杀人的是，他竟滚着重重的铁环，从我们的脚趾边滑过。小伙伴们都不约而同地抬脚躲闪，直往后退，给他让出足够的空间。铁环滚过，只感觉脚下的青石板都在震动。

老五逐渐成了小伙伴们最不待见的人，我们都不跟他玩儿了。生产队里一二十个同龄伙伴，为什么就老五有铁环玩儿，而我们都没有？聚在一起时，伙伴们也会思考这个问题。后来，我们"闻"出了老五铁环的来历。

生产队九柱房院子里有一家榨油坊，从我记事时起就存在。而要追根溯源榨油坊的前世今生，连我爸都说不清道不明。他只说在他小的时候，榨油坊就在开工榨油了。关于榨油坊的历史，不同于千古难题——先有鸡还是先有鸡蛋，追踪不出结果。我就想，一定是先有油菜籽，然后才有榨油坊的。

家住渠江边，在长江流域一带生活的人，对油菜这种植物并不陌生。油菜，为两年生农作物，头年秋冬季播种育苗，次年五月收获油菜籽。油菜籽的收获时节就是榨油坊最忙碌的时候。空气中飘散着菜籽油香，小伙伴们从浓浓的香味里找到灵感——老五的铁环定是从老油坊里偷来的（小伙伴们的猜测），铁环是老油坊用来包裹油菜籽饼榨油的箍子。

找到了老五铁环的来头，我和小伙伴就把更多的心思投放在了老油坊。不上学的时候，大家就邀约往老油坊里窜，等待时机，顺手牵羊。

这是正宗的古法压榨工艺，没有机械，无须用电，那个时代也没有这些。粗壮的木头油槽、木头座子、木楔子、木槌子，唯一的动力就是一头老牛和几个强壮的师傅。一整套极其简陋的出油工序，榨出来的是真正的纯天然食品。

我关心的倒不是这些。和小伙伴一样，我的眼睛盯着的是老油坊大门背后的一摞摞铁环，圆圆的，油光锃亮，跟老五玩的铁环就是"一个妈生的"。看着触手可及的铁环，每个人的心里都一直在打鼓，但谁也不敢伸手去触摸。一双双贪婪的小眼睛，你看看我，我看看你，心里面藏着一只鬼，谁也不敢轻易现形，只好怏怏退却，但对铁环的渴望始终没有减弱。于是，心里揪着铁环的事，我回到家告诉爸爸："我想要一个铁环，老五那样的。"

我爸可没有我那样急切，他轻描淡写地说："上哪儿给你弄铁环去？索性把家里那口铁锅拿去铁匠铺熔化了，给你打一个铁环，你就天天滚着它别吃饭了。"我知道，不吃饭哪儿行呢。

　　突然之间，风中飘来一股子菜籽油味道，那是老油坊的香。我说："九柱房院子老油坊里有好多铁环呢。"说完这句话，我爸这才严肃起来。他说："那是集体的公有财产，你小子不能有任何非分之想。"

　　等再次去老油坊观摩，我的心里没那么紧张，也没那么激动了。静静地站在一旁，看师傅们把老牛拉石磨碾碎的油菜籽蒸熟，用干稻草包裹着热气腾腾的油菜籽渣，趁热分装在一格一格的铁环里，踩压成饼状，整齐划一地码放在木制油壕沟里。再上好木楔，调好木槌，师傅们喊着号子，有节奏地一槌一槌地撞。铁环箍着的油菜饼在师傅们用力的槌撞之下，蓬松的稻草发出"呲呲"的响声，压得越来越紧的铁环之间慢慢渗透出金灿灿的菜籽油来，像师傅们赤膊的后背冒出来的汗珠，一粒粒晶莹剔透。浓郁的油香抢占了鼻孔吸进的空气，那香气里凝聚着师傅们的勤劳与智慧。

　　看似简单的压榨工艺，无非是火炒、石碾、火蒸、包饼、排榨、槌撞的过程，却是一代代民间师傅不断创新的成果。

　　后来，我又去过几次老油坊，却再也不是因为心系那铁环了。光看师傅们榨出油来，就是一种乐趣。有一次，一位老师傅放下手里的活儿，逗我们说："你们长大想当打油匠啊？这可不是个好差事。"老师傅用沾满油渍的手扯起自己的衣角，"干这活儿都穿不上一身干净的衣服。"

　　老师傅的言下之意，是叫我们要好好读书，不要尽顾着贪玩。小伙伴们都默不作声，而我又一次瞄了一眼老油坊里那唯一带铁的物件，门后一摞摞摆放整齐的铁环。这一次，我看到它们不再是两眼冒着绿光，而是脸上泛起红晕——为自己先前心怀的恶念惭愧不已。

　　这些铁环静静地定在角落里，圈里圈外满身的油垢，像老师傅穿着的衣服，看上去不是那么干净。但它们依然是我们的最爱。经它们身上榨出来的油，不知润透了多少人的肠胃，馨香洒满淡淡的流年，牵缠了不知多少人的味蕾。

酿酱油

niàng jiàng yóu

概说。

酱油原称清酱或酱汁，是一种传统的调味品。它是以蛋白质原料和淀粉质原料为主，经米曲霉等多种微生物共同发酵酿制而成的。酱油中含有多种调味成分，是咸、酸、鲜、甜、苦五味调和，色香俱备的调味佳品。

● 历史

酱油的本源应当始于豆酱的出现。据《马王堆汉墓帛书·五十二病方》记载："(痔)多空(孔)者，……即取葰(鉿)末、菽酱之宰(滓)，半(拌)并蠢(舂)，以敷痔空(孔)，厚如韭叶，即以厚布裹，更温二日而已。""菽"是大豆，所以帛书中提到的"菽酱之滓"就是现在所说的豆腐渣。豆腐在点卤制作的过程中会分离出一种澄清液体，即清酱，这就是现代酱油的雏形。西汉史游在《急就篇》中也间接印证了这一点："稻黍秫稷粟麻秔，饼饵麦饭甘豆羹，葵韭葱薤蓼蔬姜，芜荑盐豉醯酢酱，芸蒜荠芥茱萸香。"唐颜师古在《急就章注》中说："酱，以豆合面而为之耳。以肉曰醢，以骨为䏽，酱之为言将也，食之有酱。"可以看出，在西汉时期已经有酱，但此时的酱偏向固体状，与液体酱油还有着明显差异，故无法确认这里说的"酱"是不是酱油。

关于酱油雏形的明确记载始见于东汉。崔寔在《四民月令》中说："正月可作诸酱，上旬炒豆，中旬煮之，以碎豆作末都。末都者，酱属也。至六、七月之交，分以藏瓜。可以作鱼酱、肉酱、清酱。"关于这里的"清酱"是否就是酱油，清汪谢诚在《湖雅》有载："清酱曰酱油。"可以作为证据之一。

魏晋南北朝时期，酱油已经应用于食材烹饪。贾思勰在《齐民要术》中记载有"作豆酱法"。直到宋朝，才有了"酱油"这一称谓。林洪的《山家清供》中有酱油作为调味品的记载："韭菜嫩者，用姜丝、酱油、滴醋拌食。"

元朝时，出现了制作酱油工艺的记述。倪瓒在《云林堂饮食制度集》记载了酱油的制作之法："每黄子一官斗，用盐十斤足称，水廿斤足称。下之须伏日，合下。"韩奕《易牙遗意》:"黄豆挼去衣,取一斗净者,下盐六斤,下水比常法增多。熟时其豆在下,其油在上也。"从两则简单的记载已经可以看出古人制作酱油的时间和基本流程。

到了明朝,制作酱油的技艺已经十分成熟。《本草纲目》将酱油的制法写得十分详尽:"豆酱有大豆、小豆、豌豆及豆油之属。豆油法:用大豆三斗,水煮糜,以面二十四斤,拌罨成黄。每十斤,入盐八斤,井水四十斤,搅晒成油,收取之。"由此可知,制作酱油首先要将大豆清洗干净,加水煮至糜烂状态,加面粉搅拌后选择温度适宜的地方恒温制曲,净制过后的食盐水配上醪糟搅拌,经过日晒夜露,最终制成酱油。这种方法离我们今天所使用的古法酿酱油已经十分接近了,但还缺少分离豆油等步骤。明末,戴羲在《养余月令》中记载:"南京酱油方:每大黄豆一斗,用好面二十斤……可当豆豉,但微有泥沙耳。"这里制作酱油多了几道工序,将酱油分为头淋酱油、二淋酱油和菜豆豉。用头批豆渣二次发酵的方法不仅可以提高材料利用率,避免浪费,也可以增加酱油风味的层次。同时,文中还首次提到了用竹篾制作的"酱油笋"来分离酱油的方法。

清朝时,我国酱油的酿造无论在产品质量还是技术上都处于世界领先水平。《食宪鸿秘》记载:"酱油:黄豆或黑豆煮烂,入白面,连豆汁揣和使硬。或为饼,或为窝。青蒿盖住,发黄。磨末,入盐汤,晒成酱。用竹密篦挣缸下半截,贮酱于上,沥下酱油。或生绢袋盛滤。"此外,《醒园录》中记载了做清酱的操作要点,《调鼎集》中记载了酱油的多种酿造方法和技术。不难看出,清朝时人们做酱油已经不再局限于只用黄豆和面粉为原材料了,也开始用黑豆、红豆、麦皮等;制曲也由明朝的制散曲和颗粒曲变成了制饼曲和窝曲,配醪时在原有的井水、煮豆汁和紫苏汤的基础上增加了甘草汤;在提取酱油的步骤上,出现了淋油法和绢袋压榨法。

● 制作工艺

酱油的传统酿造工艺讲究"春准备，夏制曲，秋翻晒，冬成酱"，采用自然发酵，在"日晒夜露"下，需要将近一年的时间方能酿造出美味的酱油。其工序主要有以下几步：

首先，把黄豆清洗干净，放入水中浸泡两小时左右，以皮起皱为宜，捞出放入蒸屉中蒸熟，然后晾干。

其次，自然发酵。将蒸熟的黄豆放在室内，经过一周左右的时间，黄豆表面出现黄绿色的菌毛，即可放入容器内，加入盐水进行搅拌，再次进行发酵。发酵后按一层黄豆一层盐，洒一些清水的方法，放入容器中进行酿制。

再次，经过漫长的发酵后，压榨即可得到酱油。出油时需要再次加入盐水和糖进行调味。

最后，得到的酱油还需要进行曝晒，越晒会越香甜。

文化意义

我国食用酱油的历史悠久，酱油在改善人们的饮食方面做出了重要贡献。传统工艺酿造的酱油具有浓郁的香气，味道鲜美，营养丰富，为人们的生活增色添味。

随着现代技术的发展，传统手工酿造方式受到挑战。传统酿造工艺发酵时间长，成本高，且长时间的发酵容易受到各种有害细菌的污染。另一方面，传统工艺酿造的酱油含盐量高，不利于健康。

做酱油

陈理华

农耕社会里的人是真正会居家过日子的,很多事情都靠自己完成。如:棉花自己种,线自己纺,布自己织,衣服鞋子自己做,连酱油这样的调味品也是自家做的。虽然如今自己做酱油的渐渐少了,但在小湖下乾一带还有人自己做酱油吃,甚至有一家老字号的小店每年还会将很多酱油卖给外乡人呢。

做酱油一般是从热气腾腾的大伏天开始。首先是蒸豆。将酿制酱油用的上好的黄豆先放入水中浸泡,让黄豆中的蛋白质吸足水分,以豆皮起皱为度。然后捞起来沥过水,再倒入蒸笼或饭甑里用大火蒸熟,直蒸得热气腾腾,豆香四溢。

接着便是发酵过程。待蒸熟的黄豆冷却后,把它摊于竹篱上,放到一间密封的室内发酵。温度要控制在37℃以上,若室温不够,可加炭火提高温度。发酵3天后要翻动一次,使其发酵均匀,发酵时间一般为6天。发酵过的黄豆,表面会出现黄绿色的曲霉和酵母菌。这时,取出黄豆倒入干净的缸内,按100千克黄豆加40千克清水的比例添加清水并搅拌,使其吸足水分。然后装入竹筐内,沥去余水,上面加盖棉布,放在室内继续发酵。当手插进豆内有热感,鼻闻时有酱油香味时,即可。

然后是酿制的过程。将发酵好的黄豆再次装入缸内,缸口要密封好才能进行酿制。

酿制配方为：黄豆 100 千克、食盐 30 千克、清水 40 千克。把黄豆全装进缸内后，最上层还要铺一些食盐用以防止霉变，最后盖上盖，用纸或箬叶外加黄泥巴封好。如此，这些豆子和盐就躲在暗无天日的缸里偷偷地酿制着美味的酱油了。

经过一个月左右的酿制，到了出油的时候，将密封的纸撕开，这时闻到的就是浓浓的酱香了。再将盐水（100 千克清水加 17 千克食盐）冲进缸内，在小筐底部铺一层纱布，筐下放一口缸或一个盆，把酿制好的酱和水舀入小筐，沥下的就是浓浓的酱油了。这样的酱油其实就可以吃了，但为了口感更好些，还要加入些糖浆。每 100 千克食糖兑上 4 千克清水，加上些荷叶，用旺火煮至色泽乌黑，待冷却后加入。千万别以为这样就大功告成了，做好了这一切后，还要晒酱油。

将装酱油的缸移到毒辣辣的日光下曝晒，这酱油缸大多被放在称为禾坪的地方晒。时间为十几天，遇雨天要盖起来。直到酱油晒得红红的，飘出缕缕酱香味儿，酱缸里的酱油就可以开始灌瓶了。

这时秋风也起了，豆酱也会舀起来装好。在此后的日子里，新鲜的豆酱就成了家里饭桌上的看桌菜，要吃时装上一小碗，加辣椒、葱头，再加点肉丁去煮一下，慢慢地吃，美味无比。

而那些黄豆酱油则被装在玻璃瓶子里，呈琥珀色，煮菜时加上那么一点，顿时能让不起眼的菜活色生香起来。

制盐

zhì yán

概说。

盐是人们日常生活中不可缺少的调味品，盐是咸味的载体。咸味位居五味之首，盐也是调味品中用得最多的，号称『百味之祖（王）』。盐不仅能增加菜肴的滋味，还能促进胃部消化液的分泌，增进食欲。我国从很早就开始制盐，并掌握了复杂的制盐工艺。

● 历史

我国制盐历史悠久，大约在炎黄时期已开始煮盐。炎帝时的诸侯夙沙氏首创用海水煮制海盐，即所谓"夙沙作煮盐"。实际上，用海水煮盐不是夙沙氏一人之所为，而是生活在海边的古代先民经过长期摸索和实践创造的海盐制作工艺。有天然卤水的地方，古人曾采用"先烧炭，以盐井水泼之，刮取盐"的生产方法。据《世本》所载："夙沙氏煮海为盐。"更加详细的方法在《管子》有过记载："君伐菹薪，煮沸水为盐。"在当前尚无更新的考古发现和典籍资料可证明的情况下，"夙沙作煮盐"可视为中国海盐业的开端。

因为海水加工生产盐的效率不高，所以自商代起人们就改用地下卤水了。卤水是聚集在地面以下含盐度很高的液态矿产，这时候开采卤水的方法也比较简易。东汉刘桢在《鲁都赋》说："又有盐池漭沆，煎炙赐春。焦暴溃沫，疏盐自殷，挹之不损，取之不勤。"说明当时的盐池卤水含盐量很高。

自商代起，制盐取卤之前需要凿井，等卤水慢慢溢上来，然后起盐灶煮卤水，使卤水的水分逐渐蒸发，从而析出附着在锅底内壁上的白色结晶块，将其打碎便可食用，这就是盐。《说文解字》对"盐"的解释为："卤也，天生曰卤，人生曰盐。"即人工制造的叫"盐"，天然生成的叫"卤"。内陆地区人们使用的食盐可以从池盐天然蒸发获得的东西中直接取用，于是内陆地区的盐被称为"卤"。

秦汉时期，制盐方式没有发生大的变化，只在原有基础上增加了一定程度的机械化。中国是最早开发井盐的国家，大约在20世纪50年代，四川就出土过东汉时期的《盐井》画像砖。此画像砖表现的是汉代四川井盐汲卤熬制的整个过程,说明当时人们已经不再使用泥盔汲盐水了。盐井上面的井架一共三层,上面两层每层需要两人同时用吊桶汲取卤水,再用竹筒把卤水引到煮盐灶上。盐灶位于灶棚下,共有五眼灶,一人负责在灶后操作,一人负责在灶旁扇火、加柴。这块画像砖的出土证明汉代的井盐生产已经具备一定程度的机械化,也具有了相当的规模。《论衡·别通篇》记载:"西州盐井,源泉深也。"表明这种盐井相当深。为提高取卤的效率,东汉时,人们就已采用机械提卤的方法,并且利用天然气作为煮盐的燃料。据《华阳国志·蜀志》记载,临邛县有"火井","以竹筒盛其光藏之,可拽行,终日不灭也","取井火煮之,一斛(卤)水得五斗盐,家火煮之,得无几也"。

唐朝,制盐技术有了巨大的变革,出现了垦畦晒盐技术。这项技术的出现,大大提高了我国制盐的效率。据《河东盐法备览》记载,河东盐池"古惟集工捞采,收自然之利,无所谓浇晒也。至唐始有治畦浇晒之法"。所谓治畦浇晒之法,就是运用人工,垦地为畦,将卤水灌入畦内,利用日光曝晒,风力催拂,促其蒸发,结晶成盐,改变了"收自然之利"的原始天日晒盐方式。

唐代著名的文学家柳宗元、《史记正义》的作者张守节等都曾在文章中对垦畦浇晒法有过描述。大致的情况是:人工垦殖成晒盐的畦地。畦地旁有渠、有路、有门,将卤水灌入畦地里,再搭配一些淡水,经过日光曝晒,五六日就可以晒成一次盐,盐质洁白如白矾,大小像"双陆"。

垦畦晒盐技术有三大特点。一是垦地为畦,人工晒盐。晒盐畦地有一定的规格形式,晒制时有一定的生产工艺流程,改变了过去完全依靠自然力结晶成盐的情况。二是在晒制盐的过程中,开始懂得在卤水中搭配淡水,这是根据运城盐池卤水成分的特殊性而采取的创造性措施,从而提高了盐的质量。三是加快了成盐速度,缩短了晒盐时间,只要五六天就可以晒制成一次盐。

宋朝制盐技术飞速发展，出现了当时处于世界领先地位的凿井技术——卓筒井。卓筒井也叫筒井，是利用一种特殊的圆刃工具挖开的深达数十丈的井，将巨竹相互衔接作为井筒，卤水可从竹筒中涌出。这种新工艺在宋朝被广泛利用，苏轼在《东坡志林》中对这种技术有详细的描述："自庆历、皇祐以来，蜀始创'筒井'。用圜刃凿如碗大，深者数十丈，以巨竹去节，牝牡相衔为井，以隔横入淡水，则咸泉自上。又以竹之差小者，出入井中为桶，无底而窍其上，悬熟皮数寸，出入水中，气自呼吸而启闭之，一筒致水数斗。凡筒井皆用机械，利之所在，人无不知。"

清朝时，制盐传统技术向现代工业转变，出现了三个大规模器械的运用。

一是天车。据乾隆年间段玉裁主编《富顺县志》卷二记载，当时仅在"井口架二巨木，高二三丈，上置辘轳，数丈外复置车盘，以长绠系车由辘轳过，绠系竹筒入井"，是为牌坊架（两脚）天车。二是燊海井，这是中国古代井盐钻井技术发展到成熟阶段的产物。它采用中国传统的冲击式（顿钻）凿井法开凿而成，设立木制碓架，运用杠杆原理，以人力为动力，由数人在碓架上一脚一脚地蹬踩，带动锉头上下运动。燊海井是世界第一口人工钻凿的超千米(1001.42米)深井，充分显示了中国古代井盐劳动者的聪明才智和钻井技术的伟大成就。三是笕管输卤。随着井盐生产的迅速发展和井深的增加，采卤技术也有了长足的发展，形成了以畜力为主要动力的提捞采卤工艺。输卤笕管采用大竹通其节，外缠竹篾或敷油灰，束以麻，以增加强度。采用若干这样的竹笕首尾相连，构成输卤笕管，输送卤水。竹笕多埋地中，也有沿山置架的空竹笕。架空竹笕高下纤折，行一二十里，蔚为壮观。《富顺县志》记载："如南岸高北岸低，水将由北而南，法将北岸笕窝置高。水初注，由高而下，以后之笕，即低昂相乘。如此笕昂后而低前，彼笕即低后而昂前。其要在受水处高于泄水处。低者即可行蓄，高者顺流而下，即可将低者激而上引，然必盈而后进，亦水性然也，所谓之冒水笕。北岸受水一担，南岸必泄水一担。"

文化意义

　　盐是保存菜、肉、鱼、奶的最重要的防腐原料。这些食物容易腐烂变质，不像谷类一样可以长期保存，但如果用盐腌成咸菜（酸菜）、火腿、咸鱼、奶酪制品，就可以保存数月甚至数年。古代的农民经常需要拿粮食去交换盐，来制作腌制食品。腌制食品不仅老百姓能长期自用，还能让商人实现远距离的食品贸易，这相当于古代版的冷链物流。

　　盐一直是历代封建政府牢牢掌握的最重要的专卖商品，其收入是封建政府的重要财源。春秋时期齐国管仲提出的"官山海"政策，即是对盐和铁一起实行专卖。秦商鞅变法，控制山泽之利，也实行盐铁专卖。汉初开放民营，使经营盐铁的商人富比王侯，汉武帝迫于财政压力和对商人"不佐公家之急"的反感，在桑弘羊的主持下"笼盐铁"，将盐铁的经营收归官府，实行专卖。盐专卖即是在官府的监督下由盐民生产，官府定价收购，并由官府运输和销售。东汉时取消盐铁专卖，实行征税制。三国、两晋注重专卖，南北朝时征税制复起。隋至唐前期，取消盐的专税，和其他商品一样收市税。唐安史之乱后，财政困难，盐专卖又开始实行。此后历朝历代，都加强了盐专卖，对铁则实行征税制，不再与盐同例看待。

闲"盐"碎语

● 李秋生

小时候，在家吃的盐不是现在这种雪白的加碘精细盐，而是一种粗盐，就是用海水晒成的大粒盐，即天然盐。因为未经加工，其中含有很多杂质，所以粗盐大都发乌。那时常有走村串巷卖粗盐的小贩（当是私盐），几分钱一斤，拎回家放到坛子或罐子里，把口盖好。特别是夏天，天热湿气大，盐很容易化。记得当时的一首谚语："燕子低飞蛇过道，鸡晚宿窝蛤蟆叫，盐坛出水烟叶潮，大雨不久就来到。""盐坛出水"也成了天要下雨的预兆。

炒菜或做汤时，需先将大的盐粒用擀面杖压碎，然后撒到锅里，否则，大盐粒是很难融化均匀的。粗盐是腌咸菜的必备材料。那时，家家户户都有一个大咸菜缸，当红白萝卜、白菜、扁豆、黄瓜、茄子、辣椒、鬼子姜等瓜果蔬菜下来时，便洗净填满一大缸，然后在上面盖上厚厚的一层粗盐，闷个三天五日便可享用了。在那腥荤油水少得可怜的岁月里，咸菜就成了最大众化的就菜，三餐必备，四季不离。从刚腌上时淡淡的咸到最后的苦咸，一缸咸菜伴着一家人吃下多少粮食，让孩子长高多少身体，为大人们增添了多少力气，让日子过得贫穷却不平淡！

缺吃的日子里，衡量一件物品好孬的首要标准就是看它能不能吃。盐能吃，所以它是好东西，那时的认识也仅限于此。如今，粗盐已渐渐淡出人们的生活,但它的另一项作用却被人们所认识,即减肥的功效。据说,在每天洗澡之前,若能在身体想要变瘦的部位涂上适量的粗盐,大约十五分钟后再轻轻按摩,长期坚持,人就能变瘦——这确实是爱美女性的福音!

咸菜好吃,却并不常吃。村里孩子多的家庭常常青黄不接,没有咸菜的日子,粗茶淡饭实在难以下咽。有的村子粮地多、菜地少,或者工分不值钱,没闲钱买萝卜白菜,于是连咸菜也吃得少。

记得20世纪70年代末,我在颜徐上高中。每周末回家背干粮,母亲都给炒上一大瓶子咸菜,填得满满的,压得实实的。炒咸菜先用油、葱花炼锅,炒至半熟再打上一个鸡蛋,味道甚是美妙。有一段时间,要好的几个同学跟我一块吃饭,他们都来自东堡村。东堡村当时可是全县赫赫有名的农业生产样板村——学大寨先进单位,粮食生产"过长江"(粮食亩产超一千斤叫"过黄河",超两千斤叫"过长江")。所以,这几个同学从家里带来的都是雪白的馒头,而我带的一半是玉米窝头,一半是玉米面和着小麦面蒸的"卷子"。每次去伙房笼屉拿自己熥的干粮,那为数不多的几嘟噜白馒头在一大堆黄的、黑的、半黄半黑的窝头中间,如同被绿叶衬着的红花,煞是耀眼。馒头虽然鲜亮,可是这几个同学却没有咸菜带,于是我平生第一次见识了一种新的食品——炒盐。

炒盐,就是将粗盐的盐粒在白面糊糊里搅匀,然后放到油锅里翻炒,直至将盐外面的面糊炒至金黄。东堡这几个吃白馒头的同学,每次返校带回的就是这种奇特的炒盐。当我们将咸菜瓶子和炒盐瓶子的盖打开摆到面前,那几个吃馒头的就不约而同地将筷子伸进我的瓶子里。而我也试着夹一粒炒盐放入口中,轻轻一咬,外边干脆,里面生硬;外边焦香,里面苦咸。只这一粒,就需嚼上几大口窝头方能压下去。怪不得他们对这金灿灿的东西不感兴趣,而更钟情于我的炒咸菜。

于是就出现了这样一种现象：每周一到周二，最多周三，大伙先将我的咸菜瓶子一扫而光，后半周就一起靠那些炒盐艰难度日。

后来听说其中一个同学毕业后在市里某酒店做了厨师。不知现在的他忆起那时的炒盐有何感想！

就在我和同学在学校里一块儿吃炒盐的时候，长我两岁的妻子却正在娘家为"盐"而拼命。

听她讲，那时她们家老老少少十口人，劳力少，吃饭的多，就属于粮食、咸菜"双缺户"。为了吃，她被迫早早辍学干起农活，十几岁的少女用瘦弱的双肩挑起了家庭的重担，饥寒交迫，尝尽艰辛。每忆及此，往事历历在目，而那次推盐的经历更让她刻骨铭心。

距她们村东北四五十里有一盐场，盐场内部有人每到晚上就倒腾私盐。周围村子里很多人就交上五六块钱，趁着夜色满满地装一小推车推回来。那一天，妻子也随着本家的一帮叔伯兄弟去推盐。吃过晚饭，见天色渐黑，一行人便上路了，一路上兴奋又忐忑。到了地头，交上钱，就装车。因为钱有数而盐无限，所以就狠狠地往车上装，然后就推着沉甸甸的盐往回赶。

从盐场到大路中间是一条沙滩小道，尺把宽。起初她还能跟得上大伙的步伐，但行至十几里便觉两腿发软，渐行渐慢。多亏一堂弟帮忙，二人一推一拉方才将车子推上大路。上了大路后，妻子疲惫不堪，但又不敢停歇，恐被盐务稽查逮着。于是咬着牙，奋力向前，以免掉队。沉重的负荷直将瘦弱的她压得骨节咯吱吱地响，浑身皮肉生疼……这样低着头不知走了多少时候，感觉已筋疲力尽，而此时又遇顶风，实在寸步难行。她索性将车子往路边一放，蹲在地上，不走了。"天胆哪！你怎么敢在这歇着？"在大伙低沉的惊呼声中，她瞥见不远处的路边黑黢黢的有几间房，正是盐务稽查设的卡子。"逮着就逮着吧，不要了，反正走不动了！"妻子绝望地回应着。正在这时，从家里赶来接她的父亲到了。稍事休息，父女俩便又踏上回家的路。父亲的身体本也羸弱，二人互相轮换，或推或拉。南风越来越大,直将车子带人刮得踉踉跄跄,摇摇晃晃,也不知是人驾着车,还是车驾着人。

到家时,天已放亮了。

晒盐

虞燕

"唰——唰——唰",盐耙推到之处,洁白的盐粒似听到了召唤,纷纷聚于耙下,还没来得及结晶的卤水则难为情地让道,潮水般往前涌。盐耙的木柄被一双黝黑的手握着,一上一下,时松时紧,手的主人弯腰、低头,四十多度高温下,他灰白色长袖衬衫被汗水浸透,草帽下露出的一小簇短发贴在额前,弯弯扭扭,帽边析出了盐花,跟盐田里似雪的盐并无二致。

盐场建于平坦的沿海滩边,一格格方形盐池鳞次栉比,里面养了深浅不一的海水,因卤水盐度不同,呈现的颜色就有了区别,简直可以用色彩斑斓来形容。盐卤水倒映着蓝天、白云、飞鸟,也映出盐工忙碌的身影。盐工杨叔摘掉草帽,抹了把脸上的汗,一手拄盐耙,一手接过矿泉水,"咕咚咕咚"下去大半瓶。水分输送进去,杨叔就像受到了浇灌的青青麦苗,立马恢复了生机,连笑容的幅度都大了,白牙一闪,皱纹呈放射状展开去。阳光下,那张刻满岁月痕迹的长方脸黑得发亮。

杨叔六十来岁,中等个头,精瘦,从事晒盐工作已三十多年。烈日如何灼烧盐田,便如何灼烧他的肉身,海水被蒸发、浓缩、结晶析盐,他身体里的汗水也是。他的衣服常常湿了干,干了湿,摸上去硬挺挺,像涂过一层胶水,用指甲一刮,盐粒"沙沙"地掉。

晒盐一行,以海水为基本原料,日光、

明 仇英 《清明上河图》（局部）

风力为天然动力。杨叔说，主要还是靠太阳晒，日头越猛，晒出的盐就越多。所以，每年七到九月份是盐业生产的旺季，也是决定晒盐产量的关键期。

炎炎酷暑，正午时分，潮水快速上涨，海水便被放入盐田最高处的澄清池。东海的海水比较浑浊，潮水纳入后，先在澄清池沉淀，滤去杂质，再引入蒸发滩。如此，新一轮的晒盐轰轰烈烈地展开，制卤、旋卤、收盐、整滩……那是盐工最辛苦的时光，正所谓"凌晨出门鸡未啼，头顶烈日晒脱皮"。

为防止晒伤，盐工均穿长袖长裤，但好像效果欠佳。杨叔的肩背和手臂上，皮肤不平滑且颜色不均，乍一看，好似烫伤留下的细碎疤痕，实则为多次晒伤后色素沉积所致。毒日头连续肆虐几个月，区区纺织纤维终究抵挡不了。杨叔厚嘴唇一咧，露出标志性白牙，跟他晒的盐差不多白，他说年纪大了越来越皮实，近两年都没怎么晒疼过。在岛上，男人到了杨叔这个年纪，有这么一口白牙的极少，这可能是他爱笑的原因之一。而后，杨叔故意用力甩起胳膊，"嗨哟嗨哟……"，这是他在晒盐时老唱的渔歌号子，似乎哪一句都有"嗨哟嗨哟"，他每每唱得铿锵有力，脚步噔噔响。

　　晒盐，不可缺了小小的波美计。它用来测盐卤的度数，达到24.5度方可上滩结晶。盐工往返滩间，时不时舀起一竹管盐水，测量后，根据卤值来决定换放滩水或取卤晒盐。烈日下，结晶滩上薄烟袅袅，油光不断冒上来，小盐花如丝如絮，晶莹剔透，一朵，又一朵，一片，一大片，仿佛带着微不可闻的"簌簌"声，如雪花从天上飘下来。

　　渐渐地，滩面铺满了白色结晶，像闪着银光的鱼鳞。因盐滩的卤水是静止的，阳光长久照射，导致上层卤面温度尤其高，自然先一步结晶。结出的盐成块状，犹如一层壳，罩住了下面的卤水，这样一来，上下温度不一，必然影响出盐率和品质。为防止粗盐板结，变成大颗粒结晶体，也为使盐粒更均匀细腻，就得不断搅动卤面，将晶体打散，于是，就有了"旋卤打花"这道工序。

　　杨叔是盐场的"打花"主力。盐滩中央拴一条长绳，另一头系一根竹竿，杨叔手持竹竿，沿着滩边走，来回拖动结晶滩中的长绳。这活看似简单，其实非常费力。绳子拨动密集的结晶体，逐渐浸湿，且长度那么可观，会变得相当沉重，颇考验臂力是肯定的，还要把控好力度和速度。过快过于用力，打不细；过慢过轻，则打不散。

　　结晶最快时即是气温最高时。毒辣的日头炙烤大地，盐滩边放几个鸡蛋就能蒸熟，杨叔着一身长衣裤，戴着那顶变了形的草帽出现在盐田。他两手握住竹竿，绕着盐田不紧不慢地走，嘴里不自觉地哼起："嗨哟嗨哟……"偶尔闪露的白牙散发出如盐粒般晶亮的光。杨叔绕了一圈又一圈，热浪从地上穿透脚底，与涌入头顶的赤烈之气在体内交汇，整个人如置于烧开了锅的蒸笼上，汗水先涌至后背、脖颈、腋下，然后是前胸、腿部，绕了不到三圈时，身上就已跟淋了一场雨似的。

"旋卤打花"，大概每隔半小时一次，一次得绕好几圈。只要太阳火辣辣地挂在那儿，没落山，"打花"就得继续，划渣、推盐、"走水"等也一样。

绳子在结晶滩里不断挪移、翻搅，咸咸的水汽泛上来，如烟似雾，杨叔感觉眼睛糊糊的，不知是因为汗水的滴入，还是这氤氲的水汽。突地，嘴里渗出一股咸味，好似盐田里的菱形晶体自动跑了进去，一忽儿，又开始发苦，喉咙干得要冒火，渔歌号子也哼不出来了。他知道自己得歇一会儿了，得补充水分，盛暑之下，连轴转地"打花"太消耗体力了。他毕竟年纪大了，怎比得壮年时那般强健。

杨叔在盐滩边上坐下，望向经过自己"打花"的结晶滩。那些线条任性、夸张，形成的图案奇特、抽象，它们嵌在白色盐田里，似乎想努力勾勒出什么。

从一汪荡漾的海水，到一粒粒规则的结晶体，晒盐人目睹并造就了这神奇的变化，盐粒更被赞为"色白、粒细、易溶""鲜嫩美"。每到收盐时，虽辛苦万分，他们脸上的欣慰、欣喜是万万掩不住的。

杨叔说起年轻时收盐，身体上的苦倒罢了，最难的是起不了床。夏日里，收盐都在凌晨，白天收盐会影响卤水的质量，再者，夜里气温低，天气凉爽，适合干体力活儿。那会儿，到了时间，杨叔经常让家人、同伴把他打醒，或迷迷糊糊中用力掐自己，再用冷水泼脸、搓脸，才踉跄着出门。而年纪渐增，觉少了，易醒，原来的难事反倒不难了。

凌晨三点多，村里的公鸡刚叫过头遍，星光贼亮贼亮，杨叔和其他盐工便匆匆拥向盐场。夜色里，盐田像落了一层霜，白得晃眼，又像拌入了天上的云，浮浮沉沉。穿了雨靴的杨叔走进去，用木耙推盐，即把四处的盐都"赶"到盐田中央。他脚步轻盈,肢体放松,忽左忽右,忽前忽后,别的人也不示弱,推得可起劲儿了,跟在跳集体舞似的。

"集体舞"的效率还是很高的,盐田的盐乖乖归于一处,盐工们铲盐到簸箕里,再从盐田挑到几十米外的盐坨。扁担压在杨叔肩上,两个装满了白盐的竹簸箕一前一后晃悠,两只手伸展开,分别抓住簸箕的绳,他又唱起了"嗨哟嗨哟……",脚下踩得"噔噔噔",脖子微微前倾,阔步而行。多个来回后,杨叔的脚步小了,衣服湿了,哼唱声时有顿滞,并夹杂着粗重的喘气声,扁担从右肩换到左肩,又从左肩回到了右肩。那些年,他的两个肩膀早磨出了厚厚的茧子,杨叔说皮糙肉厚挺好,像衬了垫子。

一担又一担的盐挑往盐坨,盐坨越堆越高,雪山般耸立。天亮了,晨光映照,皑皑"雪山"前,一群黑如煤炭的人露出了如释重负的表情。

制糖

zhì táng

概说。

我国是世界上最早制糖的国家之一。我们通常所说的制糖是指以甘蔗、甜菜为原料制作成品糖，以及以原糖或砂糖为原料精炼加工各种精制糖的生产活动。我国古代制作较多的是谷物糖和蔗糖，其中蔗糖的手工业体系较为完整成熟。

老手艺

● 历史

我国最早食用的糖应该是蜜糖（蜂蜜），《礼记·内则》中有这样的记载："子事父母……枣、栗、饴、蜜以甘之。"说明蜜糖是孝敬侍奉父母的佳品。这是天然的糖，仅仅依靠采集就能够得到。

人类最早制作出的糖是饴糖，这种糖以谷物为原料。许慎的《说文解字》一书中对饴糖的释文是："饴，米糵煎也。"即是说用米（谷物类）与糵（谷芽或麦芽）一起熬煮便可制出饴糖。关于饴糖，史料中有不少记载，如东汉明德马皇后曾说："吾但当含饴弄孙，不能复关政矣。"

我们今天所说的制糖一般都是以甘蔗为原材料制作的。屈原的《楚辞·招魂》中有这样的诗句："胹鳖炮羔，有柘浆些。"这里的"柘"即是甘蔗，"柘浆"是从甘蔗中取得的汁。这说明战国时代，楚国已能对甘蔗进行原始加工。《汉书·南中八郡志》中则有更加具体翔实的资料："甘蔗，围数寸，长丈余，颇似竹，断而食之，甚甘。榨取汁，曝数时成饴，入口消释，彼人谓之石蜜。"

南北朝时期，出现了古法红糖的制作。红糖是对含有糖蜜这一类糖的总称。红糖的颜色较深，有微小结晶粒。其形状有松散的砂粒状（粉状）、片状、块状等，一般的黑糖、紫砂糖、乌糖、赤糖、赤砂糖、粉糖、黄糖、黑片糖、黄片糖等都属于红糖。唐朝时，红糖的制作已形成了基本的生产工艺。

明清时期，红糖的制作工艺得到很大改进，即在蔗汁中加入石灰以去除杂质，还能起到中和作用。这一技术在现代机器制糖中也是不可缺少的，可见先辈之智慧。明《兴化府志》对这一工艺有详细的记载："黑糖，煮蔗汁为之。冬月蔗成后，取而断之，入碓捣烂，用大桶装贮，桶底旁侧为窍。每纳蔗一层，以灰薄洒之。皆筑实，及蒲用热汤自上淋下。别用大桶自下承之，旋入釜烹炼。火候既足，蔗浆渐稠，乃取油滓点化之。别用大方盘挹置盘内，遂凝结成糖，其面光洁如漆，其脚粒粒如沙，故又名沙糖。"这种制糖方法是在榨汁时加入石灰，也有在熬煮蔗汁时才加入石灰的方法。糖浆熬好后，将其倒入大方盘内冷却凝结成糖。

对于制糖时应加入多少石灰，最初并没有准确的数量。宋应星在《天工开物》中首次提出了加入石灰的数量："凡汁浆流板有槽枧，汁入于缸内。每汁一石，下石灰五合于中。凡取汁煎糖，并列三锅如品字，先将稠汁聚入一锅，然后逐加稀汁两锅之内。若火力少束薪，其糖即成顽糖，起沫不中用。"可以看出，每石蔗汁加入五合石灰，这种精确的比例对于制糖来说效果更好。之后，此法在农村的土法制糖中延续几百年。

红糖制法出现后，在此基础上逐渐演变出了白糖的制作方法。白糖比红糖的制作方法要复杂得多，我国从唐朝开始就出现了"白糖"的称谓，但此时的白糖只比当时黑糖的颜色浅一些，糖的晶粒也很小，与我们今天所看到洁白的白糖差异甚大。

到了宋朝，白砂糖开始出现，此时的白糖是浅黄色的结晶颗粒，与前代相比有了较大的进步和改善。

元朝初年，意大利商人马可·波罗在《马可·波罗游记》中提到他在福州见过工坊里制造大量非常洁白的白糖。元代的饮膳太医忽思慧也在他的著作《饮膳正要》中多次提到白砂糖应用于药膳饮品，说明至少在元朝的宫廷中，白糖已经非常广泛地使用了。

白糖的广泛使用有赖于制糖新方法的出现。《闽书南产志》上就记载了这样一个故事，相传福建南安有一位姓黄的小糖坊坊主，有一天，塘坊的泥土墙倒塌了，碰巧压在了他所制作的黑糖上面，清除黄泥后，人们惊奇地发现被黄泥覆盖过的黑糖全都变白了。黄坊主经过反复实验，终于确认就是黄泥将黑糖变白的，于是他研制出制作白糖的方法。

上述故事记载的是南方土法黄泥水脱色法，还有一种方法叫作瓦溜法，主要脱色工具是瓦溜。元初的《农桑辑要》中记载了这一方法："(当糖汁)熬至稠粘似黑枣色，用瓦盆一只，底上钻箸头大窍眼一个，盆下用瓮承接。将熬成糖汁用瓢盛，倾于盆内。极好者澄于盆，流于瓮内者，止可调水饮用。将好者即用有窍眼盆盛顿，或倒在瓦罂内亦可，以物复盖之，食则从便。"

发展至明朝，《天工开物》中对瓦溜法有了更加详细的记载："凡闽、广南方，经冬老蔗，用车同前法。榨汁入缸，看水花为火色。其花煎至细嫩，如煮羹沸，以手捻试，粘手则信来矣，此时尚黄黑色。将桶盛贮，凝成黑沙。然后以瓦溜（教陶家烧造）置缸上，其溜上宽下尖，底有一小孔，将草塞住，倾桶中黑沙于内。待黑沙结定，然后去孔中塞草，用黄泥水淋下，其中黑滓入缸内，溜内尽成白霜。最上一层厚五寸许，洁白异常，名曰洋糖（西洋糖绝白美，故名），下者稍黄褐。"

白糖的制作也在一定程度上催生了冰糖的发展，冰糖在古代被叫作糖霜。它的制作方法，宋代王灼在《糖霜谱》中记载得十分详细，即用新鲜的甘蔗榨取汁后煮成糖浆，用窨制法制成冰糖。黄庭坚有一首极具风趣的糖霜诗，描写了糖霜的美味："远寄蔗霜知有味，胜于崔子水晶盐。正宗扫地从谁说，我舌犹能及鼻尖。"在这里，黄庭坚极夸张地通过舌尖舔舐鼻尖的描写，突出了糖霜的美味。但是这种制作方法在宋代以后并不多见。

到了明代，冰糖的制作方法，与唐宋时有很大不同。由于明代制作的土白糖较多，于是催生了冰糖制作工艺的革新。这时的冰糖以土白糖为原料，加水溶化，提净而成。《天工开物》中对这一方法有详细记载："造冰糖者，将洋糖煎化，蛋清澄去浮滓。候视火色，将新青竹破成篾片，寸斩撒入其中，经过一宵，即成天然冰块。"

这里的"洋糖"是指质量较好的土白糖。白糖加水、加热溶化后，用蛋清提净。这种高纯度的糖液，比较容易结晶，这种结晶就是冰糖。

文化意义

我国制糖历史悠久，制糖作为传统工艺具有重要价值。一方面，我国的民间习俗如寿礼、婚礼、祭祖等都会用到糖。另一方面，文献资料中关于制糖工艺的记载，对研究古代糖文化和制糖技术发展具有重要价值。

记忆里的红糖味

● 张清明

记得小时候，我不喜欢甜，一尝到甜味的食物就不吃，直到长大初潮来临，母亲煮两个鸡蛋兑一碗红糖水，非要我喝了不可。待我喝完，母亲才说，女人每月例假时要损失很多血，需要补血，红糖是补血的，所以必须喝点红糖水。

但我还是不喜欢吃糖，特别是红糖。

可是，有一年过年，三叔请我们吃团年饭，饭桌上摆着两大碗红糖肉，还是半肥半瘦的！

开始，大家都不愿尝，母亲夹了一块肉，吃着吃着，母亲连连说："好乞好乞！"我们几个小孩出于好奇每人夹了一小块。

舌头一舔，感觉油腻不严重，牙齿一咬，甜丝丝的肉中还有些盐味，甜咸交集着。肥肉的油已被煎出了很多，慢慢咀嚼，一种从来没有品尝过的甜香味充斥着整个味蕾。喔呀！那感觉真是太棒了，接着大人小孩每人几块肉吃得喷香。

那几年过年，我家和三叔家都是互请，一家一天，大家很和气。那几年收成也很不错，年猪杀了好兆头，三妈喜欢喂大肥猪，瘦肉都有两三百斤。

收成不好的年月，大人心里发毛，为一些鸡毛蒜皮的小事起争执，比如田边地角、山林边界……平日里结怨、记气，过年就不会再请来请去了。

以至多年后，我还一直回味当年三妈

糖画

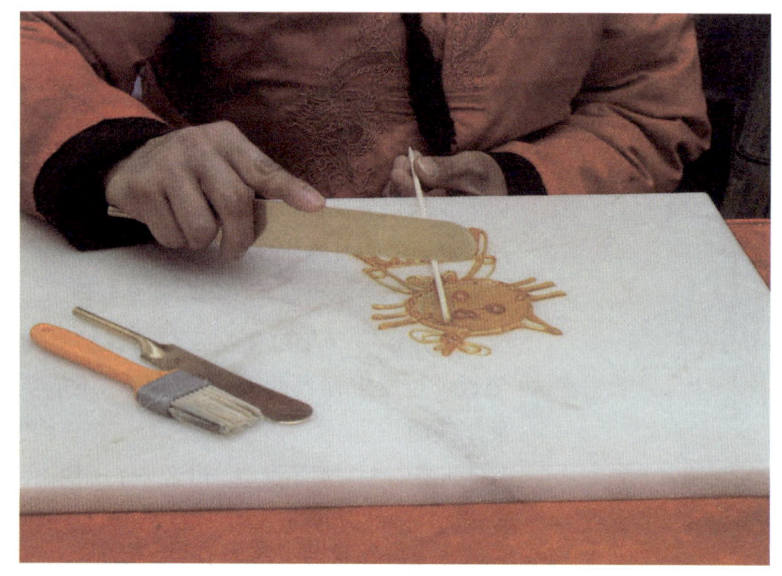

那道红糖猪肉的味道。

　　无独有偶，丈夫给我讲他小时候的故事时，说当年婆婆就曾把过年用剩的红糖放在装谷子的柜子里。那时农村还没有冰箱，人们喜欢用谷子来隔离空气，比如腊猪肉、红糖……腊肉遇下雨会受潮，红糖也一样容易受潮变软，黏黏糊糊的，用谷子掩住压紧就不会接触空气了。

　　每年正月十五一过，新年就算过完了。大人全部投入正式的生产活动中去，孩子们该上学的上学，年纪不够的就在家里坐摇窝，因为农活忙，没人看守孩子。婆婆有四个孩子，一女三儿。新年刚过，每顿饭就恢复到清汤白水的日子，不是苞谷糊糊、小麦糊糊，就是照得见人影的稀饭下咸菜。对于正长身体的孩子们来说，营养明显不够，几泡尿一撒，肚子就饿得叽里咕噜直叫。

　　肚子饿的小孩就会想方设法找吃的，季节好时有山上的野果。在正月这个荒月里，山上什么都没有，只好在家里寻觅了。

婆婆藏红糖的时候，不幸被我丈夫发现了，每天放学回家后，他迫不及待地刨开谷子啃几口糖，再喝几口水，肚子就不那么饿了，高兴得吹着口哨、背着背篓上山打柴、扯猪草，晚上听母亲喊，他才回家吃饭。

　　秘密不知啥时候被他姐姐和两个弟弟发现了，他们也加入每天啃红糖的行列，眼看那几斤红糖越啃越少，孩子们害怕被母亲发现要遭殃。以婆婆当年的脾气，极有可能给他们一顿痛打。但内心的恐惧终于没抵挡住红糖的诱惑，他们最后将红糖吃了个精光，只剩下几张包糖的纸壳，孩子们等待着一场暴风雨的到来。

　　可是，暴风雨没有等来，等来的是母亲更多的疼爱。当婆婆发现红糖只剩几张纸的时候，开始是愤怒，接着心里像被什么堵住，痛得搅动肝肠，眼泪鼻涕一起下来了，趴在柜子上痛哭一场。孩子毕竟是她身上掉下来的肉，她深感愧疚，对孩子们太严厉，她也知道每天饿着肚子干活是什么滋味……

　　时隔多年，生活条件变好了，商场里应有尽有的食品和糖果摆在最醒目的位置，只有砖头一样的红糖放在角落里无人光顾。

　　当有一天，突然有人说吃糖应该吃红糖，并说红糖含铁元素，是贫血病人的最佳食品时，我才发现，实惠而又低调的红糖，就像当年母亲的爱一样含蓄，就像亲人之间的和睦相处，低调而不张扬。

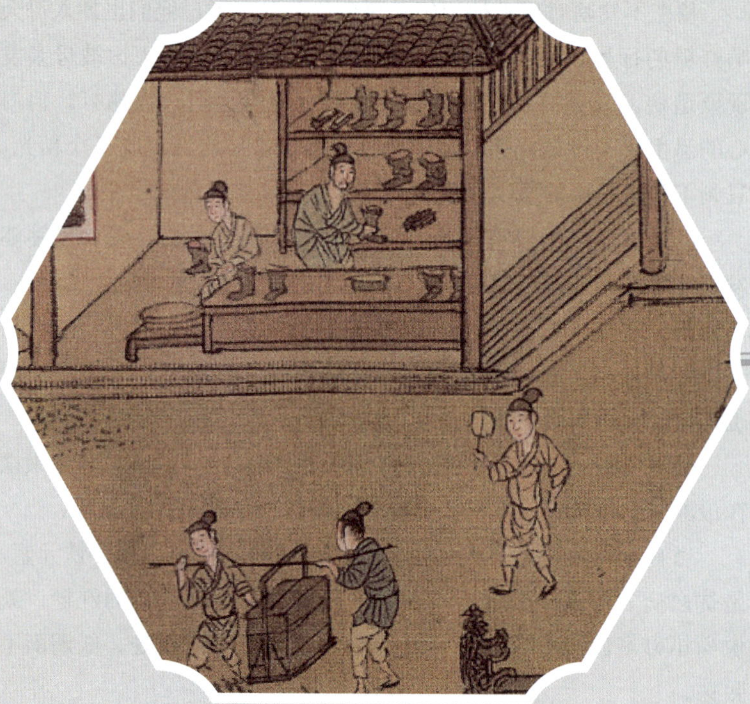

肆

编织生活的技艺

扇子

shàn zi

概说。

扇子作为引风用品，在过去是夏季必备工具。扇子在我国历史悠久，最初是一种礼仪用具，后来逐渐具有实用功能。

● 历史

扇子，古时被称为"箑"或"翣"。据《说文解字》记载："箑，扇也。""扇"有多重含义，其中也有门扉的意思，说明早期的扇子形制是一块安着柄的长方形竹苇制品，像一侧单开着的门。

扇子最早被称为"五明扇"。晋朝人崔豹在《古今注》中说："舜广开视听，求贤人自辅，作五明扇，此箑之始也。"书中提到的"五明扇"的发明者是舜。若按此记载，扇子已经有三四千年历史了。也有黄帝制扇的说法，据宋代高承所撰《事物纪原》内引《黄帝内传》记载，称黄帝作"五明扇"。明代王三聘在《古今事物考》中记载："黄帝内传，亦有五明扇。"但《古今注》等古文献中所载的"五明扇"当是一种仪仗扇。从汉代画像石或历代人物绘画中可以看到，持扇者往往立于主人身边，例如唐代画家阎立本的《步辇图》，由此可看出长柄的仪仗扇代表了古代贵族的身份和权威。此外，还有"羲扇""萐莆""禹扇"的传说，这些扇子都是礼仪之扇。

早期的扇子多为羽扇。公元前281年，楚襄王章台会诸侯时，宋玉等便以白鹤羽为扇。湖北江陵楚墓也出土过战国中期的羽扇，扇面由羽毛拼接而成，扇柄有长、短两种。魏晋南北朝时期，相继出现了麈尾扇、比翼扇等。嵇含在《羽扇赋序》中提到："吴楚之士，多执鹤翼以为扇。"直到唐朝，羽毛制作的扇子仍然十分流行。羽扇制作的程序并不复杂，鸟禽羽毛是羽扇制作的主要原材料，通常选取白鹅翎，也有高档羽扇使用雕翎。羽扇的伞柄一般情况下用竹、木或骨制成，也有的用象牙或玉制作。等材料都准备好后，将收集的羽毛

肆　编织生活的技艺

经过清洗、理顺、出片、理片、修片、装柄、整排、装绒等工序，一把羽扇就做好了。

隋唐时羽扇已经定型，但使用范围逐渐缩小，很快被轻便好看的纨扇取而代之。纨扇亦称团扇。"纨"是丝绢的一个种类，《列子·周穆王》记载："衣阿锡，曳齐纨。"《汉书·地理志》："（齐地）织作冰纨绮绣纯丽之物，号为冠带衣履天下。"充分说明了纨在当时的流传面积之广。汉成帝的妃嫔班婕妤写过一首《怨歌行》："新裂齐纨素，皎洁如霜雪。裁为合欢扇，团团似明月。"这种用齐纨制作的团扇，便又称为纨扇或齐纨扇。《红楼梦》中有诗说："水亭处处齐纨动，帘卷朱楼罢晚妆。"

纨扇主要以竹木为骨架，制成各种形状，并用薄质丝绸糊成，在西汉成帝时期就已出现并被人们使用了。南北朝时，纨扇扇面较大，形制日益增多。唐代早期流行腰圆形纨扇，开元、天宝年后来才多"圆如满月"式样。纨扇深得闺阁喜爱，古代诗词中多有反映，如"团扇，团扇，美人病来遮面""银烛秋光冷画屏，轻罗小扇扑流萤""团扇复团扇，奉君清暑殿。秋风入庭树，从此不相见"，借团扇刻画出少女种种情态或愁思，可见扇子的功能已大为扩展。

宋元时期纨扇尽管还占主要地位，且更加多样化，但也出现了另一新品种——折叠扇，即折扇。南宋时，折扇的生产已有相当规模。但此时的折扇观赏价值并不高，扇面有画的传世实物，两宋总计不到十件，元代更少。这种情况也许因当时多用山柿油涂于纸面做成"油纸扇"，不宜在上面写字绘画；或与当时风气习俗有关，虽也有素纸折叠扇，但只充当侍从仆役手中物，还不曾为文人雅士所赏玩，因而尚未成为书画家挥毫泼墨的对象。元代山西永乐宫壁画，保留了大量元人生活情景，折扇仍只出现于小市民手中。

到了明代，折扇开始普遍流行，先起宫廷，后到社会上，折扇又称撒扇。明成祖朱棣对折扇备加推崇，清刘廷玑《在园杂志》记载："明永乐年间，成祖喜折扇卷舒之便，命工如式为之，自内传出，遂遍天下。"可以看出折扇因开合自由、携带方便而受到统治者喜爱。

折扇在制作工艺上极为讲究，具有很高的欣赏价值和收藏价值。明文震亨《长物志·器具》云："川中蜀府，制以进御，有金铰藤骨，面薄如轻绡者，最为贵重。"随着扇子的普遍使用，明成化年间，开始流行在扇面上题字作画。尤其经过名家题字作画的扇子，更具文化价值，有的甚至身价倍增。清朝是折扇的全盛时期，民间出现了专门经营书画扇的职业画商和店铺。

❀ 明 仇英 《汉宫春晓图》（局部）

文化意义

　　扇子在我国历史悠久，其制作材料多样，有竹、木、纸、绢、丝、象牙、玳瑁、翡翠、飞禽翎毛以及芭蕉叶、棕榈叶、槟榔叶、麦秆、蒲草等，制作工艺综合了编织、雕刻、书法等多种艺术，其形状主要有圆形、梯形、菱形、方形、腰形、葫芦形、芭蕉叶形、梅花形等。工匠在制作扇子的过程中，创造了独特的工艺技术，具有较高的审美价值。

　　扇子最初是一种礼仪之具，在后来的发展过程中，实用功能不断增加，尤其是对于普通百姓来说，扇子是夏季必不可少的扇风取凉用具。此外，扇子还有其他的实用功能，如除尘、遮挡等。

　　扇子在使用过程中逐渐与传统文化相融合，形成了丰富的扇文化。如古代女子常用扇子遮面，以示羞怯；在红盖头产生之前，新娘子结婚时有时是用扇子遮面；有些地方有在端午节相互赠送"辟瘟扇"的习俗等。

父亲的篾笆扇

● 李柯漂

父亲是织篾笆扇的好手。

初夏的时候,父亲就开始织扇子了。他把劈成条儿的竹篾子揉得又薄又细,编织出的扇子扇的风很大,拿在手里却很轻巧。小村里的人都夸父亲扇子织得好,争着来买。

夏夜里,月亮升起来的时候,人们都喜欢到村东头的那棵老槐树下乘凉,手里拿着父亲织的扇子不停地摇晃着,既解暑热又驱蚊虫。大家搬来一天的话题,摆起"龙门阵",把白天辛苦劳作的疲惫,抛弃在村野的空旷里,惬意地享受夜的宁静。那些年,尽管小村里的人生活得很清苦,日子过得紧巴巴的,但各家各户都保证了人手一把篾笆扇。

那时,我们家也不宽裕。我读书的学费和全家下半年的油盐钱,就靠从父亲编织的扇子里出。每当放了暑假,我就给父亲打下手,或是递篾条儿,或是给父亲扇凉风,使他在干活儿时能凉快一些。这都是为了提高编扇子的效率,为了确保我下学期的学费钱。

从我们家里到小镇,约有十里路。每到赶集的日子,父亲起得都特别早,有时,他不吃早饭,就背起一大把扇子上街去卖。扇子走俏的那段时间,就是天气最热的时候。

有一天,我们正吃午饭,父亲卖完扇子回来了。他走到门口就说:"今天扇子好卖,

明 仇英 《清明上河图》（局部）

三角钱一把，站着就卖完了。"进了屋，他来不及换口气，又赶紧织扇子去了。我过去给他扇凉风，他只是抬头望了我一眼，手里仍不停地摆弄着那细薄的篾条儿。我看得出，父亲心里很高兴。

到我读初三那年，人们再也不愁吃穿了。不久，村里家家户户通上了电，手里的余钱也知道该怎么消费了。第二年夏天，村里就有十几户人家相继买了电风扇。他们觉得这玩意儿在农村是最实用的，忙完农活儿回家，插上电源往电风扇前一站，一会儿就吹凉快了。比起篾笆扇，电风扇方便得多，又不像篾笆扇那样花费力气，需要使劲地摇晃。渐渐地，人们便淡忘了父亲编织的篾笆扇。

可是，每到夏季来临，父亲仍会埋头编织他的篾笆扇去卖。虽然他的手艺越来越精，但生意却一年比一年难做。即便是大热天，仍是几毛钱一把，已是少有人问津了。有一次，父亲早早地背起了一摞扇子，去小镇上卖。到了晌午才回家，可扇子却一把也没卖掉，他把扇子往桌子上一甩，骂道："这扇子没卖头了！"

这时，父亲坐在凉椅上闷闷不乐，我知道父亲的脑子还没转过弯，心里觉得有些好笑，就走过去对他说："爸，你就知道埋头织扇子，也不想想现在人家都买了电风扇了，哪个还需要这土扇子？再说，现在我们家又不是那几年，根本不缺你卖扇子的钱了……"听我这么一说，父亲抬起头来笑了。

第二天，我从小镇上买回了一台落地扇，照着说明书安装好了，插上电源，电扇呜呜地转动起来。父亲站在电风扇前，笑呵呵地说："这风可大哩！"

这些年，我在城里生活工作，每每到了夏天天热的时候，在装有空调机的屋子里，我心里都会想起父亲当初织篾扇的情景。现在，在家乡，家家户户早已买上了电风扇，装上了空调，但每到夏天，我的父亲仍不会闲着，他戴着老花镜还在编织篾笆扇。此时，他的篾笆扇多是用来送人的。他常说："人啊！总不能忘记过去。"

麦秸扇的编法

陈理华

夏季将至时，商店里的扇子也慢慢开始上架，但大家往往都不会去买，并不是买不起，只是当农人们一看到成片的麦田里麦浪滚滚时，就好像看到上天赠予的使人凉爽的扇子了。

麦收后，被打去了麦子的麦秸就会被一大捆一大捆地捆起来，小山样的大捆麦秸被长长的串担挑回家。

晚上，一盏昏暗的煤油灯下，家里的妇女和小孩就在那儿忙着把麦秆最上端的麦秸用剪刀节节剪下，再剪去麦穗头。剪下的麦秸秆，一尺多长，被一小捆一小捆地绑扎起来，挂在通风处晾干，以防发霉。这些一根根如银针一样白的麦秸秆就是用来编麦秸扇的。

编麦秸扇说简单也简单，说难也难。编时要用两根细细的竹扦子固定其宽度。扇辫子编长了一段，就得小心地把那两根在辫子的竹扦子拉上来一些。如此反复，直到把扇辫子编完，才会把那竹扦子去掉。打辫子的方法与女人梳辫子一样，呈人字形，编到竹扦子处绕过竹扦子回头。麦秸扇常用五根麦秸和七根麦秸来编，但有的人为了好看，不怕麻烦地用到九根麦秸。麦秸用的根数越多，其扇辫子就越精致、厚实。

麦秸辫打长了就卷成一卷，中间留有一个小洞洞，从里面穿一根麦秸或是线头，将其绑住，免得散开。

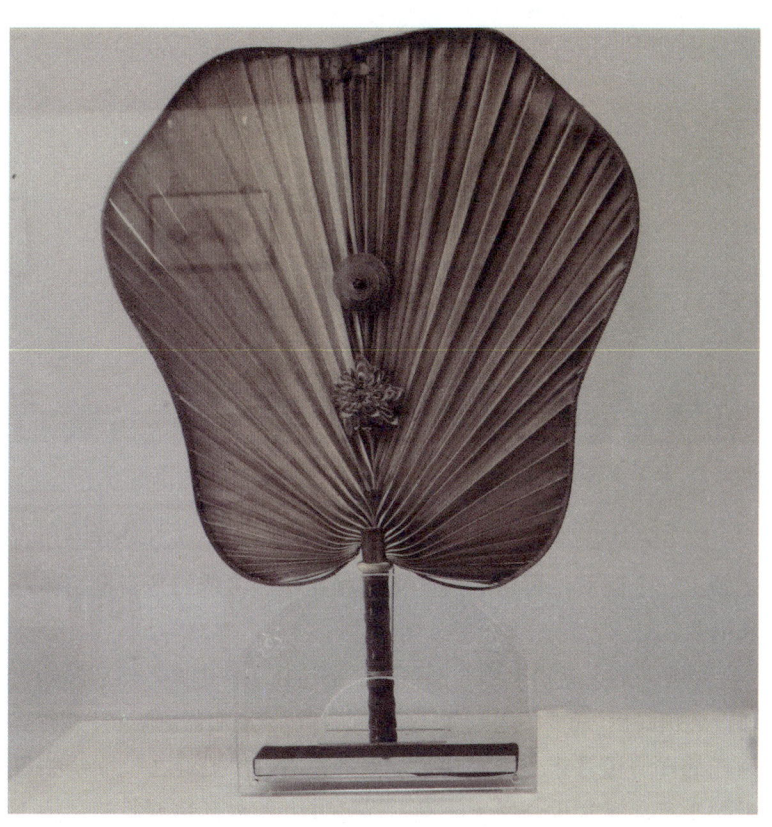

清中期 芭蕉扇（苏州博物馆）

然后的工序就是缝扇子，这时一般选用苎麻做成的线。这线一来比较牢固，二来其颜色也与麦秸辫差不多，做起来的扇子美观大方。

开始做时，要把麦秸辫的头往里轻轻一折，再沿着那个折头打上一小圈，把头盖住。然后用针密密地缝去，缝完这圈，把麦秸辫沿着原来的圈再打上一圈。如此，一直缝到你认为扇面够大时，再把麦秸辫头收到钉扇柄处，这样一把麦秸扇面就完成了。有的人会在钉扇柄的地方把每圈的麦秸辫多叠些进去，这样的扇子做出来就是椭圆形或桃形的。

清 象牙全镂折扇（苏州博物馆）

接下来是做扇心。扇心用的是小块的布头，有人还会在一块布上画上一个圆圈，再用彩线绣上各种花草。常绣的是石榴、荷花和梅花。

绣好花后，就沿着那个圆剪下，把边往里冒进些，然后开始锁边。边锁好后，还要沿着边绣上一圈的花边。扇心做好后再做扇托，扇托的样子像月牙或等腰梯形，两寸左右。一般会在上面绣些可爱的小草，有时也会绣上一朵一朵小花儿。扇托也要收边，边上也要绣花，扇托和扇心一样要做两个。

有不爱绣花的，就把各色布剪成三角或其他形状，很艺术地用线拼接起来，这样做成的扇心也很漂亮美观。

将做好的扇心和扇托缝到相应的地方后，就要开始做扇柄了。扇柄用的是毛竹片，宽约一寸，长约一尺。扇柄的两头要削得圆润，钉时扇柄要高出扇准心约一厘米，在正扇心处往柄的两边轻轻地砍进一个坎，这样缝扇柄时就往这地方缝线。做了这一切后，从中间破开到扇面的半圆处，用柄夹住扇面开始钉。

在扇底的扇托处也要这样砍两个小坎，再用线缝好。这时，一把古朴又美观的扇子就做好了。

当然，村妇不仅仅做麦秸扇，她们还会做棕扇。做棕扇的时节是在春天，也就是棕叶子刚长出一尺余长时，趁其未老，还未完全张开，将棕叶砍下后，放在锅里煮熟，然后挂起来晾干。要做扇子时，再把这棕叶拿来，剥去外面一层的皮，把里面的棕叶一片片撕下来，扯去叶片边上那根硬硬的梗。再把叶片用锥子撕成一条条的，用来编扇辫。其他的做法与麦秸扇相同，就不再一一描述了。

夏日炎炎，酷暑难耐时，农家妇女也是闲不住的，大家手头各拿有一把麦秸扇坐在青石板做成的台阶上，摇将起来，用以驱暑纳凉，自然也少不了东家长，西家短。闲谈中，听到了许多奇闻逸事，或是说到好玩的话题时，咯咯咯的笑声便漾开来，村庄的上空几乎都被笑声铺满。尤其是在仲夏日的晚上，做完农活后，大男人们聚在一起，麦秸扇一摇一摇，红红的烟头儿在深蓝色的夜空下也诗意地起起落落，借着凉凉的风，他们在那里共话桑麻。圆圆的扇子在月光下一闪一闪的，像蝴蝶的翅膀，又像盛开在风中的花朵。

只可惜，随着社会的发展，人们的生活也悄悄地发生了变化。麦秸扇也在我们的生活中渐渐淡出，取而代之的是电风扇、空调，偶尔在商店能看到些扇子，也是被制作成了精美的工艺品，束之高阁。人们再也不用亲手做扇子，摇扇子了……

但我还是很怀念从前老老少少的女人们，或挤在一个大厅里，或参差不齐地坐在青石板的台阶上，用一双双巧手编着扇辫，削着扇柄；要不就是大家聚在村尾的亭子里，有的在做扇心，有的在缝扇托，那份恬淡与悠闲，是平淡无奇的农家生活的点缀，指指点点里还总有些让人预料不到的收获，因为不知不觉间，又偷学到了别人的手艺！

清院本 《十二月令图轴》（二月）

清 许良标 《芭蕉美人图》（局部）

编织

biān　zhī

概说

编织也称『编结』，是人类最古老的手工艺技术之一，一般是由两条具有一定韧性的条状物通过经纬相交勾连组织起来。我国古代一直是将植物的枝条、叶、茎、皮等加工后，手工进行编织，并且在大量的编织过程中创造出了丰富多彩的图案。

● 历 史

我国编织的历史由来已久，据《易经·系辞》记载："(伏羲氏) 作结绳而为网罟，以佃以渔，盖取诸离。"可以看出在原始社会，人类即以植物韧皮编织成网罟（网状兜物），内盛石球，抛出以击伤动物或者用网渔猎。传统编织以草编、条编、苇编、竹编等为主，在浙江河姆渡文化遗址中，发现了"人"字纹的苇席残片，纹理清晰。在半坡村和庙底沟新石器时期遗址中，人们发现很多出土陶器底部都有编织花纹，这说明当时的人们在做陶器拉坯的时候已经用上了苇席做铺垫材料。《礼记》所说"天子之六工"，其中就提到草工，说明当时拥有编织技艺可以作为正当职业谋生。

春秋战国时期，编织方法多样，主要有斜纹编织法、长方形编织法和盘缠编织法，可以编出人字纹、多角形空花方格十字纹、矩纹及条带纹等几何形纹。这些编织方法及花纹，在今天的编织工艺中也经常采用。《小雅·无羊》中有"何蓑何笠"之句，指的就是用草做成的蓑衣和用竹篾编制的斗笠；《召南·采蘋》中有"于以盛之？维筐及筥"，《召南·摽有梅》有"顷筐塈之"，可见当时用竹篾编制的筐来盛载粮食、果物、桑叶等，已是很平常的事了。这时的编织物品种已非常丰富，主要有席、扇、帘、篮、篓、筐、笥等。

汉代编织技艺已经非常成熟，人们可以编出兼具美观和实用两种功能的大型家具。《说文》："蔺草可以为席。"《范子计然》："六尺蔺席出河东，上价七十；蒲席出三辅，上价百。"上好的席子甚至可以算得上奢侈品。草编在民间也有广泛的应用，如草鞋、草席、草扇、蒲团、草帘等。这时还出现了竹编，编织物品增加了箧、箪、笼等。

隋唐时期，经济文化繁荣，编织技术也有新的发展，编织物品不只用来穿和住，还被用到其他方面。如唐朝李贺《江南弄》诗中提到："水风浦云生老竹，渚暝蒲帆如一幅。"可见船帆也用蒲草编织。取材也在原有的基础上有所增加，如长江流域一带水生植物繁茂，野生的黄草、苏草、席草（水毛花）、金丝草、龙须草、蒲草等植物，大多纤维坚韧、草茎光滑细软，易于编织。诗人韩偓在《已凉》一诗中提到："碧阑干外绣帘垂，猩色屏风画折枝。八尺龙须方锦褥，已凉天气未寒时。""八尺龙须"就是使用龙须草编织的席子。这时的编织已具有一定的规模，有些地方甚至成了著名的编织产地，如广东的藤编，河北沧州的柳编，山西蒲州的麦秆编等。编织工艺也更加精美，有花鸟鱼虫等图案。

编织真正兴盛的朝代是宋朝，编织技艺被广泛地应用于人们的生产和生活中，还出现了专门的编织部门。在张择端的《清明上河图》中，随处可见头戴草帽的百姓。宋朝社会崇尚典雅自然、清新朴素的审美风格，据《宋会要稿》记载，此时编织家具在市场上极其流行，已经形成一种风尚，较为闻名的有扬州莞席、苏州席、常州龙凤细席、温州竹丝灯、袁州竹鞋、宾州藤桌灯等多种器具。

明清以来，编织工艺在民间的发展逐渐走向作坊和工厂化生产，宫廷工艺与民间工艺之间形成了较为明显的分界线。宫廷编织技艺更加高超，在编织的基础上大量使用漆艺，使得编织物成品更加精妙绝伦，但物品的实用性功能减弱；而民间工艺在天然植物的编织方面更为擅长，各项实用的编织物层出不穷，例如明清时期的广州盛产一种槟榔席。屈大均在《广东新语》中记载："……槟榔席，皆席之美者。槟榔，山槟榔也，叶如兰，大三指许，长可数尺，淡白中微带红紫，绩为布似葛而轻，亦可做席。人知粤多奇布，不知有槟榔布与槟榔席也。"这说明民间编织创作不拘于形式材料，百花齐放。

● 制作工艺

编织的传统工艺手法沿袭到今日大约分为七个步骤。以草编为例，第一步需要选取合适的材料，选取的茅草以老而长为宜，坚韧没有水分，颜色自然发白，直径在五毫米以下，长度六十厘米最佳；第二步上色，根据设计图要求，将选好的茅草涂上需要的颜色并放在通风处自然风干，避免阳光暴晒；第三步浸泡，将上色过后的茅草放入沾满水的器具内浸泡一段时间使其柔软易于弯折，有的地方编织则没有这个步骤；第四步编织，这是整个环节中最重要的一个步骤，最基本的技法包括编辫、平纹编织、花纹编织、绞编、编帽、勒帽等工艺；第五步熏蒸，编织出的成品在擦洗过后放入熏室门窗密封，在容器内用硫黄点燃熏蒸两个小时；第六步晾晒，熏蒸后的编织品需要晾晒定型，并且可以去除水分，不易发霉；第七步刷漆，晒干以后，为了编织品的经久耐用，往往会刷一遍清漆，增加亮度、美观好看的同时也不易褪色。

文化意义

编织作为我国传统的手工艺，历史悠久。编织物最初以实用为主，在发展的过程中，逐渐增加了审美功能，并且与文化相结合，形成了丰富的文化意蕴。

编织物主要有生活用品和生产用具等，如席、垫、篮、篓、屏风、椅子、摇篮等，这些编织物品在生活中被广泛应用。

编织工艺品不仅具有实用价值，还具有审美价值。不同的编织技法可以编织出各种各样的花纹和造型，不同的编织材料和颜色的搭配，甚至可以编织出立体的美感。编织工艺体现了劳动人民的智慧和创造力。

编织工艺一定程度上反映了各个时代与地方的特色。编织记录了时代的变化，展现了我国深厚的传统文化底蕴。

晒谷席的制作

陈理华

从前,农村每家每户都有几张晒谷席。当金风吹开了野菊,吹黄了树上的叶子时,田野的庄稼也就顺理成章地熟透了……

忙忙碌碌的秋收中,一直被放在墙角的晒谷席开始被驮到禾坪上,一领领地铺开,这一铺就铺出了人们的幸福与满足。大家把从田地里收割来的金黄金黄的稻谷倒在谷席上,用禾耙均匀地耙开,摆成一块块整齐的长方形,就像是七仙女下凡时带来的云彩。那竹子做的晒谷席,转眼间,就在晒场上幻化出了一片金光灿烂的新天地。看着晒场上一片醉人的金黄,闻着扑鼻的麦香,喜悦自然就爬上了眉梢。这时节,总让人心驰神往。

晒到中午时,是要去翻翻谷子的。掀起席子的一角,谷子自是被掀过一半,然后再对角折过去,谷子隆起时就变化出一个精美的菱形,然后再用谷耙把谷子摊开,这样就翻晒好了。一卷卷谷席卷起放下,如一道道帆在细浪中航行,又如古朴山村的小调,看着还有点温馨、幸福呢。

到了夕阳西下时,妇女们开始去收这些谷物了,那又是另一番景象。只见一个身姿婀娜的妇人,弯下腰,伸出手,把谷席一头的竹节拿起,随着妇人的手越提越高,那谷席的半边就向内卷了起来,随着四个角都被卷了一遍后,原先平铺在那里的谷物被集中起来,如马王堆里出土的金块,等着被主人收到箩筐里去。谷席上的谷物被收净后,妇人会蹲下伸手将谷席从这头向着那头飞快地卷去,整个人也跟着谷席往前而去,卷好后,把原先就捆在席子正当中的麻绳,拦腰一绑,竖将起来。晒谷席卷起来时就像一门大炮筒,六七斤重,一般放置在屋檐下。用竹席晒谷,不仅干净,而且有着别具一格的风情。

但随着社会的发展,从前的禾坪变成了水泥坪,晒谷再也不需晒谷席了。那些曾经的晒谷席已经退到了历史的角落里,很难找到它们的身影了……

晒谷席的制作要经过砍毛竹、劈毛竹、破篾、编织、收口五道工序。

在闽北山林里,到处都是郁郁葱葱的毛竹,农人们也就因地制宜,都用毛竹来编织晒谷席了。等到要做篾时,家里的男人会拿着砍刀到竹山上砍下一两株。毛竹的选材也是有讲究的,一般以两到三年的毛竹为佳。这是因为当年生长出的毛竹太嫩,做出来的晒谷席不耐用,容易破损;三年以上的毛竹又太老,缺少弹性和柔韧性,破篾和编织时,易断,易裂开。

男人将砍下的毛竹劈去枝叶,斩去竹尾后驮回家。先用米尺量出要做的晒谷席的长度,再依尺寸(一领晒谷席,一般是宽三米左右,长五米左右)锯断。锯断后的毛竹用刀锋在每个竹节处刮一圈,这是为了将节上突起的部位刮平。

劈毛竹,也叫破竹,即把锯好的毛竹对半劈开。劈竹时拿起毛竹的大头,竹尾一段还放在地面上,破竹人左手托住毛竹,右手拿刀,一刀砍在毛竹头上,再用一根木棒敲打刀背。待毛竹裂开一段后将它放在地上,一只脚踩在破开的毛竹片上,一双手掀起毛竹的另一片,用力一提,节节裂开的毛竹,会发出啪啪的声响。那奇特的声音,会把鸟雀吓得惊慌失措地飞向村后的山林。毛竹节所发出的啪啪响声,像放鞭炮一样,据说鞭炮就是由破竹而来的。

将破成两半的竹子拿起一半来,再依法破成两半,然后按要求的宽度再把竹子破成小条条的竹条。破好的竹条，先除去竹虎，竹虎就是竹子里层的竹黄。竹黄是不能用来做篾的，从前村民把它一捆捆地捆起来，放在那儿晒，干了后，把它当作柴草来烧，或是放在马桶边，拗一段用于擦屁股。

去掉竹虎后，就要开始破篾了。破篾是一项技术活，篾刀一定要锋利，握竹条的手要松紧有度，拿刀的手要稳和准。刀若不稳或不准，破出来的篾不是厚薄不均，就是会在当中破断。

破篾时一只手握在竹片头约两寸的地方，另一只手拿篾刀，对准竹条头，将刀吃进竹条子里去，然后将握刀的手退向刀柄处，把竹青那一层破开来。当篾头破出五六寸时，上层的一片篾就用牙齿咬着，并用点力，让手里的刀将篾拉开。然后，握竹条的手和咬竹篾的嘴，配合着握篾刀的手，就这样沿着竹子的纹路一路破将下去。随着手与刀的前行，当篾达到一定长度时，嘴就要松开，咬向下一段，如此反复，直到一条篾破完。

第一层篾青破起来后，再接着破第二层、第三层。一般来说，做晒谷席时，一根竹条破到三片篾就行了。破好的竹篾，一条条的要放在钉在板凳上的过刀上过一次（过刀是固定在板凳一头上的两把刀，各宽约一寸，长约两寸，刀锋相对，呈八字形），把某些特别锋利的边削得圆润些，并把过宽的部分削除，这样篾条才会宽窄均匀，编织时不容易刺破手指。如此，编织起来的晒谷席才会交压得紧凑，平整到密不通风，且结实、耐用、美观。

破好篾条后，用手将十几条篾条抓住一头用力地抖甩几下，把竹条抖活后，再将篾条圈成圈，放到水里浸一会儿，用以增强弹性和柔韧性，如此，生硬的篾片会变得柔软，更好编织。浸过水的篾捞起后，抖直，挂在柱子的钉子上，等待着编织。

编织时，先将晒谷席的经线一条条地平铺在平整的地上，然后编上纬线。一般来说都是采用压二挑二的编织方法，在拾取经篾时，篾匠整个人蹲在地上，一只手取经篾，一只手握篾尺，那篾尺随着插进拾取的经篾里。当全部的经篾取完后,送入纬篾一条,随即抽出篾尺,再用篾尺将纬篾打紧。而后又用同样的方法拾取经篾,这次所拾取的经篾与前次相比在横向上要移动一根篾的位置。这样每编织四根纬篾,经篾所拾取的位置就需要移动四根篾而回到原来的位置,如此循环就能编出压二挑二的人字形花纹晒谷席。

　　整条晒谷席编好后,就开始收边。收边时要将席子翻一圈,正面朝下,反面朝上,先在谷席的两边各放一条细棕绳,等着用篾头埋进。细棕绳放好后,将那些做纬篾的头弯过来包住棕绳,而后把篾头插进篾席的人字纹理中,把那条棕绳包得严严实实的,这样晒谷席的边也就收好了。晒谷席边包好棕绳后,一来在卷席子时更有弹性,不至于把篾席折断;二来,也让席子更耐用。

　　晒谷席的边收好后,就要着手收晒谷席的两头了,谷席两头不需要埋细绳。先将那些篾头插入谷席的纹里,再找来两根刀柄粗的毛竹,截取长度比晒谷席的宽度长一尺,破成两半,两头各留出五寸。再用细绳在每隔四五寸的地方扎上一次,将谷席头扎得紧紧的。最后在晒谷席的正中间留下两段长一尺多的棕绳。晒谷席不用时,就可以卷成一筒,用晒谷席头上系着的两根绳子将整床晒谷席捆紧。晒谷席两头各留出的五寸竹子,一是为了搬拿晒谷席时更加方便,二是晒谷席靠在墙上或壁上时,有这两根竹子做谷席的脚,就算遇上再潮的梅雨天,谷席也不会发霉变坏。

　　手艺好的人从破篾到编织一天就能完成,可是现在,这种祖先流传下来的手艺,因为人们不需要它了,就被岁月给淡忘了。一种农具一旦失去它的作用,谁还会花时间去做呢?所以现在除了老一辈的人,年青一代几乎没有人会做谷席了。

竹篮子制作技艺

● 陈理华

竹篮是一种常见的家庭用品，主要是用来盛放物品的。闽北竹多，劳动人民以竹为原料，制作出式样各异、功能完备、用途广泛的竹篮。竹篮子制作是在父子相承、师徒相授的传统学艺方式中历经千年的传承，逐渐发展起来的。竹篮是民间习以为常的普通用具，即一只普通的竹篮，也往往集多种功能于一身。

竹篮种类繁多，有担篮、箩篮、鱼篮、蟛鲺篮、捡螺篮、菜篮、淘米篮、布篮、摇篮、女红篮、香篮（专供烧香用的）、花篮，等等。或精美绝伦，或古朴简单的竹篮子，让人类的生活更加便捷与舒适。

竹篮的编制，要经历砍竹、破篾、编织等工序。手巧的还要在篮子上编织出许多花色，讲究的还会画上花鸟，写上文字。

不同的竹篮形态上也各有差别，有大的，也有小的，有方的，也有圆的，都是根据个人的喜爱和手艺来选择的。在制作方法上，可分为挑压编、拉花编、实编、空编等。

编篮是个集力气与技巧于一身的活儿。篮子都是从篮底开始编的，看篮子的大小准备好竖身篾，像中等大小的篮子，有12根篾就够了。编的时候按每组2根相并，排成6组，从矮的中间起编，采用挑二压二的编织法，顺序交叉成六角眼后，再由里往外一圈一圈编织成三角眼。完成6圈后，将所有篮身的

吴昌硕 《富贵多子寿考图》

篾全部编入，篮子的底部便完工了。用这种方法编起来的篮子，其篮底和篮身都呈六眼的花纹，很是精致大方。猪笼也是采用这种六眼编法来编的，只是猪笼的眼要比篮子的大好几倍而已。

也可以单根为一组。先用两根叠加成十字，其交叉点在篾的正中间，其后依次在这个点上叠加篾，每根篾之间形成一定的夹角，最后叠成一个呈放射状的图，也就是篮子底部最基本的架子。架子搭起来后，从中间起编，用压一挑一法将篮底的经篾挑好，缠上一根较细一些的竹篾，可连着缠上三五圈，目的是将这些底部的经篾固定，便于后来的编织。

在起篾处先用一根低的经篾从那儿开始，也按压一挑一的方法用早就破好的篾丝去编，一直按着这个方法一圈圈编去，直到把篮子底部编成一个圆。篮底够大时就准备收篾了，将篮翻转，使原来的底部朝上，正面朝下。

在编织篮身时，将篮底的每根竖身篾全部竖起，在竖身篾距顶端五六寸的地方用一根细绳扎起所有的竖身篾，让篮底和篮身间形成一个灯笼状的框架。编织纬篾时还是按压一挑一的方法进行，用两根篾沿着那经篾一路编织下去。这两根篾编完，再接着加入另外两根篾，编到一定高度后就要解开刚才在顶部扎经篾的绳子，再继续编，直到编成一个呈喇叭形开口的篮子，或是微微束口成荸荠形的篮子。这样编起来的篮子简单、随意，没有过多的装饰与设计，清雅中透着竹材的机理，处处体现出一种古朴的风韵。一般农家都爱用这种篮子，因为它没有什么花活，一学就会。

收篮口时，将篮子的经篾收起，插入篮身中，然后再放篮子的口夹。这时得先把篮身校正，用左手捏拢，右手把篮身的口夹放入，再把朝里面倒的每根经篾依次间隔三档，由里往外以挑压法穿插入篮身，使口夹固定在篮身的上沿。

另一种收篮口的方式是不用上夹口，而直接将篮子的经篾在篮身上方转半个身，然后从前面一根经篾处插入篮身，如此循环，

肆　编织生活的技艺

直到把所有的经篾插完。再用一根长篾由里往外以挑一隔一法或隔二挑二法，从篮口的经篾处穿过篮身，再从下一根经篾处插入，如此绕着篮子三到四次就成了。

编好了篮身后就要插篮子提手了，简单的提手就是用两根宽窄适宜的竹篾青，篾的两头各削成箭镞状，而后将这两根做柄用的篾放到火上去烤。将篾烤软后用力拗弯，篾青上泛着青青的一层油，这时趁着竹篾还没有冷却就要将两根篾在顶部互相缠绕两次。做好这一切后，将篾柄箭镞状的两头插入相应的部位就行了。如此，一个好看美观的篮子就算是大功告成了。

普通花篮的编法是用九根经篾铺开，再加上一条略粗的呈圆形的篾条做篮箍，从一头开始横着编，也是用压一挑一的方法进行。当篮子编到一尺余长时，将底部两头的五根经篾向上折，折成一个六十度的角。再继续向上编两寸许，这时要将两头最上边的各两根经篾收起，余下五根经篾做篮子提手。两头各五根用以做提手的经篾，沿着篮口上方继续用纬篾编约两寸，然后，两边又收去各一根，这时只剩下三根经篾了。这两头的三根经篾再继续向上编一寸许，而后就着三根经篾捆在一起，用篾紧紧地、一圈圈地缠绕上去，到一定的高度后，将两头的经篾接在一起缠绕，而后将那缠绕篮手的篾头很巧妙地藏匿起来。它是通过层层交织、叠压而成的，这样编起来的篮子，提手与篮底的宽度正好形成一个好看的弧形，整个花篮就编成了。

不过可惜的是，现在竹篮已经渐渐淡出了民众的生活，成了人们的一种记忆。只有偶尔在水果店才能看到竹篮的身影，但也大多粗制滥造，品相不佳，不得不说是一种遗憾。

篾匠二哥

● 张清明

篾匠二哥是隔壁生产队的远房本家，跟我同辈，因排行老二，所以叫二哥。

以前我们也认识，他常在集市上赶场，偶尔遇见我们母女俩，每次都看见他身边放一些竹制的家什，很好看。母亲说他是做手艺的人——篾匠。他对母亲很尊敬，总是"二婶，二婶"地叫着，有时候也叫我一声妹子。我有时很不好意思，他比我大那么多呢！

二哥家里的儿女比我小不了多少，记得他说家里有一儿一女，大的是女儿，小的是儿子。为了给儿子建楼房、娶媳妇，所以经常做篾活去赶集，有时也被人请到家里去做。做的都是农村人用的背篓、箩筐，淘红薯、洋芋用的竹篓，灶头用的筲箕砧子，也有嫁女儿必须有的篾活，床上的竹席，等等。

我记忆里，二哥有两次被母亲请来家里做篾活，一做就是好几天。本地只有二哥的手艺好些，做工精细还耐用。

第一次见他来家干活，大清早的背了一个背篓，手里提了几把绑在一起的锯子，母亲先让他吃早饭，三下五除二解决掉，他就钻竹林去了。找那些青壮年竹子砍，说是老竹做篾活不耐用，但他也把一些老竹子给砍了，说是好让新竹发笋子，每一篼竹子选青壮年的留一两根。二哥说我母亲会选季节，上半年好砍竹，下半年新笋子长高了就不能砍竹子了,将砍了的竹子拉出去就会祸害新长成的竹笋。每次砍完竹子剩下许多竹枝、竹尖、竹头,干了可以做柴火。

竹子砍齐了,要分类锯竹、破竹。只见二哥把他的全部行头拿出来,一字排开,从大到小不下十几把专用刀具,那些大到可以杀猪,小到可以绣花的篾刀,很让我好奇。破竹先破宽,再窄破;起篾片、分篾丝……篾片像变戏法样在他手里上下翻飞着,起的篾片分厚薄,有薄如蝉翼的,细如灯丝的。薄的篾片用来织凉席,细丝用来织筲箕、篾箩等。

乡里请匠人算工钱,做一天算一天,你却不要以为二哥会磨洋工,家里哪怕一个人都没有,割猪草、打柴回来后,只见地上板凳上到处是一摞摞的篾片和篾丝,谁磨洋工能磨出来那么多活呢!二哥是勤快人,不会磨洋工,他说要对得起主人的三顿饭和工钱,更不能坏手艺人的名声。

把竹子锯断破开后,将框架篾用火烤好,其余活都是细活,可以坐着边干活边聊天。二哥的话特别多,从东聊到西,再从南说到北。也有不务正业的人来跟他搭话,他会说些讥诮话取笑人家,眼睛眨个不停,背过身去跟另一个人偷笑,那个人也心领神会地跟着乐。

二哥也喜欢抽烟,嘴里叼根小巧的叶子烟杆,丝毫不影响手上的活计,只在换烟丝的时候或想吐口痰的时候才拿下来。不抽烟的时候,边吹口哨边织篾活,他是那种不让自己歇空的人。二哥的手艺特别好,织的篾箩高矮方圆适中,篾席纹络秀美,丝毫不乱,筲箕小巧玲珑,令人看着舒心。我最佩服的手艺人也不外乎如是了。

不明白一个大男人怎会有如此巧手?有次没事时问他,他把手掌摊开来让我看个仔细,却见满手的老茧和被篾片划破的痕迹。哪是什么巧手,分明是伤痕累累、沟壑纵横的一双劳动人的手。二哥说,任何手艺都需要功底,他只是工多艺熟罢了。

乡里妹儿出嫁前，娘家陪嫁的东西可以说是事无巨细，其中床上用品也有竹制品。出嫁前，母亲又请二哥来给我织篾席、编箩筐，这也是我最后一次看见他做篾活。我记得那床陪嫁篾席编织得很精美，二哥说可惜没有腊篾，如果早有准备用篾编凉席，会管用一辈子的，当时还说我以后发财了别忘了他！后来每次看见那床篾席就想起他眯着眼笑的样子。只是，那床凉席后来在老家的瓦房里，被漏下的雨水给滴烂了。

老家的老乡亲们如今很难见一次面，有些进城了，有些搬迁了，有些跟随着儿女们，很少有住老家的人。篾匠二哥也多年不见了，如今的我已年过半百，不知二哥还好吗？

❀ 喜箩

制皂

zhì zào

概说

肥皂最早产生于西亚的美索不达米亚，有三千多年的历史。我国劳动人民很早就知道利用草木灰和天然碱洗涤衣服。人们还利用猪胰腺加工出皂块，称为『胰子』，时至今日，仍有些地区将肥皂称作胰子。乐亭县新寨镇猪胰子制作技艺于2013年入选河北省第五批省级非物质文化遗产名录，这项技艺的传承也得以在现代发扬光大。

● 历史

清洁是人们日常生活中不可或缺的一部分，我国的清洁用品也有漫长的发展史。在发明人工清洁剂之前，我国劳动人民已经知道在植物中获取天然的清洁剂。

商周时期，人们就发现淘米水可以用来洗头洗脸。《礼记》记载："沐稷而靧粱。"沐是洗发，靧是洗脸，稷、粱都是粮食作物。这是因为淘米水中含有淀粉，而淀粉是长链结构，具有亲油性，且链上有醇羟基，这种亲水性化合物结构类似于表面活性剂，所以能够被古人用来洗漱。

古人还在草木灰中寻找到清洁衣物的方法。《礼记·内则篇》说："冠带垢，和灰清漱。"意思是系帽子的带子脏了，就和着草木灰洗。这是因为草木灰中的碳酸钾能去除油污。据《考工记》记载，古人为使丝帛柔软洁白，将丝帛用草木灰水沾湿后，放入贝壳烧成的灰，加水浸泡。这是因为草木灰水和贝壳灰可以发生反应，产生强碱——氢氧化钾，直到现在，我国有些地方的农村仍然沿用此法。

我国居住在黄河流域的原始先民还从河边寻找到一种长圆形或椭圆形的棕褐色果实，他们惊奇地发现，其对祛除污渍有极好的效果，这种果实就是皂荚。随后一部分人自黄河迁徙至长江流域，却没有在这里发现皂荚树，直到人们找到一种和皂荚有着类似功效的黄色圆形果实来替代，给它取名为皂果，也就是我们现在所熟知的无患子。这两种植物在相当长的一段时间里都充当着洗涤剂的角色。

皂荚的使用历史悠久，在西汉市场上是常见商品，但价格昂贵，《范子计然》说上等皂荚一枚值一文钱。当时柏子仁下等每斤十文，可见售价不低。汉朝的《神农本草经》将皂荚列为下品，说其具有祛风痰、杀虫、解毒的功效。据魏晋时期的《名医别录》记载，皂荚可以作为沐浴用品，使用方法为捣烂后放入水中，所含的皂苷能产生泡沫，有很强的去垢能力。唐朝《新修本草》指出："此物有三种，猪牙皂最下，其形曲戾薄恶，全无滋润，洗垢亦不去。其尺二寸者，粗大长虚而无润。若长六七寸，圆厚节促直者，皮薄多肉，味浓，大好。"不过使用方法没有创新。直到唐朝时，皂荚依然是昂贵的清洁用品。唐人陆勋在《志怪录》中记载了这样一件事：乾符三年的一个冬天，有宫人外出上坟，欣喜地摘了一笼皂荚带回宫中。这个故事从侧面反映了皂荚的流行和昂贵程度。使用时将皂荚捣烂成泥，榨取出汁，再用纱布包裹起来，投掷在沸水中煮开，等皂液煮开后就可以用来清洁了。对于当时的平民百姓来说，这还是相当奢侈的。

草木灰和皂荚都属于天然之物，只是经过粗略加工，真正的古法制皂始于猪胰。北魏《齐民要术》记载了猪胰可以去垢。猪胰含多种消化酶，可以分解脂肪、蛋白质、淀粉而去垢。不过未经过处理的猪胰不便保存使用，且成本高，因此，未能形成清洁商品。

澡豆的发明，是清洁用品的重大进步。澡豆始见于西晋，一般是将猪胰研磨成糊状，与豆粉、香料、药粉混合拌匀，制成块状，经过干燥后可用来洗手、沐浴。此时的澡豆可是十分珍贵的，富可敌国的石崇用琉璃碗来盛放澡豆。唐朝时，澡豆的制作工艺有了较大的发展，出现了多种配方，使用功能也增多。孙思邈就记载了11个澡豆方。澡豆用于洗手洁面，具有增白、润肤的作用。不过，澡豆中有猪胰浆，不能久存，所以，当时还没有市场销售。

宋朝时，澡豆作为清洁用品仍然在使用。《梦溪笔谈》："公（王安石）面黧黑，门人忧之，以问医。医曰：'此垢污，非疾也。' 进澡豆，令公颒面，公曰：'天生黑于予，澡豆其如予何？'"王安石皮肤较黑，门人以为他病了，就帮忙求医。医生看过之后说，没有病，是污垢，并送澡豆给王安石洗脸用。但王安石却说，我天生就黑，澡豆对我有什么用？

宋朝出现了类似橘子大小的"肥皂团"，直径1寸左右，个头很小，加入香料为香肥皂。明朝《鲁府禁方》中记载了一种香肥皂的配料及制作方法：藿香、甘松、樟脑、细辛、猪胰、白芷各1两，肥皂角（去皮弦子）半斤，研成末，用枣膏及汁做成丸，不仅能洁身、洁面，还能润肤增白。不过，这时的"肥皂团""肥皂丸""香肥皂"，还不是现代意义上的肥皂，只是用皂荚加工成的团或丸型清洁用品。

明清时期，制皂工艺进一步改良，出现了胰子。其制作方法是用猪胰与砂糖研磨成浆，加入天然结晶碱和少量水拌匀，再加入熔化的猪膏，继续搅拌、研磨，最后添加香料，压制成球形或块状固体。清朝末年，胰子已在店铺中广泛销售，品种按香型分，有桂花胰子、玫瑰胰子、檀香胰子等，所以被叫作"香胰子"。

文化意义

制皂技术作为古代人民智慧的结晶，体现了人们对清洁和卫生的追求。制皂不仅是一种传统工艺，其外形的变化和色彩的融入也是一种艺术创作的体现，承载着历史记忆、艺术美感等，具有一定的文化意义。

肆 编织生活的技艺

233

皂味

陈绍龙

左手大拇指摁住我的脑门，其余四指作环状移动，李老二像是围着四指挪动脚步。李老二是"鸡爪手"，细，白如菜梗，他的手触摸到我脸上的瞬间，一丁点的馨凉，让我一个激灵。剃刀就贴在四指的边上，"噗噗""噗噗"。我巴掌大的脸，全在李老二的掌控之中，好像一提溜，便能把我给拎起来。其时，我是纹丝不动地半躺在一张木椅上，安静得很。刀在项，哪敢造次。李老二也不止一次吓唬过我：刀呵，刀！我想，这是我一天里最乖的时刻。我双目微闭，假寐，脸的四周、项处，他用剃刀刮去我脸上所有的汗毛。不多一会儿，一股热浪缭绕在"噗噗"的节拍里，随之腾起的，是浓浓的皂香，药皂香。

李老二将热毛巾盖在我的鼻上，他这一盖，几乎将我的脸全给盖了起来。李老二的那条毛巾黑不溜秋的，想到这条毛巾天天搭在胡子拉碴的脸上，我嫌毛巾脏，鼻孔紧闭，张开嘴喘气。李老二似乎不急不慢的样子，热毛巾在我脸上焐得差不多了，才把毛巾揭开。他这一焐，估计我的小鲜肉还不跟煮熟的鸡蛋白似的，白嫩鲜红。他的剃刀又在我脸上"噗噗"地唱起歌来，这一次算是"复检"，动作潦草得多，看是否落下没刮尽的汗毛。这当儿，浓浓的皂香又随着这样的节律，围着我的鼻翼，翩翩起舞。

"起来！"看我复又躺下假寐，李老二以为我睡着了呢。刮过汗毛，头剃好了，李老二左手扯去我的围脖，剃刀入鞘，抖掉围脖上的碎发，右手朝我后背一拍，好像我这样惬意躺着的样子，让他不满似的。

　　又不是所有的时候都让我放松，李老二在给我剃头用剃推的时候我就会紧张。剃推会夹头发，疼，我又不敢发声，看我龇牙咧嘴的样子，李老二会小心地移开剃推，拧紧或是拧松剃推上的一个螺丝，再在剃推双齿的咬合处滴两滴煤油。剃推果然走得顺畅，不夹头发了。只是那煤油一时是散不尽的，凹槽潮湿，沾满碎发。煤油味很是顽劣，散发开来，将先前清爽的药皂香儿搅浑。

　　不过，李老二给大人刮脸的时候，就没那么潦草了。这当儿，大人是全躺下的。木椅下面有个机关，角度能调节。给大人刮脸的时候便调低角度，木椅近乎放平，大人躺下会更放松。那天我看李老二给秋大剃头。李老二舀出半瓢开水，将那条黑不溜秋的毛巾迅即在水里汆一下，捞起，拿起木盒里的一团锡纸在毛巾上擦一下，给毛巾打个把拧一下，拧的力道并不大，不滴水便好，转身便敷在了秋大的嘴上。给秋大刮的是铁硬的胡子，不是汗毛，水要热，敷的时间也长。看到李老二那条热气腾腾的毛巾，我是一个哆嗦，要是这么热的毛巾敷在我的脸上，那还不把脸皮烫熟了呀。老皮不怕开水烫，秋大好像很是享受这黑不溜秋的烫毛巾，而且他的嘴是合上的。过了约莫两分钟的样子，李老二拿过剃刀，掀起毛巾的一角，像是剥香蕉皮似的，刮一块，掀一块。不过，秋大刮过胡子的下巴，并不是一块白嫩油润的香蕉，顶多算是削了皮的紫薯。秋大在这坨"紫薯"上摸来摸去，拿过秋老二木盒里的镜子，把下巴抬起，在镜子面前左转两圈，再右转两圈。显然，秋大对自己的"紫薯"很满意。

　　就在秋大自我欣赏的时候，李老二已开始收拾木盒。首先他麻利地将那团锡纸装进木盒底层的格子间里。木盒是李老二装剃头

🌸 手工皂

工具的,有套层,中间有好些格子间,放有各式掏耳朵、修鼻毛的工具,仅掏耳朵的工具就有七八种。还有就是毛刷,像鸡毛掸子,只是去掸耳朵里的污物,一端是茸毛,在拇指与食指间拧动,当然比一般的鸡毛掸子要小得多。

"皂呢?"

"嗯?"

"药皂呢?"

"呵呵,早说呀……"

李老二反被动为主动,倒怪了秋大的不是,其实是他自己吝啬,已把药皂藏好,狡猾的家伙。秋大一手还捂着"紫薯",一转身,看李老二的剃头家什已收拾停当,哪还有药皂的影子。他只好用边上的毛巾在脸盆里洗个清水脸了事。

后来我知道了,那团锡纸是半块药皂。药皂红色,半透明状。它除了有皂香之外,还有股淡淡的中药味儿。中药味儿好闻,让人神清气爽。其实，我对剃头是有排斥的，躺在木椅上如此乖，差不多是药香的作用。只是这半块药皂被锡纸包着了，香味怕是不能完全释放。

　　锡纸是香烟纸。沾了水的药皂滑腻，像条泥鳅，根本拿不住。用锡纸包住之后，不滑，好拿。更重要的是，秋大要是逮住了那块药皂洗脸，他会在毛巾上"呼哧呼哧"地反复擦拭，这么浪费，那还不削除半层皮呀，这让李老二心疼坏了。这下好了，有锡纸包着，你用力，还有一层纸护着呢。每次剃头擦毛巾的当儿，李老二也轻描淡写地拿锡纸在毛巾上蹭一下，留个味儿，让你闻着这块药皂的皂味便可。知道了秋大的脾性，难怪李老二收拾木盒的动作会如此迅疾。

做鞋

zuò　　xié

概说。

鞋是日常用品之一，最初是保护人们的脚不受伤的一种工具，后来兼具舒适、美观等功能。早期的鞋子是由兽皮缝制而来，经过不断的演变，鞋的种类越来越繁复，制鞋的技艺也越来越高超，成为一门独特的手工艺技术流传下来。

● 历 史

鞋的历史相当悠久，在距今五千多年前的仰韶文化时期就出现了用兽皮缝制的鞋子。《周易》中有"履"字，《诗经》中也提到过："纠纠葛屦，可以履霜。"其制作方法是用小皮条将兽皮裹在脚上，这种鞋子被称为"裹脚皮"或"兽皮袜"。

在上古时期，不论何种材料制成的鞋，统称为"屦"。周代还设有"屦人"一职，专门掌管王及王后的各种鞋履制作。这时的鞋子是身份等级的象征，穿鞋也有许多礼仪上的规定。

战国以后，"履"替代了"屦"成为鞋子的通称。《晏子春秋·内篇杂上》："齐有北郭骚者，结罘罔，捆蒲苇，织履，以养其母。"可以看出，这时鞋子被称为履，而且制鞋成为一种职业，可以用来养家。

秦汉时期鞋的形制主要为方口履，且履的前端上翘，也被称为"翘头履"。男女之履在形式上相差不多，区别在材质上，女式履多用各种丝织品制作，男式履多用革或麻线制成。这时的鞋子材质有皮、丝、麻、葛等。

魏晋南北朝时期，鞋的变化是鞋面上出现了花样，或绣，或贴，或缝制。鞋的样式也多样，如重台履、笏头履、立凤履、五色云霞履等。这个时期社会动荡，南北大融合，思想也得以解放，不少人追求时尚与个性，甚至将新鞋弄破，露出脚趾，美其名曰"穿角履"。北方游牧民族喜欢穿靴，南方多喜欢穿木屐，一般百姓只能穿草鞋，南方多用蒲草编织。

木屐产生较早，南北朝时，木屐的制作技术有了较大改进。南朝诗人谢灵运喜欢登山，为了方便登山，自己动手设计了一双特别的木屐。这款木屐是连齿屐，亦称双齿屐，最特别的是前后的木齿是可以脱卸的。在长期的登山实践中，谢灵运发现，上山和下山时都是斜坡，身体会失去平衡，上山时将木屐的前齿去掉，下山时将木屐的后齿去掉，身体便能相对平衡一些。谢灵运发明的这种木屐被称为谢公屐，李白在《梦游天姥吟留别》一诗中就提到"脚著谢公屐，身登青云梯"。

隋唐之时，"生革之鞋"的"鞋"字又代替了"履"字，成为各种鞋子的统称，这种叫法一直延续到现在。从考古发现的实物来看，最早的鞋子是新疆楼兰出土的一双羊毛女靴，它的样子像一双袜套，分靴筒和靴底两部分。鞋子的面料有罗帛、纹锦、草藤、麻葛等，有在靴子内加毡的工艺，还在鞋帮绣上锦纹、虎头纹等。新疆曾出土一双高头锦履，鞋帮用变体宝相花纹锦制成。

宋朝及以后，缠足风气盛行，因缠足而催生的缠足履也出现了不同的形制，其尺寸缩小到三寸。缠足是一种对女性的迫害，不值得提倡。宋朝官员和平民的鞋子与前代基本相似，一般官员上朝穿靴，平民穿草鞋、布鞋、麻鞋等。宋元以后，棉布的大量生产，也促进了布鞋的普及。布鞋的普及催生了一种制鞋手艺的成熟——纳鞋底。纳鞋底技术出现较早，至少在东周时期已经出现。山西侯马东周墓中出土的东周武士佣的脚底已经有明显的纳线纹路的痕迹。

明清时期，对鞋式有严格的规定，不论官职大小都需要遵守制度。如明朝儒士生员可以穿靴，校尉力士当值时可以穿靴，外出时则不可。清朝文武百官和士人可以穿靴，百姓则很少穿靴等。清朝士人鞋子的面料有缎、绒、布等，一般百姓的鞋子有草鞋、棕鞋、芦花鞋、布鞋等。布鞋的纳鞋底技术发展到清朝已经十分成熟，出现了驰名中外的"千层底"双梁鞋。"千层底"布鞋以创建于咸丰三年的北京内联升鞋店制作的最为出名。其制作工艺有严格的规范，纳底时讲究针眼细、麻绳粗、刹手紧,这样做出来的鞋底不易走形。千层底布鞋轻便,穿着舒适,一直延续至今。

文化意义

鞋子在人们的日常生活中非常重要,历史上留下了许多与鞋子有关的成语和故事,如削足适履、刘备卖草鞋等。削足适履出自《淮南子·说林训》:"夫所以养而害所养,譬犹削足而适履,杀头而便冠。"意思是把脚削去一截来适应鞋子的大小,比喻不顾实际情况,生搬硬套。刘备是汉景帝玄孙、中山靖王之后,但因家道中落而成为普通百姓,自幼便靠卖草鞋补贴家用。

随着技术的发展,大部分鞋子都采用机械化生产,传统制鞋工艺使用得越来越少。传统制鞋工艺凝聚了古人的聪明才智,融合了编织、刺绣等技术,尤其是布鞋的制作,工序复杂,费时费力。制鞋作为一种传统的手工技艺,能够反映时代特色,是研究古代文化的一个重要方面。

明 仇英 《清明上河图》（局部）

扎鞋底

郑自华

现代人很少穿布鞋了，可我们那时候布鞋是标配。我家六兄妹穿的布鞋都是母亲做的。

做布鞋，关键是扎鞋底。母亲将废旧布洗干净，剪成和搓衣板大小差不多的布块，然后贴在搓衣板上，贴一层布，刷一层浆糊，再贴一层布，如此四五层即可。浆糊是用面粉做的，不能太薄，也不能太厚。然后把贴有布块的搓衣板放在太阳下面，不能暴晒。等布块干了，从搓衣板上拉下来，用熨斗烫一下，这样就有一定的厚度了。根据鞋的大小，在布块上面划印子剪下来，这个就是鞋底的雏形。

布鞋耐穿不耐穿，鞋底是根本。布块是不能直接做鞋底的，鞋底只有扎得结实才能使用。什么是扎？就是在布块上用线一针上一针下对穿，既不能太紧也不能太松。而结实不结实的另一个关键要看扎鞋底的线。扎鞋底的线要用麻线，麻线比一般的线要粗，有牢度。但麻线不是一直有的，母亲就自己做麻线。母亲将几根细的线并在一起，然后扣在吊锤上，旋转吊锤，细的线就成了麻线（平时我们说的拧成一股绳，就是这个道理），将麻线打结，这样麻线就制成了。据说，从厂里发的纱手套拆下来的线就可以直接当麻线用，不过，我从来没有看见母亲这样使用。

万事俱备，正式开工了。只见母亲用锥子在鞋底上轻轻戳了一下，用顶针箍将针穿到对面，然后一个反转，针又转到正面来。只看见线穿来穿去，只听见吱吱的声音在响，没有多少时间，一只鞋底就完工了。母亲扎的线就像缝纫机踩出来的，无论是横竖和斜向都是笔直的，犹如天安门前接受检阅的阅兵队伍，整整齐齐，看上去赏心悦目。我看不难啊，想着帮助母亲减轻负担，就试着也扎几针。见人挑担不吃力，由于用力不当，才一会儿工夫，我就折断了几根针，手上还打了疱，费尽九牛二虎之力，勉强纳的几行，针脚也是长的长，短的短，歪七扭八的。我突然想到，北方人叫纳鞋底，而上海人叫扎鞋底，这"扎"字用得太好，形象生动，一针一线不是那么容易扎过去的，是要用力气一针一针顶过去的，扎拖把、扎鸡毛掸子、扎扫帚，这些力气活都用到扎。

  鞋底完工以后，开始绱鞋。所谓绱鞋，就是把鞋面（也有称鞋帮的）和鞋底缝到一起。单鞋是圆口鞋，棉鞋是蚌壳鞋。鞋面也是母亲做的，就这样，一双漂亮的圆口鞋或者棉鞋做成了。母亲做的布鞋通爽，透气，舒适且轻便。布鞋穿几天以后要楦一下，所谓楦，是将木头做成鞋的形状，规格与鞋的大小必须一致，用工具将"木头鞋"塞进鞋里，实际上就是固定整形的过程，这样楦出来的鞋，穿起来美观、合脚。这还不算，穿一段时间以后，还要打鞋桩，在鞋底打上轮胎底，这个过程就像给马安上马蹄铁一样，使鞋子的寿命延长。不知是脚长得快，还是顽劣，没有多少时间，大脚趾就不安分地探头探脑，鞋子张开了嘴。于是，母亲又忙碌开了！

  几块废弃的布，几根细细的线，经过母亲神奇的手，成了我们脚下结实的鞋子。那鞋陪伴了我们的童年，并永远留在我们的心里。

母亲的针锥

张清明

躲在春的拐角，静待花开。冷清的日子里，总感觉缺少了什么，也许是在该团聚的日子里找不到要团聚的人。

回忆是根针，总会勾起我对母亲的思念。

俗话说：过新年，过新年，大人小孩穿新鞋。

新衣服，母亲早就让裁缝给我们缝好了，可新鞋呢？母亲却没那么多钱为一家七口人都买新的。

我们的新鞋全部出自母亲那双皱裂而又布满老茧的手。每到红薯成熟的季节，母亲每天都在挖地里的红薯养猪，红薯的汁沾在手上洗不掉，很容易开裂。母亲在那段时间还要在山上砍柴，荆棘扎得母亲那双手到处都是血口子，加上红薯汁沾着，一双手总像没洗干净一样，黑黄黑黄的，皱巴巴的伤口还时常冒血。

可就是那样一双蜡黄、皱巴巴又布满老茧的手，却给我们做了一双又一双精巧的新布鞋。在每个新年的早上，母亲把新鞋放在床前要我们试穿，眼里的那份欣慰溢于言表。

母亲做布鞋，离不开布壳。

布壳，是在农历六月六的时候打的。为什么要在六月六那天打布壳呢？外婆曾经说过，六月六那天是晒虫的日子，比如把鞋子和脚在六月六那天晒晒，脚就不会长"沙虫"，"沙虫"就是我们现在称的烂脚丫。

只有在六月六那天打布壳,布壳才不至于受潮长虫。如果非要找科学依据,我想,可能农历六月是一年四季中最干燥的月份吧。

做鞋必须用棉布,不然针扎不动。我们家,每年六月都要洗很多不穿的旧棉布衣服,撕成一块块的布,叠好放妥。母亲用细麦面熬成糊糊,在门板上一层一层地糊上去,用毛刷刷平整,布壳只需要三四层布即可,放在太阳底下晒干。母亲用晒干的布壳剪成一双双鞋帮样,用新竹子的笋壳剪成鞋底,用布把笋壳底样包缝在一起,再一层层平展地叠上洗净晒干的旧布。也许做鞋子的女人都忙,不知道叠了多少层,从来没有人记过,直到厚薄拿捏得自己满意为止。因为不知有多少层底,所以布鞋也有另一个名字——千层底。

鞋底不是光有那么多层布叠一起就算完,还要一针一线地扎出来。

扎鞋底可是一种巧活,不是有蛮力就能扎得动的。我学过,可扎不了几针就把手扎出了血,从此不再扎鞋底。那些年姑娘们出嫁,必须先学会做布鞋,不然,嫁人后会被婆家嫌弃。

小时候在农村,嫁女儿的陪嫁物要有几十双布鞋和花袜垫,姑娘才算是能干的。娘家有面子,姑娘更有面子。

可是,母亲出嫁的时候却是孤身一人,外婆在伙食团逃荒去给四姨带孩子去了。

母亲是在二姨的撮合下嫁给父亲的,当年都很穷,讲究不起。也许母亲嫁人的时候根本就不会做布鞋,所以一直以来,奶奶很嫌弃母亲,母亲在奶奶眼里一无是处,干什么都被奶奶无端地指责。

不会针嵜的母亲,后来竟然能做出精巧的布鞋。母亲在繁重的劳动空隙,还要夜晚学针嵜,可见实属不易。

弟妹们长大后,都进城读书去了,很长一段时间里,只有我与母亲一起生活。母亲的那些鞋底都是在煤油灯下扎出来的,我看她一针一线地扎着,扎到鞋底半腰处,母亲改变了花样,扎成雪花的形状,其余地方都是均匀的梭子形针脚。我很奇怪,不懂什么叫艺术的母亲，却能扎出这么有艺术品位的鞋底。

每次她熬夜的时候，我都不愿独自上床睡觉，就陪她一起坐着，生怕母亲跑了似的。其实，母亲就坐在床前，她不上床睡觉，我绝对不先爬进床去，拿着小人书看了一遍又一遍，跟母亲磨时间。但瞌睡虫来袭，趴在床头柜上睡着了，母亲时常笑骂："铺上有啥子要咬你吗？还不去挺瞌睡！"

鞋底都是先扎好了放着，鞋帮却是后来现做的。用裁剪好的鞋帮样，里面贴一层新白布，口沿用一层青布绲边缝好。母亲的针脚又细又密，像机器扎的那样均匀。我很奇怪，天生近视的母亲，针脚为何扎得那么好呢？

帮子做好，要上鞋底了，上帮的时候必须要周正，不然，一双鞋就是歪的。所以做一双好看的布鞋，是很考人功夫的。

女鞋好做，除了单鞋就是棉鞋，男鞋却讲究多了。男人的鞋有休闲的，有松紧的，休闲的鞋与女鞋无二；松紧鞋，是在鞋帮脚背中间剪出两边的位置，再缝上松紧带。这缝是很讲究的，必须缝得服服帖帖的，否则，穿出门会被人耻笑。

更讲究的是，脚背中间上松紧带的那块布上，还要用铁扣整整齐齐地做两排孔。

那些年家里穷，为了节省开支，母亲每年都要为一家人做两双新布鞋，特别是父亲，每次回家拿到新鞋，总要脱下旧鞋穿上新鞋上路。

更让人欣慰的是：奶奶搬走多年后，我去看望她老人家，母亲做了一双新棉鞋叫我带给她，奶奶简直不敢相信，那双新鞋是出自母亲的手。

多少年了，母亲在夜里"刺刺"纳鞋底的声音还回响在耳畔。摇曳的油灯下，母亲挥舞着臂膀的身影，投映在砖板墙上、瓦楞间，就像一支优美的舞蹈，不时浮现在眼前。时光就在母亲的一针一线里穿梭，母亲用她勤劳的一生串联起过去、现在和将来。母亲的背影就是那幅永不消逝的风景，镌刻在女儿的心上。

　　要过年了，我又想起母亲的千层底。当初我年轻时，总是不明白母亲为何那么爱做针黹，直到后来我也做了母亲，才恍然大悟。原来，母亲那一针一线缝的全是她满满的爱，是她对远方亲人绵绵无尽的思念。

　　明 仇英 《清明上河图》（局部）

明 仇英 《清明上河图》（局部）

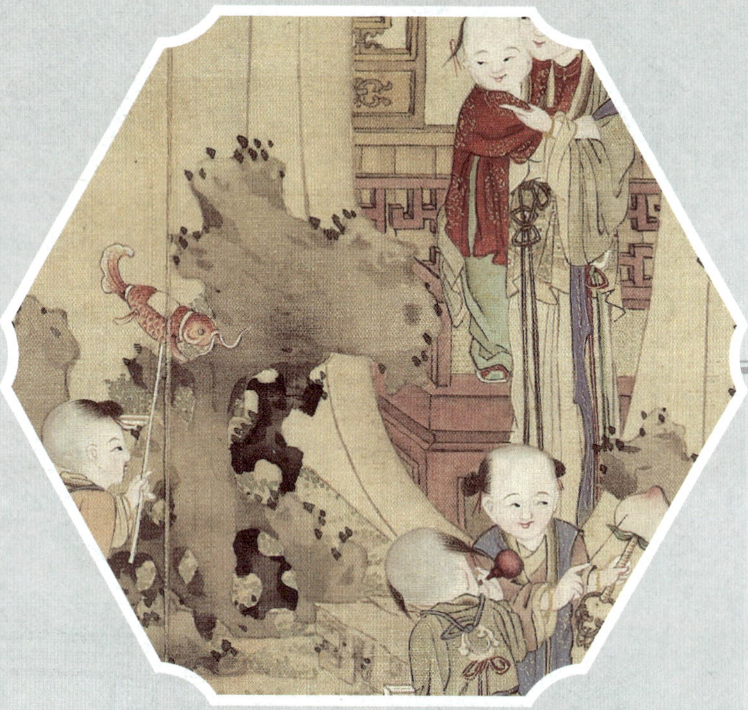

伍

藏在艺术里的手艺

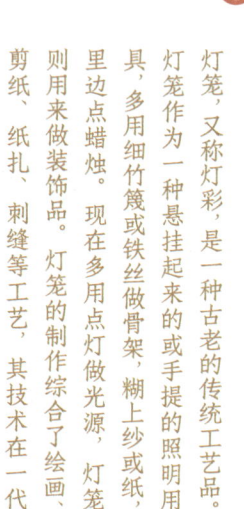

灯笼

dēng long

概说。

灯笼,又称灯彩,是一种古老的传统工艺品。灯笼作为一种悬挂起来的或手提的照明用具,多用细竹篾或铁丝做骨架,糊上纱或纸,里边点蜡烛。现在多用点灯做光源,灯笼则用来做装饰品。灯笼的制作综合了绘画、剪纸、纸扎、刺缝等工艺,其技术在一代又一代的传承中不断创新,形成了高超的工艺水平。

历史

关于灯笼的由来，有一个民间传说。传说很久以前，有一只神鸟因迷路来到人间被猎人射死了。天帝得知后震怒万分，于是下令让天兵在正月十五这天到人间放火。天帝的女儿不忍心人类无辜受难，就偷偷把消息告诉人类。有人就想出了一个办法，让每一家在正月十五、十六、十七这三天点灯放炮，燃放烟火，好让天帝误以为人间已经着火。正月十五晚上，天帝往人间一看，果然一片火海，便没再追究。躲过一劫的人类，从此每到正月十五就挂灯笼纪念。

当然这只是传说，并没有依据。灯笼实际上是古代灯具的一种，追溯灯笼的历史，可以先了解一下灯的历史。远古时候，人类祖先在掌握用火技术后，为保存火种，会燃起火堆。火堆在晚上能起到照明作用，因此，火堆虽然算不上灯，但可以起到灯的效果。随着用火技术的提高，出现了火把。新石器时代，以油脂为燃料的油灯开始出现。盛油的灯盏最初用动物的脑盖骨、蚌壳或石槽等。制陶和冶铁技术出现后，又出现了用陶瓷和金属做成的瓷灯、铜灯、铁灯。灯主要由灯芯、灯盏、灯油组成。在发明灯罩后，灯笼便初步形成了。

挂灯笼的习俗可以追溯到秦汉时期。汉明帝崇尚佛法，后得知佛教有正月十五僧侣云集瞻仰舍利、点灯敬佛的活动，于是下令正月十五在宫廷和寺庙举行燃灯活动。后来这一活动慢慢流传到民间，就逐渐形成了元宵节挂灯笼、赏灯的习俗。

汉朝政治统一，经济、文化繁荣，灯的制作技术也迅速发展，达到了很高的水平。灯的造型丰富，非常注重细节的刻画，有人物造型和动物造型的灯。灯具的制作工艺上，有漆绘、鎏金、施釉、错金银等装饰技艺。汉朝的灯在设计上增加了烟管、烟罩，如长信宫灯、雁鱼灯等，灯的火苗上方带有连着烟管的烟罩，灯烟可以经由罩和管排入蓄水的灯身里，使烟尘溶于水里，可以减少油烟对空气的污染。

严格来说，汉朝的这种灯依然算不上灯笼，真正的灯笼最迟出现在魏晋南北朝时期。据《南史》记载："壁上挂葛灯笼。"这里的灯笼用细篾作骨，以葛糊之。葛是一种用麻织成的白色粗布，用它制成的灯笼，可能是纱灯的雏形。这种灯笼主要用于标明官衔、字号、身份，通常作为门灯使用。

隋唐时期，出现灯彩和元宵灯会。据《隋书》记载："每以正月望夜，充街塞陌，聚戏朋游。鸣鼓聒天，燎炬照地，人戴兽面，男为女服，倡优杂技，诡状异形。"可见元宵节之夜街道上张灯结彩的热闹场景。唐朝时，元宵节燃灯、赏灯的习俗更为兴盛。据史料记载，韩国夫人曾在元宵节制作百枝灯树，高八十尺，竖在高山上，在上元夜点亮，百里之外都可以看见，可谓"光明夺日月矣"，蔚为壮观。每当元宵灯节，奇巧纷呈，热闹非凡，真是"火树银花不夜天"。唐明皇时期，走马灯也非常壮观。据《燕京岁时记》记载："走马灯者，剪纸为轮，以烛嘘之，则车驰马骤，团团不休，烛灭则顿止矣。"可以看出，走马灯的材质为纸，燃料为烛。

宋朝经济繁荣，统治者的提倡促进了灯笼制作工艺的进步，这时的元宵节从三天延长至五天。宋朝的手工业发展，也促进了制灯技术的发展。这一时期，花灯种类繁多，从样式上来说，有提灯、挂灯、座灯、壁灯、转灯等，从材质来说，有纸灯、竹灯、布灯、绢灯等。宋朝科技进步，在灯的制作上也运用了新的技术。这时出现了燃烧蜡烛产生热气以驱动的走马灯，就是利用了冷热空气产生的对流现象。

明清两朝宫灯的制作工艺越发繁复。明朝灯会规模较大，明太祖朱元璋在南京秦淮河上曾燃放水灯数万。永乐皇帝专门设立灯市。明朝官员元宵节可放假十天。清朝出于安全考虑，宫廷不再举办灯会，不过民间灯会依然热闹非凡，只是时间又缩短到五天。

这时出现了一种被称为"天灯"的灯笼，就是在纸糊的灯笼下方点火，利用热空气上升的原理将其送上夜空。天灯一般用白色宣纸糊制，造型很像一项孔明帽，所以也被称为"孔明灯"。天灯的"帽檐"用竹片制成，用两根铁丝在圆形竹片之间搭建一个十字形，燃料固定在十字形的中间交叉点上。天灯有大有小，升起后，犹如一个个闪烁的火球，随风飘向远方，与夜空中的繁星融为一体，十分美妙。

● 制作工艺

灯笼一般用竹篾作为骨架材料，以纱、纸等透明材料糊在外围，内燃灯烛。在长期的发展中，各地形成了各具特色的灯笼制作技艺，但通常来说，一般有三个步骤。

1. 制作骨架

纸灯笼比较简单的形状是立方体或圆柱体。最好选用可以弯曲的竹枝或竹皮搭成框架，衔接的地方用细线绑紧。如果不好找竹枝或竹皮，细长条状的硬纸板和烧烤用的竹签也可以，但是结实程度和柔韧性会有所欠缺。

2. 制作灯身

用白色、红色的普通宣纸或洒金宣纸，裁成符合灯笼骨架的长宽，然后自行设计图案。书法、绘画、剪纸，都可以在小小的灯笼上一展风采。糊好后，还可以用窄条的仿绫纸上下镶边，看起来更为雅致，很像古式的宫灯。如果不太擅长书画，有一个简单的办法可供参考：用一张薄纸在字帖上描下想要的字样，再将这张薄纸和深红色宣纸重叠在一起，用单刃刀片将字迹挖掉。拿掉薄纸，红宣纸上就出现了镂空的字迹。用白色宣纸做灯身，红宣纸糊在里面，烛光或灯光从镂空处映射出来，相当漂亮。

3.制作光源

如果放在室内，只需要在灯笼里点一根普通蜡烛或一盏油灯就可以了。

文化意义

灯笼在中国传统文化中具有丰富的文化内涵。灯笼通常被视为吉祥与光明的象征，也象征着希望与幸福。灯笼的制作工艺有纸扎、绸布、竹编、绘画等，每一种灯笼独特的造型和图案设计，都反映了我国丰富多彩的文化艺术。

民间瑰宝——高照灯

● 陈理华

闽北的建阳，古称潭城，是福建省最古老的五个县邑之一。

秦建立统一的中央集权封建国家时，建阳为吴越南地。东汉建安十年（205），吴分上饶地，析建安县桐乡设建平县。西晋太康三年（282），司马炎以建平县名与建平郡名相同，改建平县为建阳县。宋时，建阳更是以"图书之府"和"理学名邦"闻名于世。这样一个古老的地方，自然有着丰厚的文化底蕴。也正因本邑文化底蕴丰厚，民间文化活动也丰富多彩。

在建阳众多的民间活动中，有一项特别出名，也特别有意义，那就是彭墩的高照灯。高照灯从"高照"两字就可看出，这是取吉星高照、护佑村民盛世太平之意。

彭墩的高照灯活动，定在每年正月二十五的夜晚，活动范围是以村口的倪王庙为起点和终点。倪王庙在距村庄百余米的地方，里面供奉着倪氏兄弟。为什么是以倪王庙为起点和终点呢，它是为了纪念倪氏兄弟而兴起的一种活动吗？这从史料中可以查到。

据道光《建阳县志》记载：倪彦松，唐昭宗时人，中郎将，后周封其为济荫王，南宋加封忠灵孚泽感应王。倪彦松与其弟倪彦春俱仗义。年丰谷贱，辄籴藏之；遇饥馑，悉出以济贫乏。兼精道术，能治旱疫。其卒也，乡人庙祀之。

竖"高照"的日子，盛况空前。这天

傍晚，大家早早地吃过晚饭，全村人自发地聚集在倪王庙，把整座寺庙的里里外外围了个水泄不通。天擦黑时，一切准备就绪的高照灯队浩浩荡荡地从倪王庙出发。这支队伍是这样排列组合的：前面是生龙活虎的舞龙队，舞着一条巨龙的队伍所向披靡般在前面开路；紧接着是热热闹闹的古老打击乐队、民乐队以及十番的"春台"队。春台由四人合抬，台上坐着由10岁左右孩童分别装扮成的刘备、关羽、张飞、赵云、薛仁贵、杨宗保等历史英雄人物；后面才是横抬着高照灯的队伍和花团锦簇的花钵舞队。

这支声势浩大的队伍在烟花、锣鼓、唢呐、鞭炮声中徐徐沿着村道行进。行进中，每遇宽敞地段或十字路口时，队伍就要停下，先由舞龙队表演。舞龙队表演完，随着一位老者的一声令下："高照！起！"24个头戴竹制头盔、手握竹竿的青壮男子动作敏捷地把一座高达13米的高照灯竖了起来，当它竖起来时，有四层楼房那么高。顿时，从下而上一盏又一盏的灯，如花般开了、亮了，就连顶上的那些小灯笼也高兴得开始摇摇曳曳。这些高高挂起的灯盏如火树银花般，用四射的光芒把黑幽幽的夜空、房屋、街道照亮，连人群中一张张激动兴奋的脸膛都照得通亮、通亮。到了商家门口时，各商家就会燃放一挂竖着的鞭炮来庆贺，这时舞龙队就会舞进这户商家，在店堂里转一圈出来之后，便开始竖起高照灯！

高照灯竖起后的一片灯火辉煌中，花炮齐鸣，鼓乐喧天，彩灯高照，花钵竞彩。在沸腾了似的欢呼声中，在万众瞩目里，随着青壮男子脚步的挪动，高照灯缓缓转变角度，这个动作在当地叫作"打照面"。如此，无论是站在哪个角度，人们都可以看到高照灯的每一个侧面，看清每盏灯火。与此同时，花钵舞队里花枝招展的姑娘们双手各持一盏花钵灯，在灯下翩然起舞。载歌载舞中，姑娘们手里的花钵灯看得人们是眼花缭乱，并不时地变幻出"五谷丰登""天下太平""吉祥如意"等吉祥祝词。这不时出现的祝福语与高高竖起的高照灯相映成趣，组成一幅生动活泼的图画，空灵而神秘。朴素、热闹的活动，把乡村一种朴实美好的愿望表现得淋漓尽致，也将节日装点得红红火火、富丽堂皇。

高照灯是一种巨型纸灯，主灯由一根10米长的大杉木作为轴心，在这根木头的四周分别挂上精心扎糊的13组灯箱型精美花灯。在灯扎糊好后，还要扎糊一个3米多长的"高照尾"，"高照尾"上悬挂着许多小彩灯。制作好的高照灯形体似塔。据道光《建阳县志》记载：这种灯起源于明代，臻繁于清朝。乾隆年间人云："纱灯惟苏州为最，纸灯甲于天下，则莫如建阳也。"足见建阳花灯历史之悠久、工艺之精巧、气势之磅礴。可以说，高照灯是天底下独一无二的灯。

高照灯俗称"竖高照"。这种灯制作工艺复杂，且耗费巨大。据知晓当地历史的老人说，之前村子里有重大喜事或重要事件需要举行高照活动时，一般由有钱人出资和村民自愿捐款来集资，然后买来制作材料，由专门扎糊高照灯的民间艺人制作。

村里老人说，记忆中彭墩的高照活动仅在庆祝中国人民抗日战争胜利和新中国成立之时，表演过大型的民俗踩街活动，当时足足有三个高照灯，场景极为壮观。之后随着时间的流逝，高照灯也在流年中沉寂到近乎失传的地步。直到20世纪80年代末，彭墩村的民间制灯老艺人吴贵堂、章希涛带领6位农友，决心要传承彭墩民间文化活动的瑰宝——高照灯。在村干部和热心人士的大力支持下，他们凭着记忆花了两个多月时间，硬是制作出了一座高达13米、重约200公斤、挂有36盏灯饰的大高照灯出来，使得这项古老的民间艺术得以重见天日。从那以后，盛大的高照活动每年都会如期在村子里热火朝天地进行……

"彭墩高照"还应邀赴南平市和武夷山市参加民俗文化演出，受到当地人民群众的热烈欢迎。

气派、精巧、磅礴、令人叫绝的高照灯，有着"吉星高照"，保佑民众五谷丰登、吉祥如意、生活安康、幸福美满的博爱寓意。

灯笼

李秋生

那晚，妻子忽然说："马路上的灯笼都亮了。"我一愣："不是天天亮着吗？""哪里？该是快过年了，这几天才亮的。""哦！"我半信半疑。

自从去年春节，小区外马路两旁的灯杆上挂上两溜大红灯笼，我就以为它们是一直亮着的。每晚散步来回从它们下面走，因为上面有路灯的辉映，更没留意。今天经妻子这么一说，再看那灯笼，果然，深红的外壳里面一个个灯泡正发散出黄亮的光。

这些年，居住的小城面貌焕然一新，崭新的楼房，宽敞的街道，如水的车流，熙攘的人群……整洁，有序，繁荣，祥和。一进腊月，市政处的工人们就忙碌起来，他们开着云梯车，载着工具，在城区几条主干道上装点布置，制造新年的气氛：南北路两旁的灯杆上挂起成对的大红灯笼，隔不远还横上一串小灯笼；东西大街上则挂上一个个鲜红的中国结；行道树的树冠被笼上一根根柔软的荧光管。夜幕降临，华灯齐放，闪烁的五彩荧光，和着远远近近的鞭炮声和人们的嬉笑声，在天地间晕染出一派温馨与喜庆。

挂灯笼是中国传统的风俗习惯，据说起源于汉朝。因为它象征团团圆圆、红红火火，两千多年来，为人们所喜欢。逢年过节，挂两盏红灯笼，不论贫富贵贱，图的就是那份吉利气儿。

小时，村子里多是土坯柴门，没见过挂大红灯笼的。间接的认知，来源于有关北京天安门的图画。图画中天安门城楼上悬挂着的八盏大红灯笼，就成了孩子们描摹的样板。课余时间，一双双龟裂的小手，极认真地比着灯笼画灯笼：先铅笔打出底样，然后捏着几分钱一盒的小蜡笔涂出红的灯身、黄的缨穗……粗拙的样子，却勾画出一份份稚嫩的向往。

过年的时候，孩子们有提着小灯笼玩的。

一过了腊八，村子里便时常有"卖灯笼了——"的叫卖声响起。卖灯笼的小贩骑一辆自行车，后座上插一架灯笼（也有步行肩扛着的），走街串巷，边走边吆喝。无论到哪儿，后面总会跟一群吸溜着鼻涕的男孩子……

那些小灯笼纯手工制作，分灯罩、灯架两部分。灯罩，用细竹篾编成土碗口粗的镂空圆筒，两头收口，外面糊一层透明塑料纸，蘸着红的绿的颜料勾上几笔写意的兰草、竹叶。灯架呢，圆形的杯子口大小的木板底座，四周四根铁丝等距向上拢在一起，拧成一个环，环里连上一根带钩的提把儿。底座中间从下向上楔一根钉子，冒出尖儿，用来插蜡烛。玩儿时，插上蜡烛点燃，从提把处向下套上灯罩就好了。那时日子虽然紧巴，但大人都会花一两角钱给孩子买个新灯笼罩（灯架是可以反复使用的）。

从除夕开始，春节的晚上，大街小巷里到处是一盏盏发着微光的小灯笼，萤火虫样来来回回地闪烁。小姑娘文静，打着灯笼规规矩矩地或聚或走。小小子则兴奋地跑来跑去，疯狂得很。灯笼摇晃颠荡，蜡烛灭了再点上。可灯罩上的塑料纸易燃，有时玩着玩着就"煳"了，扑救不及时，眨眼灰飞烟灭。有时大人使"坏心眼"，见有小孩经过，忽然喊："着了！着了！"孩子一慌，急忙扳过灯笼看，灯笼一歪，火苗一舔塑料纸，真就着了。一阵扑打，最后只剩下竹篾。哭咧咧地提着回家，自然招致大人一通数落，年的乐趣瞬间减去了多半。

🏵 灯笼（一）

🏵 灯笼（二）

那一年，又到了买灯笼的时候。我们兄弟仨急急地盼望在农机站上班的父亲早些回来。腊月二十三，父亲到家时车把儿上却空空如也。没看见灯笼，兄弟仨心里都仿佛被屋檐上的冰凌坠入。失意中，见父亲从自行车后座上解下一包用报纸裹着的东西，招呼我们："来来来，看看咱们的高级灯笼。"一听"灯笼"，我们立马来了兴致，又心存疑惑："灯笼怎么会用纸包着？"父亲把纸包放在饭桌上，一层层揭开，露出一个钢筒，有一拃粗、一尺长；钢筒上面焊接小拇指般的一截细管。正自纳闷儿，父亲让我去自行车兜里拿来一个袋子——沉甸甸的，摸摸，石子样。父亲打开袋子，拿出几块小"石子"，说："这是嘎斯石。"他拧开钢筒底部，将嘎斯石放进去，再倒进些清水，赶忙将钢筒拧紧。不一会儿，我们就闻到一股怪味儿。父亲擦根火柴，往细管顶处一凑，"忽"的一下，便蹿起火苗，越燃越急，越急越蓝。兄弟仨喜出望外，从此就盼着年早点到来。

除夕的晚上，早早吃过水饺，父亲找来一根锨把杆儿，将"嘎斯灯"绑在上面，点燃后，就让我和弟弟们扛着上了大街。满街的孩子正打着小灯笼玩得欢实，看见我们扛的"怪物"嘶嘶冒着蓝光，又亮还不怕风，全惊得目瞪口呆……我和弟弟们轮流扛着，走东串西，从南到北，后面紧紧跟着一群提着灯笼的孩子，在那个春节实实在在地火了一把！读中学时才知道那些叫"嘎斯"的石头是乙炔。

后来，村里通了电，家家户户逐渐盖起了宽敞漂亮的大门，年节时，门楼下就都慢慢挂起了大红灯笼。于是，村子里大街小巷旮旮旯旯便氤氲在朦胧的红雾里。孩子们还是喜欢打小灯笼，可是路灯太亮，又有大红灯笼，小灯笼的光便显得暗淡了。

如今，村里人都搬进楼房，到了春节，小区大门、楼宇门都统一挂大红灯笼，各家各户也有挂在阳台上的。这样，大街小区、楼里楼外就连成红彤彤的一片……楼房里有暖气，有春晚，有美食，有各种玩具和好玩的游戏，孩子们就不再往外面跑。小灯笼

🏵 清 佚名 《升平乐事图》（局部）

也与时俱进，原来那种竹篾的手工小灯笼早已退出历史舞台，代之以电池或充电的新材质的小灯笼，圆形的，宫灯样的，也有设计成十二生肖的。一推开关，灯就亮了，音乐悠悠响起，边唱边转，

活灵活现。

春节拜年，走亲访友，偶尔见有人家里还挂着一盏竹篾的小灯笼——大概更多是怀旧的成分吧。

风筝

fēng zheng

概说。

风筝也称纸鸢、风鸢、纸鹞、鹞子，是一种玩具，在竹篾等做的骨架上糊纸或绢，拉着系在上面的长线，趁着风势可以放上天空。风筝作为传统工艺品，是一项古老的伟大发明。国家非常重视这项技艺在现代的传承与发展，2006年5月20日，风筝制作技艺经国务院批准列入第一批国家级非物质文化遗产名录。

● 历史

从风筝的别名可以看出，其与鸟有关。鸢、鹞都是猛禽，飞翔姿态优美矫健。古人对它们十分崇拜，渴望自己也能飞上天空，自由翱翔。在不断的尝试中，人类发明了一种简易的飞行器，命名为"鸢"。

据史籍记载，春秋时期的墨子率先设计出可以飞行的"木鸢"。《韩非子·外储说左上》记载："墨子为木鸢，三年而成，蜚一日而败。弟子曰：先生之巧，至能使木鸢飞。"墨子花了三年的时间制作了木鸢，可以飞行一天。《墨子·鲁问》记载："公输子削竹木以为鹊，成而飞之，三日不下，公输子自以为至巧。"公输子即公输班、鲁班，鲁班能够制造木鹊，可以连续飞行三天。墨子和鲁班均为先秦时代的能工巧匠，是后世公认的科技奇才。因为二人是师生关系，具体谁人发明木鸢现今已不可考，但毫无疑问春秋时期就有了木鸢的存在。

关于木鸢的飞行能力是否如记载的那样可以飞一天或三天，后世也有人提出了质疑。东汉王充在《论衡》中说："儒书称：'鲁般、墨子之巧，刻木为鸢，飞之三日而不集。'夫言其以木为鸢飞之，可也；言其三日不集，增之也。夫刻木为鸢以象鸢形，安能飞而不集乎？既能飞翔，安能至于三日？"王充认为木鸢能飞可信，但对连续飞行三天的说法表示怀疑。这也从侧面说明汉朝的木鸢飞行能力有限。

东汉时期，蔡伦改进造纸术，纸鸢逐渐代替了木鸢。风筝之名出现在五代时期。由于纸鸢轻巧灵便，易于掌控，更容易放飞，放纸鸢活动不断增多，五代时有人在纸鸢上装上竹哨，放飞时可以听到类似于筝音的声音，人们就把这种带哨子的纸鸢称为风筝。但唐朝以前，风筝主要是指挂在屋檐下的"铁马"，"铁马"通常用金属制成，风吹动时相互撞击发出的声音类似筝鸣。

唐朝时期风筝的造型和制作工艺在文献中也有记载。如杨誉在《纸鸢赋》中讲道："相彼鸢矣，亦飞戾天……原其始也，谋及小童，征诸哲匠，蔡伦造纸，公输献状。理纤篾以体成，刷丹青而神王。殷然而髵彼羽翼，邈然而引夫圆吭……似斗鸡之养纪渻；目不大睹，若异鹊之在雕陵。"可见，这时的风筝已经出现"定制"，需要征求放飞者的意见，包括小孩子的意见。纸鸢的造型多为飞禽，制作材料已相当精良，还会在纸上作画。

唐朝风筝已较为普遍，放风筝就成了一项大众娱乐活动。从大量的诗文名篇可以看出风筝深受人们喜爱，如罗隐《寒食日早出城东》："向谁夸丽景，只是叹流年。不得高飞便，回头望纸鸢。"刘得仁《访曲江胡处士》："落日明沙岸，微风上纸鸢。静还林石下，坐读养生篇。"

宋朝时，人们将放风筝当成锻炼身体的养生活动，有了明显的季节性，通常在春天放飞，所以很多文学作品都用纸鸢借代春天的到来。比如北宋韦骧的《春思五首》介绍："何处纸鸢飞白昼，几家归燕认雕梁。"范成大《清明日狸渡道中》所云："石马立当道，纸鸢鸣半空。"宋人还认为放风筝是一项老少咸宜的活动，陆游就在《题壁诗》中提到过："出从父老观秧马，归伴儿童放纸鸢。"《西湖老人繁盛录》记载："街市举放风筝轮车数椽，有极大者，多用朱红，或用黑漆，亦有用小轮车者，多是药线，前后赌赛输赢。输者顷折三二两钱。每日如此。"说明放风筝出现了竞赛活动，赢者可以得到金钱的奖励。周密在《武林旧事》卷三记载："都城自过收灯，贵游巨室，皆争先出郊，谓之探春……桥上少年郎，竞纵纸鸢，以相勾引，相牵剪截，以线绝者为负，此虽小技，亦有专门。爆仗起轮走线之戏，多设于此。"风筝已经不再只是一项单纯的娱乐活动了，更成了一种具有竞技性的体育项目，除了让自己的风筝飞得高、飞得远，还可以阻止、破坏对手的风筝。正是因为宋人的全民参与，放风筝活动的盛行，风筝的制作工艺在南宋时期有了新的发展，成品愈加精良，出现了专业化的设计制作。制风筝还成为一种专门的职业被记载下来，《武林旧事》中记载临安的小经纪行业里，提到过周三、吕扁头等人就是职业风筝人。

宋朝人写关于风筝的诗文，已不再是单纯地对风筝进行描写，还会阐释更加深刻的含义。如李曾伯《因赋风筝与黄郎偶》："竹君为骨楮君身，学得飞鸢羽样轻。出手能施千丈缕，举头可问九霄程。高穹寥旷宁无力，少假扶摇即有声。所惜峥嵘能几日，儿曹倭指已清明。"诗人借助对风筝的描写来抒发自己盼望直上九霄的心愿。

明清时期，风筝制作变得更加丰富多彩，造型上已不再局限于鸟类，常见的动物、人物等都可以成为风筝的造型，甚至制作出了人驾驶马车造型的风筝。李斗在《扬州画舫录》中记载："风筝……大者方丈，尾长有至二三丈者。式多长方，呼为板门。余以螃蟹、蜈蚣、蝴蝶、蜻蜓、福字、寿字为多。次之陈妙常、僧尼会、老距少、楚霸王及欢天喜地、天下太平之属，巧极人工。"可见，这时的风筝除了造型多样，个头也增大了不少，且制作工艺精巧。风筝制作者还对筝哨进行了改良，如胡曦在《兴宁竹枝杂咏》中说："重阳前后，俗喜放纸鸢。双蝴蝶、十八雁、黑鹞、苍鹰，俱制之巧者，并善制筝弦，截竹屈弓形，铃束簿筠或绢上，乘风自响，俗曰风琴，又曰自鸣弦。淮南所谓风过箫也。"

● 制作工艺

制作风筝的传统技艺主要包括四个步骤，概括起来就是扎、糊、绘、放，也被称为"四艺"，属于制作步骤的是前三个，即扎制骨架、裱糊面料、绘制画面。

风筝主要由骨架和绘面组成。骨架是风筝的雏形，要想完成一个制作精良的风筝，骨架的基础就尤为重要。风筝骨架一般由竹材构成，选取毛竹、箭竹为主，辅以芦苇和高粱秆连接组成，这样制作的风筝轻巧灵便、纤维长直而细密，具有一定的强度、韧性和弹性。可以将选好的竹料劈成自己想要的长度，这样加工方便，再经过烤制加热弯曲，定型后不容易变形，保存时间更加长久。整理好竹条之后，按照设计图将所有的零件连接在一起，就组成了风筝的整体框架。

骨架做完后就可以进入糊风筝的阶段了。"糊"和"绘"这两个步骤的顺序界限并不十分分明，裱糊材料主要由纸、丝绸、绢、布等组成，将纸布材料放入黏糊中"挂浆"，使其变得坚硬、挺括，以便于后续的铺平绘画。风干后的材料黏合在骨架上就可以进行绘画了。

风筝图案的特点是色彩对比强烈、颜色纯。因此，在绘画之前需要平铺上底色，此底色通常在未糊之前已经上好。底色的涂抹必须均匀，先把纸或矾绢铺在桌面上，在其表面刷上一层水，待湿润后，再均匀地涂上透明色，尚未完全干时再刷一次，待完全干后用熨斗熨平。如果没有渐变色的要求，则可用染色的办法处理底色。将其浸入色水中，纸被全部浸湿着色，等全张纸都拉出色水以后，挂在事先准备好的绳子上，待干后熨平即可使用。

传统的风筝通常使用四种颜色,即品红、槐黄、品绿、黑色,却可以画出色彩缤纷的风筝,这与制作时巧妙用色有很大关系。用色的基本原则为色彩鲜艳、对比效果强烈及大色块的视觉冲击力,因此一般有两种处理方法:一种是直接使用大色块,二是把色系相同的小色块加在一起,从远处看类似于一个大色块。这样,风筝在放飞到高空的时候就显得极其抓人眼球、绚丽异常。

文化意义

风筝在中国文化中是自由和梦想的象征,也承载着祈福、去晦、追求美好生活的寓意。在传统的风筝中,有"福寿双全""龙凤呈祥""年年有余"等充满祝福意义的图案和文字。古代还有不少关于风筝的诗词,如宋代李曾伯就借助风筝表达自己的梦想:"出手能施千丈缕,举头可问九霄程。"清高鼎的"儿童散学归来早,忙趁东风放纸鸢"则描述了一群孩童在美好的春天里放风筝的迷人景象。

纸鸢高飞惹人醉

● 任随平

"儿童散学归来早,忙趁东风放纸鸢。"又是一年春草萌动,万物复苏,春烟迷醉之时,趁周日闲暇,便拖儿挈女,去郊外旷野放风筝。

三月的旷野已是春烟弥漫。看,临河的杨柳,在浓郁的春光中摇曳着身姿,娉婷婀娜,似害羞的春姑娘正掩面而笑,又似谁人不禁羞赧而扑哧出声;顽皮躲闪的阳光在草地之间投下斑斑驳驳的光影,耀眼而又迷人。穿越小桥,河水淙淙,清澈透亮,在一路奔忙中,滋润着两岸的青草树木,将对生命的慈爱渗透在旷野之间。及至到了辽阔的草场,这里已是身影斑斓,老人们携手漫步,孩子们扯着长线,奔跑着,吆喝着,青年男女斜倚在草坪之间,拍照,聊天,整个草场成了生命回归质朴的乐园。

当然,最令人痴醉的是躺在青草之上仰望浩渺长空。看,飞上高空的雄鹰,在一根细线的拉扯下,静默在高处,悠闲自在,心无旁骛。迎风起飞的雏燕,向着远山盘旋而上,无所畏惧,时而下转俯冲,时而振翅上升,与孩子们的呼喊声应和着,嬉戏着,好生调皮。有时也会出现另一种场面,孩子们拽了长线,在父母的帮助下将喜爱的"飞机"从双手中放飞,可瞬间风向逆转,"飞机"直勾勾落地,气得孩子们一阵跺脚。是的,孩子们的成长过程何尝不是如此,在经历了无数次的历练之后,才能

风筝

走向广阔的生活。那些飞翔在高处的雄鹰,哪只不是在经过了几番波折之后才翱翔天宇的呢?

正在遐思的时候,女儿呼喊着她的风筝终于上天了,不禁急急回过头来,看到天宇之上,一只雏鹰在明丽的阳光中缓缓而行,心头不禁一阵惊喜,这不正是我所期待的情景吗?在孩子成长的道路上,只要我们给了他正确的引导与获取成功的方法,就该放手让他们勇敢地尝试,在经历失败与挫折之后,获得的成功将是多么令人欣慰,令人惊喜。

纸鸢高飞时,期待每一只雏鹰都能展翅,自由翱翔在广袤的天宇,醉了春天,醉了仰望的目光。

风筝的遐想

● 沈出云

　　不知是今年的春天来得早,还是孩子们盼春的心情太急切,正月刚过完,人们还穿着臃肿厚重的冬衣时,那些迎春的风筝已经三三两两地摇曳在空中了。孩子们憋了一冬的郁闷和无聊,好似融化的冰雪,又如决堤的洪水,一泻千里,转眼消失得无影无踪。

　　星期天,我陪着妻子去医院换药。半路上,我见到一只风筝孤零零地飘荡在空中。那是一只彩色的蝴蝶风筝,是时下店里出售的那种蜡纸做的普通的风筝,而不是像我小时候自己用竹片和纸做的瓦片风筝。是的,孩子们手中拿着的,都是那种店里出售的廉价的蜡纸风筝。我见到不远处的田埂上,站着四五个小孩,他们手中都拿着一只风筝,正准备和空中的那只比个高低呢!空中的那只风筝像夜晚的烟火一样,时而蹿高,时而俯低,时而左旋,时而右转,闪烁个不停。可不管怎样,它始终遥遥领先,仿佛一只领头的大雁,其他的风筝只能在它身后,却都拼命挣扎着,向上向上,仿佛一颗颗不屈的灵魂,总想后来居上,创下不朽的奇迹,令仰望的眼睛惊异。突然,一阵急风袭来,那只最高的风筝一个跟头倒栽下来,急速地下降,人们发出了惊呼声。很快,有别的风筝超过了它,当它再度找回平衡,一眨眼间,领先者与居后者换了个个儿,天空还是那个天空,田地还是那片田地,人还是那些人,在这儿,命运瞬

清院本 《清明上河图》（局部）

息万变。

  风筝们还在天空——它们自己的舞台——上演着属于它们的喜怒哀乐，我却默默地离开了，我还有事要做，不能长时间地驻足观望。戏总有落幕的一刻，即使戏演不完，也有观众走开的时候。我人是离开了，可心却被风筝带走了，带向那浩渺无边的苍穹……

  据说风筝是中国人发明的。我想，第一个发明风筝的人真是伟大——他是一切飞行器的开山鼻祖。发明风筝的人是第一个渴望飞翔的人，他是真正的英雄，人类中的佼佼者！如果说劳动创造了原始人的手，使人直立行走，那么正是发明风筝的人创造了梦想，把人类从现实的物质土地带向精神高空，使人第一次站在精神的高度俯视自己的足迹，回首自己的言行。也就是从那一刻起，自我超越、向往自由的真正的人类诞生了。而在此之前，人类懵懂无知，和地球上其他的千万种动物一样，生也糊涂，死也糊涂。

  自从风筝被发明以后，人就必须在现实与梦想之间，做出自

伍 藏在艺术里的手艺

己的选择。现实相对于梦想来说，总是残酷的、残缺的，一如土地，有时也会因洪灾、旱灾带给人们饥饿、苦难。而飞的舞姿是那样优美轻盈，飞的感觉是那样幸福快乐，飞的形象是那样自由潇洒。想飞，成为人们心中的一个永恒情结。

那么，飞向何方呢？不管是东方人还是西方人，给出的答案都相当的完满：那个世界中，到处呈现一派金碧辉煌、欣欣向荣的繁华景象，没有饥饿，没有寒冷，没有压迫，没有欺侮，那里到处是鸟语花香，莺歌燕舞。

现实的世界，滚滚红尘中的生活，不如意事十之八九，疾病、战争、误解和天灾，使人们常在恐慌与痛苦中煎熬，是风筝激起了人们的向往，是风筝让人们见到了创造一个更完美世界的可能！

其实，风筝也只是人世的象征而已，它并没有获得真正飞的自由。你看风筝在空中飞得多么自由，多么轻松洒脱，可这只是一个外在表象。不管风筝飞得多高、多远，它都被一根细细的线牵引着，束缚着——它受羁绊禁锢的痛苦一点也不比站在地上的我们少，反而会更多！因为它已不是站在平地上的庸者，看不到自己井底之蛙的不幸处境，而是站在高空的飞翔者，它看到了自己被限制的命运，却一心想飞得更高更远！

风筝的痛苦，是天才式的痛苦。知道自己该向何处去，知道自己该向何处用力，可却怎么也摆脱不了那根束缚。风筝要飞得更高，飞得更远，那根线就得更长更牢，否则，一旦脱线而去，风筝就有陷落污泥沼泽的厄运——那比有线牵着还要不幸千万倍！风筝的痛苦，是绝望者的痛苦。看透了世间万物皆是一场空，可还是要飞啊！飞，是风筝存在的全部理由。风筝的痛苦，是无奈。在这一点上，风筝与漂泊在异国他乡的游子十分相像，各种各样的理由让他们不能回家，却不能不想家！风筝，让远方的游子想起家的温暖，想起儿时的同伴，想起村口的那棵老槐树，想起屋后的那口古井……不知何时，热泪已夺眶而出，沾湿了衣襟，双脚还是站在异地的土地上，就像一棵树的根，一动不动。游子不是随波逐流的浮萍，而是在风中飘飞的风筝——那是一种近乎痴的爱，一种近乎痴的执着，一种近乎痴的信仰！

明 仇英 《清明上河图》（局部）

剪纸

jiǎn zhǐ

概说

剪纸,又叫刻纸,是用剪刀或刻刀等工具镂空剪刻各种花纹和图案,来创造美的一种艺术形式,是中华民族的文化瑰宝。2006年5月20日,剪纸艺术遗产经国务院批准列入第一批国家级非物质文化遗产名录。2009年9月28日至10月2日举行的联合国教科文组织保护非物质文化遗产政府间委员会第四次会议上,中国申报的中国剪纸项目入选『人类非物质文化遗产代表作名录』。

老手艺

● 历史

剪纸的出现肯定晚于纸的出现，但剪纸所使用的镂空技术出现得较早，人们使用薄片材料通过镂空雕刻的方法制成工艺品，甚至在树叶上也能够剪刻纹理式样。司马迁在《史记》中就记载了一则"剪桐封弟"的故事，周成王用梧桐树叶剪成"圭"的形状赐给弟弟姬虞，封其为唐侯。

20世纪50年代，在先秦时期的古墓中先后发掘出银箔镂空的饰品。黄河流域大汶口文化遗址出土的陶豆器具，圈足就是镂空的花纹。除了陶制器具，其他薄片材料也可以进行剪刻镂花。西周时期镂空艺术更为娴熟，可以在青铜器、竹篾、兽皮等物体上进行镂空，技法出现了雕、镂、剔、刻、剪等。出土的文物中，战国时已有用皮革镂花的物品，还有在金箔、银箔上镂空刻花的工艺。

汉朝造纸技术的发明与改进，促进了剪纸艺术的出现与发展。由于纸张不易保存，目前还未出土汉朝时期的剪纸。这时的皮影是一种与剪纸非常接近的艺术。汉武帝的宠妃李夫人因病去世后，汉武帝对其甚是思念。方士李少翁便用棉帛、木杆制作出了李夫人的影像，晚上于帐中点灯以映照出影子，远远看去，宛如李夫人之貌。

随着造纸技术的不断改进，魏晋时期，纸的种类已相当丰富，还出现彩色纸。目前我国发现最早的剪纸作品是魏晋南北朝时期墓葬中的五幅团花剪纸，分别是对马团花、对猴团花、忍冬纹团花、菊花形团花、八角形团花。这时期的剪纸技术已相对成熟，剪纸题材丰富，内容多样。

魏晋南北朝时期社会动荡，佛教盛行，"家以剪佛花为叶的宗教题材剪纸得到迅速发展。据《荆楚岁时记》记载："僧尼道俗悉营盆供诸佛……广为华饰，乃至刻木割竹，饴蜡剪彩，模花叶之形，极工妙之巧。"随着剪纸艺术的不断发展，逐渐形成了"功德花纸"。

魏晋南北朝时期的剪纸与民俗相结合，出现了祭祀、陪葬之类的剪纸，也与节庆相结合，出现了剪彩为人，剪春胜等习俗。《荆楚岁时记》有"正月七日为人日，以七种菜为羹，剪彩为人，或镂金箔为人，以贴屏风，亦戴之头鬓，又造华胜以相遗"和"立春之日，悉剪彩为燕以戴之，贴'宜春'二字"的记载，这项剪纸习俗形成于西晋，一直延续到唐朝。

唐朝国家统一，经济繁荣，剪纸艺术也得到了迅速发展。这时，民间流行"镂金作胜"的风俗，"胜"就是用纸或金银箔、丝帛剪刻而成的花样。《岁时风土记》记载："立春之日，士大夫之家，剪彩为小幡，谓之春幡，或悬于家人之头，或缀于花枝之下。"节庆时，人们会剪小幡挂在枝头或家人头上，这里的小幡就是苏轼《减字木兰花·立春》一词中提到的"春幡"。

宋朝时期，社会安定，手工业和商品经济空前繁荣，造纸业成熟，为剪纸的普及提供了条件。宋代城市商业非常发达，都城汴京和行都临安的街市上设有形形色色的店铺、货摊。周密在《武林旧事》中记有："都下自十月以来，朝天门内外竞售锦装新历……金彩镂花、春帖幡胜之类，为市甚盛。"可以看出，这些店铺或货摊有专门卖春幡春胜之类的剪纸。除了剪纸工艺品，宋代还首次记载了专业的剪纸艺人。周密在他另一本著作《志雅堂杂钞》中记述汴梁的剪纸艺人时说："向旧都天街，有剪诸色花样者，极精妙，随所欲而成，又中瓦有俞敬之者，每剪诸家书字皆专门。其后，忽有少年能袖中剪字及花朵之类，更精于二人，于是独擅一时之誉。"

宋代剪纸的应用范围已经比前朝扩大许多。宋朝瓷器的制作便吸收了剪纸花样，印花布的镂花制版就是利用了剪纸的技法。宋朝还沿袭了唐朝在立春日皇帝赐彩胜的制度,且彩胜更加华贵。孟元老《东京梦华录》中就记载了这一制度:"立春日,宰执、亲王、百官皆赐金银幡胜,入贺讫,戴归私第。"宋室南渡后,这项制度也未废除,皇帝赐给大臣的幡胜因官阶不同,材质也有所不同,"执宰、亲王以金,余以金裹银及罗帛为之,系文思院造进"。

宋朝民间剪纸的应用范围也较广,如一直流传到现代的窗花以及花鸟鱼虫等装饰品。剪纸工艺还被用到了灯笼的制作上。

元朝的剪纸技术进一步发展,出现了构思完整的精品之作。在南方,民间剪纸非常盛行,尤其每逢佳节,家家户户普遍贴上剪纸。由于剪纸成为精美的工艺品,这个时期,有人开始收藏剪纸作品。剪纸作品还能用来表现复杂的故事情节,走马灯就利用了剪纸的这一用途。谢宗可《走马灯》:"飙轮拥骑驾炎精,飞绕人间不夜城。风鬣追星低弄影,霜蹄逐电去无声。秦军夜溃咸阳火,吴炬霄驰赤壁兵。更忆雕鞍年少梦,章台踏碎月华明。"

明朝时期,有的地方开始用剪纸代替商标。在福建地区,民间送礼没有商标,便在礼品如挂面、火腿、猪头糕点等上面贴上剪纸,叫作礼花,既装饰了物品,又起到了商标的作用。

清朝是剪纸艺术成熟的时期。这一时期的剪纸品种繁多,工艺精巧,还出现了不少剪纸名家。陈云伯《画林新咏》中说:"剪画,南宋时有人能于袖中剪字,与古人名迹无异。近年扬州包钧最工此,尤之山水、人物、花鸟、草虫,无不入妙。"有些剪纸艺人甚至能达到随心所欲的境界,可以信手剪出新的花样来。

剪纸艺术的应用是多方面的,如一些吉祥文字图案的剪纸多作婚娶贺喜之用,民间有的地方过年会剪挂钱贴以祈福。清康熙年间的一位宫廷画师邹元斗画有一幅祝福新年伊始的风俗画《岁朝图轴》,画的上端挂着五枚彩色的剪纸门笺。

文化意义

剪纸作为一项民间艺术，有着极强的生命力，千百年来深受广大劳动人民的喜爱，其在发展流传中与人们的生活、习俗、信仰、愿望相结合，成为扎根于民间土壤的一朵奇葩。

剪纸所表现和追求的吉祥寓意是其能够长期广泛流传的原因。在农耕社会，人们的生活深受自然灾害的侵扰，因此，追求丰衣足食，祈求生活幸福就成了人们的美好愿望。剪纸中五谷丰登的作品就体现了人们对农业丰收的渴盼。在生产力低下、科学技术不发达的时代，人们对疾病的无奈和对生命的敬畏促使人们对长寿的追求。民间剪纸中的寿、鹿、鹤、松等都是长寿的象征。

剪纸艺术也是我国民间装饰艺术的重要组成部分，琳琅满目的剪纸作品不但美化了生活，也美化了人们的心灵，给人们带来了无尽的欢乐和希望。

随着国家对传统文化艺术的关注，民间剪纸艺术也得到重视和发展。近年来，随着对外文化的交流，有很多优秀的剪纸作品漂洋过海参加了国际文化交流活动，我国精美的剪纸艺术赢得了异国观众的赞誉。

远去的窗花

● 任随平

窗花镶嵌在玲珑别致的木格窗棂里，一如春天的花朵盛开在庭院的幽深里，隔着篱笆墙的空隙望去，就像飞舞的鸟雀，抑或葳蕤的骨朵，灵动地舞动着翅翼，令人心生迷恋，往往忘却了身边物事。这情景从我的童年时光开始，就像影片一样在梦中轮番播映，尤其是进入年末时节，更是令人无限怀念。

剪窗花是一门手艺活，需要的不仅是勇气，更重要的是智慧与灵气。剪窗花的时间一般是在闲月，即年末腊月中下旬，这时候，男人们三五成群地杀猪宰羊，置办年货，里里外外地忙活着，而女人，则于堂屋的土炕中央置一炕桌，摆了窗纸，或双膝而跪，或盘腿而坐。等她们收拾停当剪窗花的物什后，首先要做的就是折窗纸，窗纸是集市上买来的普通纸，红的，黄的，绿的，蓝的，棕色的，苜蓿色的，应有尽有。她们先是将纸张几经对折，对折的次数以窗花的大小而定，也以她们心中对窗花的设计而定。对折完了，左手捏纸，右手持剪，沿某一侧边沿入刀，之后只见剪刀如庖丁解牛一般娴熟地流转，在对折了的窗纸间游走着，需要减去的部分脱离开来，但不会截然掉下来，而是藕断丝连地连接着，等到窗纸剪好了，多余的部分才会随着剪刀最后的咔嚓声脱落在地，整个过程一气呵成。

剪纸（一）

剪纸（二）

我喜爱窗花，更喜欢看着母亲剪窗花，但母亲为什么不经涂涂画画就能一气呵成呢？这个问题在我童年的幼稚里，一直是个未解的谜团，直到稍大一点的那年腊月，我一边看着母亲手中游走的剪刀，一边看着窸窸窣窣成形的窗花，忍不住向母亲询问如何能够有这般手艺。母亲一边低头剪着窗花，一边笑着说，窗花不是手剪出来的，而是窗花的形状一直就在心中。这或许就是后来我所理解的"胸有成竹"的道理吧，但在当时，母亲的灵巧的确令我佩服，让我在对母亲充满敬意的同时，更对窗花有了几分敬畏与迷恋。

窗花剪好了，并不急着张贴上木格窗棂，母亲会小心地收起来，置放在堂屋高处的木箱盖上。对于饥馑年月的母亲来说，那个木箱是她的最爱，也是家中最为宝贵的保险柜，那里藏着母亲全部的手艺活，也藏着一个农村妇女心底的秘密。

贴窗花是在除夕的前一天下午或者除夕当日的上午，我和姐姐会在母亲的指导下，将窗花分门别类地分散开来。母亲在炉火上用铁勺和了面粉自制好糨糊，我递窗花，姐姐张贴，每贴好一张，我就站在庭院的远处望一下，以便每一张窗花都能端端正正地嵌在木格窗的正中央，就像木格窗四四方方地镶嵌在墙面上一样。一面窗户贴好了，我们就会在庭院里细细地张望好一会儿，如一项重大的仪式落成，心中喜不自胜。毕竟，木格窗不会再因突兀而褴褛，土屋不会因木窗而俗气，那些翻飞的鸟雀，摇曳的花枝，每一只每一朵似乎都在诉说着馨香，诉说着飞翔的梦想。

而今，老屋已离我们远去，木格窗亦不复存在，至于那些灵动的窗花，早已随着岁月的流逝而风干在风中，唯有那些影片一般的记忆，至今萦绕在梦中，丝丝缕缕地缠绕着，将我与老屋扭结在一起，与木格窗扭结在一起，与木格窗上摇摇曳曳的窗花扭结在一起，令我夜夜馨香……

年画

nián huà

概说。

年画是过农历年时，民间张贴的表现欢乐吉庆气象的图画。年画是中国绘画的一种，始于古代的「门神画」，也叫「喜画」。年画样式不一，内容丰富多样，往往以大红为底色，起到增添节日喜庆气氛的作用，因每年更换，故称「年画」。

历史

"年画"一词最早出现于清道光二十九年（1849）李光庭的《乡言解颐》一书中。在此之前，年画被称为"纸画""画贴""画张""卫画"等，但具体起源已不可考，最早可以追溯到原始的宗教信仰。

一般认为年画源于先秦两汉时期的门神，最早出现在门户前的是神荼、郁垒、神虎等形象，他们多数来源于上古神话，能够捉鬼驱邪。《山海经》记载："上有二神人，一曰神荼，一曰郁垒，主阅领万鬼。恶害之鬼，执以苇索，而以食虎。"神荼、郁垒两个神人带领神虎在众鬼出没的地方捉拿害人之鬼用来喂虎，在桃树上还有一只迎着太阳鸣叫的金鸡。因此，人们把驱鬼辟邪的神仙和金鸡画在门户，表示驱除邪祟，也表达人们对光明的向往。东汉蔡邕在《独断》中记载："十二月岁竟，常以先腊之夜逐除之也。乃画荼、垒并悬苇索于门户，以御凶也。"

魏晋南北朝时期，门神在民间已经普遍流行。南朝梁宗懔在《荆楚岁时记》中记载："正月一日，贴画鸡户上，悬苇索于其上，插桃符其旁，百鬼畏之。""正月初一日，绘二神贴户左右，左神荼，右郁垒，俗谓之门神。"这一时期的门神形象还是神荼、郁垒二神和金鸡。

唐朝时期，造纸术已经成熟，大众对于年画的需求也越来越多，张贴的门神被细致地分为文门神和武门神。由于佛教盛行，这一时期还出现了天王、力士、药叉等新的门神形象。

据《历代神仙通鉴》记载："帝（唐太宗）有疾，梦寐不宁，如有祟近寝殿，命秦琼、尉迟恭侍卫，祟不复作。帝念其劳。命图象介胄执戈，悬于宫门。"唐太宗李世民常常夜里睡不安宁，就让秦琼、尉迟恭站在门口守护着，这样就能睡得安稳。后来就让人把秦琼、尉迟恭二人身穿甲胄、手执兵戈的形象画下来，悬挂在门侧。这二人也成为我国较为常见的门神。后来又有钟馗捉鬼、魏徵斩龙王等故事流传，他们也成为门神出现在年画上。

宋代雕版印刷的发展，为木版雕刻式样年画的出现及大量生产提供了技术条件，因此，木版年画迅速发展起来。张择端的《清明上河图》中绘有专营各类纸画的纸马铺。文献中也有关于年画售卖的记载，例如孟元老的《东京梦华录》载："迎岁节，市井皆印卖门神、钟馗、桃符，及财门钝驴、回头鹿马、天行帖子。"《武林旧事》载："都下自十月以来，朝天门内外竞售锦装新历。诸般大小门神、桃符、钟馗、狻猊、虎头及金彩镂花、春帖幡胜之类，为市甚胜。"可以看出宋朝贴年画已成习俗，小作坊即可印制售卖年画。年画的内容和品种也更加丰富，出现了风俗、戏曲、美人、娃娃、杂技等年画题材，在制作技术上还出现了着色和套色。

明清时期是年画技艺发展的兴盛期。手工业规模不断扩大，各种技术也有较大进步，尤其是造纸和制墨技术的发展，为彩色印刷提供了技术支持，也为年画的规模化生产创造了条件。这时出现了诸如天津杨柳青、山东杨家埠、苏州桃花坞等著名的年画产地。明清年画繁荣的另一个原因是杂剧、小说大量出现，为年画的创作提供了素材。

● 制作工艺

年画的制作方法并不繁杂，主要有人工手绘、木印、水印套色、半印半画、石印、胶印等。以套色木版年画来说，主要有四个步骤：勾稿、雕版、印刷、绘彩。

第一步勾稿。年画的画稿讲究线条流畅、利落干净、层次分明，对画技没有过高的要求，通常由民间画工完成。他们以香头或炭条为工具，在毛边纸上起稿，这样的初始画稿有个独特的称谓——"朽"，定稿后重新勾线的成品画又被叫作"落墨"。若是彩印，还需要绘数张分色稿，称作"分套"，以便刻印色版对比。

第二步雕版。雕版年画一般要求木质选材坚实而不脆硬、耐水性强、不易虫蛀，北方的梨木、杏木采用最多，南方多用桃木，民间传说认为桃木有辟邪的功效。选取合适的木材后，将木材泡水煮开、晾晒刨平。雕刻师在雕刻时需要对原画稿完全保留，不能违背原作精神。制作时为了方便多次刻印不磨损，要求雕刻师做到"陡刀立线"，不加修饰，简朴古拙。另一种雕刻方法是精雕细刻，多为神像画雕版。由于神像画要显示神威和庄严肃穆，所以形体必须准确生动，服饰穿戴也须符合体制。神像雕版多用"双边发刀""斜刀修削""角刀拉线"等刀法轻敲细琢，以达到粗则刚劲、细则纤秀的效果。

第三步印刷。首先清版，将印版表面的墨迹和尘土清理干净；其次刷色，将调好的颜料均匀地刷在印版上；然后将宣纸平整地铺在印版上；最后用棕帚均匀地在纸背上反复扫擦二三遍，让宣纸与印版接触。纸张拉覆力度的大小以及棕帚扫擦纸背时力度的大小，都会影响印色的质量。套色印刷需要换版，每种颜色都有一块色版，换版时要对准画面位置。

第四步绘彩。绘彩的过程

较为简单,分为纯手绘和局部手绘,顾名思义,印刷好后,有的年画需要上色,由画师用颜料填涂即可。

文化意义

年画作为中国绘画的一种,与民间习俗相结合,体现了人们丰富的想象力和智慧,展现了传统文化的丰富内涵,寄托了人们美好的祝福和愿望。

年画综合了绘画、雕刻、印刷等多种工艺,是一项传统的民间艺术,具有较高的艺术价值。

年画的作用从最初门神画的驱鬼辟邪到后来的节庆、装饰以表达热闹的气氛,不仅体现了民间信仰,也展现出一定的教育、审美功能。

年画具有一定的地域性和时代性,是研究历史、地域文化的重要史料。

夹江年画古风在

● 朱仲祥

春节到来了，张贴年画装扮居所，渲染渲染新春的喜庆，更祈祷着来年的吉祥幸福。这是乐山乃至四川地区传承已久的民间习俗，更是远方游子挥之不去的乡愁。

乐山及周边地区的民间，自古就有春节贴年画的习俗，从而催生了夹江年画的创作和制作，逐步形成了一定规模的地方文化特色和文化产业，并产生了广泛的影响。夹江木版年画与绵竹年画、梁平木版年画并称"四川三大年画"，与天津的杨柳青年画齐名。这在《夹江县志》等史志上多有记载。

来到夹江农村，去马村的万亩竹海中看看手工造纸，再到青衣江边欣赏一下年画制作，实在是一次惬意而独特的旅程。

其实，大约在明代万历、天启年间，夹江境内就有年画作坊存在，主要由"帖扎行"兼营。艺人们利用当地造纸的便利条件，制作一些相对简单的年画。据一些老艺人回忆，到清代末叶，位于夹江县城近郊的杨柳村、谢滩村一带，已经有很多年画作坊在大规模生产销售年画。其中，最为著名的作坊是"董大兴荣"和"董大兴发"。据说那时候，因为年画生产具有很强的季节性，除了那些生意很大的作坊一年四季不停业外，一般从事年画生产的中小作坊农忙时务农，闲暇时购置纸张、研制颜料、雕刻画板，秋收一过，就开始生产年画，一直要忙到腊月底。

　　夹江年画除了满足周边地区的需求，还远销湖广及南方丝路沿线的滇黔地区，以至于那里乡间有"黄丹门神能驱瘟"的说法。年画年销量最大时，超过了千万份。仅"董大兴荣"一家作坊，年制作销售的年画就有几十万份。年复一年，夹江年画便形成了自己的独特流派和品牌。

　　如今来到夹江，犹可见年画制作的传统工艺，实在是一种幸运与感动。

　　在夹江年画研究所里，只见民间艺术家们先按照创作好的图案，刻出一张张模板，再放在画案上，刷上墨汁或颜料，覆上本地手工纸，用柔韧的鬃刷子一遍遍地"刷"。几道工序下来，一张年画就基本完成了，然后还要适当染色，比如人物脸腮、衣服、花瓣，凡通过印制无法表现的，都要通过染色来渲染强化，使画面更加鲜活喜庆。用艺人们的说法是：细描精刻、田平沟深。色是肉，线是骨，色线相依不分离。兰绿是叶片，黄丹是花朵，叶衬花朵更精神。先色后墨，由浅入深。

　　夹江年画作为川西南独具特色的农民画，在民间土生土长，经过长期的修改和提炼，集中体现了当地劳动人民的勤劳智慧，包含着广大人民群众对于和平、安康生活的追求和向往。夹江年画在创作构想上，尽量接近生活实际，强调"喜闻乐见"和"有看头"；在色彩运用上，要求色调鲜明，对比强烈；在人物绘画上，要求形象饱满，线条粗犷，风格爽快利落。画工依照作品分别画线稿和色稿，一色一稿。刻工照稿刻版，一色一版。印刷工在画案上压纸校稿，按照先色版后线版的工序，由浅入深，多次套印。夹江年画以当地生产的粉笺做坯纸，质地光滑细腻，既宜观赏，又耐贴用。工艺流程上十分讲究，先用黑烟子印出墨线和黑发眉眼及衣饰，人物面部皱纹，衣服、盔甲、道具上的装饰图案的线条，用赭石色套印上去，再依次套印其他各色，色版多则八套，少则也有四套，形成一种古色古香的风格，有很强的装饰效果。年画常用苏木红、槐黄、品绿、蓝靛、黄丹等色，所用颜色都由植物、矿物研制，色彩鲜艳，和谐悦目，特别是黄丹色不怕风雨日晒，久不褪色。雕版刀法粗犷、朴质，富有稚拙之美。手绘年画色彩淡雅，接近古代文人画的气韵，淡青灰绿的色调和西南岷江流域的田园风格非常协调。

夹江年画造型夸张，内容丰富，题材广泛，既有反映民俗风情、民间故事的题材，也有充满浓厚生活气息的主题画，具有很高的艺术性。年画人物形象秀美，表情细腻，构图饱满，疏密得当。年画还广泛吸纳其他民间艺术的技法，借鉴壁画、木版画的传统造型技法，构图丰满，虚实相间，匀称合理，造型夸张，表情生动，有浓郁的乡土气息和地方特色，具有很高的历史价值和艺术价值。年画的造型和神韵也和别地不同，有着浓郁的川味，柔美清奇，面相也有川人的感觉。夹江年画的内容丰富多彩，题材不受时空所限，主要有祖像类、门神类、山水花鸟、戏剧人物、神话传说等，如"神荼郁垒""三顾茅庐""耗子结亲""穆桂英挂帅"等都是惹人喜爱的传世佳作。同时也有很多取材于民间生活的年画作品，如"人财兴旺""福禄寿喜""五谷丰收""耕读传家"等，充满浓厚的生活气息。

我国许多民间艺术流传至今，首先要感谢那些矢志不渝的传承人。周发文就是这样的一个人。夹江年画更早的传承人叫罗象庸，周发文是副手。过去在周发文所在的城郊谢滩村，有董、罗、陈、李四大家族制作年画，他是罗姓年画的传人，如今已经八十高龄，犹能进行年画制作。

2012年重庆中国三峡博物馆研究员造访夹江年画研究所，带来上世纪40年代馆藏夹江年画的复制照片，为这一国家级非物质文化遗产找到了珍贵的历史资料。这些年画是著名考古学家卫聚贤收藏并捐赠的作品，但是一直未启封。该馆为准备2013年春节

❀ 门神 徽州古村落

年画展,首次启封所赠画卷,发现夹江年画33幅。在这些年画照片上,可以清晰地看到年画作品右下角明显标识"董大兴发""董大兴荣"的字号,均出自夹江著名的年画大作坊,同时还有年画采购商家的字号。另据夹江年画研究所所长介绍,此次所赠的夹江年画复制图片,对于夹江年画史的研究具有重要意义,不仅将进一步还原夹江的民俗文化,还具有重要的研究价值。

春节到了,预示着农历新年的到来。祈求来年风调雨顺,幸福安康,这是人们普遍的心理需求。年画就是这种心理需求的艺术表达。因此在过去,人们春节之前赶腊月场,备过年货,买两张年画是必不可少的。回到家里,和着春联一块儿张贴。贴张灶神,希望来年每顿都有米下锅,不断炊;贴张财神,希望来年能够有财运,改善一家人的生活;贴张"福禄寿喜",祝福全家人健康吉祥;贴张门神,将邪恶鬼魅拒之门外。正如宋代大诗人王安石《元日》一诗所言:"爆竹声中一岁除,春风送暖入屠苏。千门万户曈曈日,总把新桃换旧符。"在春节到来的时候,揭下旧的春联和年画,贴上崭新的春联和年画,一种新的梦想渐渐升起,一种浓浓的年味立即弥散开来……

近年来,每当桃花盛开的时节,在夹江青衣江畔的凤山村,人们在穿行于万花丛中时,会发现不少挡路的墙体上,一幅幅生动活泼的年画惹人眼球。这些墙体彩绘年画,在保持夹江年画木刻水印基本风格的基础上,进行了大胆的艺术创新,线条更加圆润饱满,色彩更加艳丽,内容更加贴近生活,和春暖花开的景象十分融合,真是画中有春意,画外春更浓。夹江年画在传承与创新中,必将焕发出更加夺目的艺术光彩。

年画记忆

张静

进入腊月，年味渐浓，想起它的一些标志，鞭炮、对联、窗花、新衣裳，还有那些已经褪色了的年画，一张张如雪片一样，飘落在眼前。

读小学时，过了腊八，逢礼拜天，匆匆吃一口饭，踩着嘎吱嘎吱的雪，和伙伴们聚集到镇子里，逛年集，看年画。

年画一般都在书店和文具店外面，在一张帆布篷架子四周，排了细绳，绳上别着一幅幅年画，一字排开。每张年画上标着号码、价格。我矮小的身影，挤在和我一样仰脸看画的人群中间。画的价格是一角两角，还有五角一块的，最贵的要三块，已经是很贵的了。

年画有山水、草木、人物、古代故事、四大名著、民间传说等种类。我喜欢梅兰竹菊、岁寒三友；母亲喜欢杨柳青的那个胖小子，大耳有轮，眉清目秀，怀里鲤鱼丰腴喜人；弟弟则喜欢披绿袍，鬓须飘然，手握偃月刀，千里走单骑的关公；父亲自然喜欢《红灯记》里李铁梅高举红灯，唱道：我家的表叔数不清，没有大事不登门；而爷和婆，似乎更偏重财神宽大突出的额头、门神秦琼敬德的威武，还有武松打虎的英雄气概。

那些年月里，无论日子怎样，每家都要买几张年画，就像买来喜庆和幸福。其实，老屋的东墙都是满的。土炕上东墙放满了被垛，地下的东墙又摆放了木柜，木柜正上方一般还要悬挂一面镜子。一般年画都贴在靠西面或北面的土墙上，若太阳光透过窗户缝隙，正好可以照见，令老屋蓬荜生辉。买年画时，心里要略知自家房子的高低，墙面的大致面积。买大了，有点喧宾夺主；买小了，又显小家子气。更难的是选择什么样的年画，是选热闹的，还是清雅的，随人心而定，但亮堂喜庆绝对是大主题。

腊月小年，是要扫尘土的。母亲把笤帚接上一根长长的木棍，头上系上毛巾，屋子和院落以及旮旯犄角都要彻底清扫，桌子板凳、盆盆罐罐都要擦拭一新。然后就是用四叔从学校拿回来的旧报纸糊墙、贴年画了。贴年画一般是父亲的事，母亲在远处指挥，往左往右，角低角高，年画要贴得周周正正、大大方方，就像一年的日子。年画贴毕，已是夕阳衔山，鸟儿归林，炊烟浩荡。一家老小环顾一周，顿觉老屋焕然一新，喜庆无比，心也开了一扇窗。

在我家里，年画贴得最多的是《红灯记》《西游记》《西厢记》《岳飞传》等一些成幅的年画。贴好年画后，爷总要坐在炕上，眯起眼睛看一阵子，就像看见那些陈旧的故事，家国的坎坷，以及日子的美好，他的唇角泛起淡淡的微笑。

村里的六爷是公社书记，比我父亲只大几岁，自幼家底厚实，多读了几年书，算是村子里识文断字的文化人。打我记事起，他家墙上每年贴的年画，无论是大小、颜色，还是境界上，都比普通人家更气派，尤其是大屋子黢黑锃亮的木质柜子上方，一张大幅尺寸的《松鹤延年》，淡雅古朴，意蕴悠长。两侧有苍劲的对联：云鹤千年寿，苍松万古青。六爷很满意地对着栩栩如生的松鹤出神，好像看到自己多年的青云直上会一直延续下去。

年三十，要早起贴对联、福字。破旧漆黑的门扇上贴秦琼和敬德、出入平安，猪圈上是肥猪满圈，鸡窝上是金鸡满架，粮仓垛上是五谷丰登，石磨上贴福字等。最不能少的是，家家户户门楣下都要挂大红灯笼。暮色四合时，那些灯笼在寒风里飘摇着，点燃农家人火一样的热情和希望。若站在高处远望整个村庄,会看见,云朵是天空的年画,村庄是尘世的年画,温和而安静。

如今,年画走远了,成了影影绰绰的背影,就像我们初来尘世的一些美好,再也找不到,不由得心中泛起怅然几许。

年画随想

● 任随平

年画是贴在墙上的画页，是年节喜庆气氛的缀饰，也是人们对美好生活的向往与寄托。

年画的版本很多，但流传较广的还算是天津杨柳青画社出版的，不论是画的内容，还是画的技法，都让人叹为观止。单以喜鹊为主题的就有《喜相逢》，即两只鹊儿面对面；双鹊中加一枚古钱的，叫《喜在眼前》；而一只獾和一只鹊在树上树下对望的为《欢天喜地》；一只喜鹊仰望太阳的为《日日见喜》。当然，流传最广的要数《喜上眉梢》，又叫《喜鹊登枝》，寓鹊登梅枝报喜之意。由此可见，年画不仅仅是图画，更重要的是传达了画者以及人们内心的思想情趣。这样的画页，张贴在堂屋的显眼位置，不光令观者心生温暖，亦是堂屋主人内心世界的外现。

年画不仅有内容上的选择，贴年画的位置亦有讲究。客房正面必是留给伟人画张的，那是人们对圣贤的怀念；客房两侧要么山水，要么花鸟。若是山水画，必是山清水秀，山怀抱着水，水缠绕着山，碧水之间，舟楫动荡，水波激滟，让人留恋而忘我其中；如若是花鸟，则是花枝颤颤，鸟落其间，花色葳蕤，鸟羽明丽，几乎能让人听到翅羽之间滴落的鸣叫，声声梦幻，声声迷恋。这样一来，整个客房就生发出浓郁的文化气息，无论是主人抑或客人，娓娓而谈之余，阅几眼画幅，顿觉心间舒畅，意气风发。至于侧房年画的布置就灵活多了，一般年轻人的屋舍，多是《年年有余》《麒麟送子》等娃娃画，寄予了年青一代对生命的尊重与抚育。

而今，随着时代变迁，以及人们生活意识的改变，年画已逐渐走出了人们的视野，年节期间购置年画的热闹情景已一去不返，贴年画时的你争我抢也已淡成遥远的记忆。就像时光，不经意间爬上年画的位置，留下一抹淡淡的愁绪，让人在对岁月流逝的怀念里，真真切切地感知一幅幅年画带给人们心灵上的抚慰与念想。

远去的是年画，抹不去的是记忆。